Zum Buch:

Eigentlich hatte Linna sich nach einer Zeit gesehnt, in der sie nicht länger auf Mikos Vater wartet und ihr Sohn nicht mehr enttäuscht ist, wenn der Flug seines Vaters wieder einmal Verspätung hat. Doch ausgerechnet Himmelsee hatte sie nicht als den Ort im Sinn, an dem sie ihre Gefühle ordnen und eine Entscheidung für die Zukunft fällen würde. Denn nicht nur die glücklichsten Stunden verbindet sie mit Himmelsee, sondern auch die dunkelsten. Und trotzdem erkennt sie bald, dass ihre Familie, die Ostseeluft, der Strand, die Sonne – das alles – nicht nur ihrem Sohn das Herz öffnet, sondern auch sie freier atmen lässt. Ist die Zeit für einen Neuanfang gekommen? Hier, wo alles begann?

Zur Autorin:

Tanja Janz wollte schon als Kind Bücher schreiben und malte ihre ersten Geschichten auf ein Blatt Papier. Heute ist sie Schriftstellerin und lebt mit ihrer Familie und zwei Katzen im Ruhrgebiet. Neben der Schreiberei und der Liebe zum heimischen Fußballverein schwärmt sie für St. Peter-Ording, den einzigartigen Ort an der Nordseeküste.

Lieferbare Titel:

Himmelsee – Über den Wellen leuchtet das Glück
Nordseefunkeln
Friesenmeermagie
Winterstrandtage
Wintermeer und Bernsteinherzen
Dünenleuchten
Friesenwinterzauber
Leuchtturmträume
Wintermeer und Dünenzauber
Dünentraumsommer
Das Muschelhaus am Deich
Dünenwinter und Lichterglanz
Mit dir auf Düne sieben
Friesenherzen und Winterzauber
Krabbe mit Rettungsring
Strandperlen

St.-Peter-Ording-Saga:
Wo der Seewind flüstert (1)
Was die Dünen verheißen (2)
Was die Gezeiten versprechen (3)

TANJA JANZ

Himmelsee

Über den Wellen leuchtet das Glück

ROMAN

HarperCollins

1. Auflage 2025
Originalausgabe

in der Verlagsgruppe HarperCollins Deutschland GmbH
Valentinskamp 24 · 20354 Hamburg
info@harpercollins.de
Umschlaggestaltung von Hauptmann & Kompanie
Werbeagentur, Zürich,
unter Verwendung von Motiven von Shutterstock
Gesetzt aus der Stempel Garamond
von GGP Media GmbH, Pößneck
Druck und Bindung von CPI books GmbH, Leck
Printed in Germany
ISBN 978-3-365-00901-7
www.harpercollins.de

Für Christiane und Tatjana
Wenn die Kraniche fliegen,
tragen sie das Glück auf ihren Schwingen.

An einem sonnigen Julitag am Düsseldorfer Flughafen

Linna schloss die Tür des Check-in-Bereichs hinter sich und atmete tief durch. Der Duft von frisch gebrühtem Kaffee, der von einem nahe gelegenen Bistro in ihre Nase zog, und das flirrende Stimmengewirr der Reisenden um sie herum waren für sie eine vertraute Melodie. Sie war umgeben vom geschäftigen Treiben des Düsseldorfer Flughafens: das Klappern von Kofferrädern auf dem glatten Boden, das Rufen von Durchsagen in verschiedenen Sprachen und das fröhliche Lachen von Kindern, die mit ihren Eltern auf dem Weg zu neuen Urlaubsabenteuern waren. Doch heute nahm sie mehr Dissonanzen wahr als sonst.

Sie wandte sich der großen Anzeigetafel zu, die die Ankunftszeiten der Maschinen aus der ganzen Welt ankündigte. Ihr Herz sank, als sie die rot blinkende Verspätung neben Iljas Flugnummer sah. »Kairo – 3 Stunden Verspätung« stand dort in großen, leuchtenden Buchstaben.

»Nicht schon wieder«, murmelte sie leise und ließ den Blick weiter zur Zeitanzeige wandern. Miko hatte sich so sehr auf den Nachmittag gefreut. Seine Augen hatten geleuchtet, als sein Vater versprochen hatte, ihn endlich einmal vom Kindergarten abzuholen. Wie oft er den anderen Kindern stolz erzählt hatte, dass sein Papa Pilot war und

Menschen mit einem Flugzeug an die schönsten Orte der Welt brachte, konnte sie nur erahnen. Dafür konnte Linna sich ziemlich lebhaft vorstellen, wie enttäuscht ihr gemeinsamer Sohn sein würde, wenn er erfuhr, dass sein Papa es doch nicht schaffte. Es war nicht das erste Mal, dass die Pläne durch unvorhersehbare Turbulenzen in der Luftfahrt durcheinandergeraten waren. Linna kam es vor, als wäre sie in einem endlosen Kreislauf aus Enttäuschungen gefangen, die jedes Mal auch noch sie selbst überbringen musste.

»Hey, Linna! Alles in Ordnung?« Ihre Freundin und Kollegin Sarah, die mit ihr am Check-in arbeitete, trat an sie heran. Auf ihren Lippen lag ein warmes Lächeln. Offenbar las sie ihr die Sorgen an den Augen ab. Sie stellte sich neben sie und fixierte die Zeiten auf der Anzeigetafel.

In der Ferne erklang das Rattern eines Gepäckwagens, das vom aufgeregten Geschrei einer Gruppe Touristen übertönt wurde, die sich in einer Mischung aus Englisch, Deutsch und Spanisch verständigten.

»Iljas Flug hat Verspätung.« Linna seufzte und starrte auf die rot blinkenden Ziffern.

Sarah verzog den Mund. »Verspätungen gehören doch zum Tagesgeschäft in der Flugbranche.«

»Erkläre das mal unserem Sohn. Miko hatte sich so darauf gefreut, heute endlich mal von Ilja abgeholt zu werden. Vermutlich hat er es groß vor seinen Kindergartenfreunden angekündigt.« Linna schüttelte bekümmert den Kopf. »Ich kann ihm nicht schon wieder erklären, dass sein Papa nicht kommen kann.«

Sarah nickte mitfühlend. »Das ist hart für Miko. Ich kann mir gut vorstellen, wie enttäuscht er sein wird. Aber du machst das Beste daraus, Linna. Du bist eine großartige Mutter.«

Linna musste ob des Lobs ihrer Freundin lächeln. »Das weiß ich, aber manchmal fühle ich mich einfach so allein in der Rolle«, gestand sie und spürte, wie sich ein Kloß in ihrem Hals bildete. »Ilja ist ständig unterwegs, und ich versuche, alles zu jonglieren – den Job, Miko, die Beziehung. Es ist einfach … viel.«

»Das kann ich mir vorstellen«, sagte Sarah sanft, während im Hintergrund eine Stimme durch den Lautsprecher die Ankunft eines weiteren Fluges aus London ankündigte. »Aber du bist stark. Und du bist nicht allein. Wenn du Hilfe brauchst, sag Bescheid. Vielleicht kann ich Miko mal abholen oder mit ihm spielen, wenn Ilja nicht da ist.«

Linna lächelte dankbar. »Das ist wirklich nett von dir. Ich schätze es sehr, dass du für mich da bist.« Ihre Gedanken wanderten kurz zu ihrer Familie, die weit entfernt an der deutschen Ostseeküste lebte. Eigentlich war es doch die Aufgabe von Familienangehörigen, in einer derartigen Situation einzuspringen.

»Immer! Und denk daran, dass es okay ist, sich manchmal überfordert zu fühlen.« Sie legte eine Hand auf Linnas Schulter. »Ich weiß nicht, ob ich es so gut managen könnte, wenn ich eine Familie hätte. Du machst das großartig, auch wenn es sich nicht immer so anfühlt.«

Linna nickte und atmete tief durch. Natürlich. Es nützte auch nichts, sich im Kummer zu vergraben. Aber sie merkte, dass in letzter Zeit ihre Kräfte schwanden. Vielleicht war es an der Zeit, sich nicht nur um andere zu kümmern, sondern auch mal um sich selbst. Sie wollte Miko die beste Mutter sein, die sie sein konnte. Vielleicht brauchte sie dafür tatsächlich hin und wieder ein wenig Unterstützung. »Danke, Sarah! Ich werde darüber nachdenken«, erwiderte sie und wandte sich wieder der Anzeigetafel zu. »Und ich kann Miko ja eine kleine Überraschung mitbringen – als Entschädigung dafür, dass sein Vater nicht kommen kann.«

»Das klingt nach einem guten Plan! Und wer weiß, mit viel Glück kommt Ilja doch noch rechtzeitig«, fügte Sarah mit einem aufmunternden Lächeln hinzu.

Linna hoffte es zwar, doch die Chancen standen denkbar schlecht.

Um sie herum summte das Leben des Flughafens weiter – ein ständiger Fluss von Menschen, Geschichten und Träumen, die in die große, weite Welt hinausflogen und zurückkehrten.

Linna saß hinter dem Steuer ihres kleinen, silbernen Toyota und fuhr durch die malerischen Straßen von Düsseldorf-Kaiserswerth. Die Frühlingssonne schien warm durch die Fensterscheiben auf ihre Unterarme, während ihr Blick über die charmanten Häuser und die hohen Bäume entlang der Straße glitt, die in sattem Grün blühten. Auf dem Beifahrersitz lag eine kleine, bunt verpackte Überraschung – ein neues Spielzeug, das sie für Miko ausgesucht hatte.

Den Feuerwehrhubschrauber von Lego hatte er sich schon lange gewünscht. Sie hoffte, dass er die Enttäuschung über Iljas Abwesenheit ein wenig mildern würde. »Der Hubschrauber wird ihm gefallen«, murmelte sie und lächelte, während sie an die leuchtenden Augen ihres Sohnes dachte. Doch gleichzeitig überkam sie auch ein schlechtes Gewissen, weil sie Miko mit einem teuren Geschenk trösten wollte. Ihr war bewusst, dass keine Spielzeuge der Welt das Fehlen eines Elternteils wettmachen konnten.

Als sie den Kindergarten erreichte, kamen ihr Eltern entgegen, die ebenfalls ihre Kinder abholten. Sie grüßte sie und spürte wie immer Vorfreude darauf, ihren Sohn nach einem Arbeitstag wiederzusehen. Miko war wirklich ein Sonnenschein. Er war so voller Energie und Freude, dass sie in seiner Gegenwart meist alle Sorgen vergaß.

Sie betrat das Grundstück der Kindertagesstätte und folgte dem Kinderlachen bis zu der großen Spielfläche, die auf der geschützten Rückseite des Gebäudes lag. Bei dem schönen Wetter spielten und tobten die Kinder draußen.

Als Miko sie entdeckte, rannte er sogleich mit offenen Armen auf sie zu. »Mama!«, rief er voller Freude und sprang in ihre Umarmung.

»Na, mein Schatz.« Linna drückte ihn fest an sich. »War es heute schön im Kindergarten?«

»Wir haben eine Riesenburg gebaut.« Der Junge warf beide Arme in die Luft. »Und dann haben wir Obstraten mit verbundenen Augen gespielt. Ich habe alle Sorten erkannt. Nur bei der Ananas musste ich einen Moment überlegen.«

»Wow! Das hört sich aber spannend an.« Sie strich ihm eine Strähne aus dem Gesicht. »Ob ich da überhaupt mit meiner Überraschung mithalten kann?«

Mikos Augen leuchteten auf, als sie das Geschenk aus ihrer Tasche zog. »Was ist das? Was ist das?«, fragte er aufgeregt und zappelte vor Freude.

Linna überreichte ihm das bunte Päckchen. Sofort begann er das Geschenkpapier aufzureißen. Doch als er das Spielzeug sah, das er sich gewünscht hatte, schien die Freude bloß für einen kurzen Moment anzuhalten, bis er an ihr vorbeischaute.

»Mama, wo ist denn Papa?«, fragte er plötzlich.

Mist! Miko hat mein Ablenkungsmanöver glatt durchschaut, schoss es ihr durch den Kopf. »Papas Flugzeug hat heute leider Verspätung, mein Schatz. Er kann dich nicht abholen, weil er noch in Ägypten am Flughafen ist«, antwortete sie und strich ihm liebevoll über den Kopf.

Mikos Miene verfinsterte sich. Die anfängliche Freude wich schnell Enttäuschung. Seine Augen füllten sich mit Tränen. »Aber er hat gesagt, dass er kommt!« Er stampfte mit einem Fuß auf. »Alle anderen Kinder haben ihren Papa! Warum kann ich nicht meinen haben?«

Linna kniete sich vor ihn, um ihm mit einem Taschentuch die Tränen von den Wangen zu wischen. »Ich weiß, mein Liebling. Es tut mir wirklich leid. Ich verstehe, dass du traurig bist. Der Papa wäre gerne gekommen. Ich wünschte, er hätte es geschafft.« Sie hob eine Hand, um den Gruß einer Erzieherin zu erwidern, die zu ihnen herübersah.

Miko schluchzte leise und wischte sich mit dem Handrücken über die Augen. »Ich will auch einen Papa wie die anderen Kinder. Warum ist er immer weg?«

Linna spürte, wie ihr Herz in viele kleine Stücke zerbrach. Sie wusste, dass sie die Gefühle ihres Kindes ernst nehmen musste. »Ich bin auch traurig, Miko. Es wäre schön, wenn der Papa öfter zu Hause wäre.«

Sie fühlte, dass es an der Zeit war, die Notbremse zu ziehen. Sie konnte nicht länger großzügig über Iljas dauernde Abwesenheit hinwegsehen. Sie musste eine Entscheidung treffen, die in erster Linie das Wohlergehen ihres Kindes berücksichtigte.

»Na, komm.« Sie nahm seine freie Hand. »Lass uns deine Kindergartentasche holen, dann fahren wir nach Hause und probieren dein neues Flugzeug aus.«

Obwohl die Tränen noch in seinen Augen standen, nickte Miko tapfer. »Vielleicht ist der Papa ja gleich zu Hause. Dann kann er mit mir spielen.«

»Vielleicht.« Linna lächelte bekümmert und winkte den Erzieherinnen noch einmal zu.

Während sie zum Auto gingen, erzählte Miko lebhaft, was er noch an diesem Tag erlebt hatte. Linna war froh, dass er nicht mehr weinte. Es war höchste Zeit, etwas Grundlegendes zu verändern. Es lag in ihrer Verantwortung als Mutter, dass Miko die Aufmerksamkeit bekam, die er brauchte.

Die Straßenlaternen brannten bereits, als Linna den Vorhang zur Seite zog und durch das Wohnzimmerfenster auf den Vorgarten ihres Reihenhauses blickte. Laut der Internetseite des Flughafens war Ilja vor einer guten halben Stunde aus Kairo gelandet. Vor einer Stunde hatte sie Miko unter Protest ins Bett gebracht, ihm aber versprochen, dass sein Vater sofort zu ihm kommen würde, wenn er zu Hause war. Miko wollte solange wach bleiben, war dann jedoch wenig später in seinem Bett eingeschlafen.

Sie hatte sich ins Wohnzimmer zurückgezogen und mit Sarah telefoniert, um ihr von ihrem Entschluss zu berichten. Ihre Freundin hatte sofort ihre Hilfe angeboten, Linna hatte dankbar angenommen. Was hätte sie auch anderes tun können?

Sie zog den Vorhang wieder zu und schaltete die Tischlampe ein, die auf einem Sideboard stand und einen warmen Schein auf die Wände des Wohnzimmers warf. Über der Kommode hing ein Spiegel, in dem Linna sich nun betrachtete. Mit einer Hand strich sie eine lockige Strähne ihres kastanienbraunen Haars aus dem Gesicht. Unter ihren Augen zeichneten sich dunkle Schatten ab, und ihr Gesicht wirkte schmaler als sonst.

Sie wandte sich ab und setzte sich auf das große, bequeme Sofa, das sie erst vor Kurzem mit Ilja gekauft hatte. Ihre Füße hüllte sie in eine kuschelige Decke. Eine Weile saß sie einfach nur so da und horchte auf den eigenen Atem. Dann starrte sie auf den leeren Platz neben sich. Sie überlegte, wann ihr Mann das letzte Mal dort gesessen hatte, konnte sich allerdings an keinen konkreten Augenblick erinnern.

Keine Frage, sein Job sicherte den Wohlstand der Familie. Ohne sein Pilotengehalt hätten sie sich nie das hübsche Haus in Kaiserswerth leisten können und Miko kaum all die schönen Spielsachen schenken können, die er so liebte.

Aber konnten materielle Dinge auf Dauer die Abwesenheit eines Vaters kaschieren und seine persönliche Zuwendung ersetzen? Linna seufzte schwer. Sie kannte die Antwort auf die Frage.

Die Stille des Hauses fühlte sich zunehmend erdrückend an. Sie wusste, dass Ilja nun bald nach Hause kommen würde. Der Gedanke lag schwer auf ihrer Brust, sodass sie mühevoll atmete.

Als sie das Drehen des Schlüssels im Schloss hörte, setzte Linna sich gerader auf die Couch. Wenig später ging die Tür auf, und Ilja betrat das Haus. Sofort spürte sie eine gewisse Anspannung in der Luft. Langsamen Schrittes kam er ins Wohnzimmer.

Er sah müde aus, seine Augen waren von der langen Reise gerötet, und seine Gesichtszüge waren von den Strapazen des Fliegens gezeichnet. »Hey«, sagte er leise zur Begrüßung und gähnte hinter der vorgehaltenen Hand. »Was für ein Tag!«

Linna konnte seine Erleichterung darüber hören, dass er endlich zu Hause war. »Hey«, antwortete sie und versuchte, ein Lächeln aufzusetzen, was nicht ganz gelang. »Miko schläft schon.«

Ilja nickte und ließ sich auf den Sessel ihr gegenüber fallen. »Ich habe es vermasselt, oder?«, murmelte er und fuhr sich mit beiden Händen über die Augen.

Linna spürte, wie sich ihr die Kehle langsam zuschnürte. »Ja, so ziemlich. Er hat auf dich gewartet. Aber …« Sie hielt inne, unsicher, wie sie das Gespräch beginnen sollte.

Umständlich räusperte sie sich. »Aber ich denke, wir müssen mal reden.«

Ilja sah sie an, dann runzelte er die Stirn. In seinem Blick lag Besorgnis. »Was ist los?«

»Es ist … es ist einfach etwas viel in letzter Zeit«, begann sie und spürte, wie Tränen in ihren Augen brannten. »Miko vermisst dich, Ilja. Er hat gesagt, dass er einen Papa wie die anderen Kinder haben will. Und ich … ich fühle mich so allein. Allein mit allem.«

Sofort senkte er den Blick. Linna erkannte die Schuldgefühle, die seine Miene spiegelte. »Ich weiß, dass ich oft weg bin. Mein Pilotenjob nimmt mich mehr ein, als mir lieb ist. Es tut mir sehr leid, Linna. Am liebsten wäre ich immer für euch da.«

»Ich weiß, dass du es gerne wärst«, entgegnete sie sanft. »Aber es ist nicht genug, etwas nur zu wollen. Ich kann einfach nicht so weitermachen.« Sie schüttelte den Kopf. »Ich habe das Gefühl, dass wir uns immer weiter voneinander entfernen.«

Ein Moment der Stille setzte ein, in dem nur das leise Ticken der antiken Wanduhr zu hören war. Linna spürte, wie die Gefühle allmählich aus ihr herauszubrechen drohten. Sie stand auf und trat ans Fenster, um blicklos auf die dunklen Schatten zu starren. »Ich denke, wir sollten eine Auszeit voneinander nehmen«, sagte sie schließlich mit fester Stimme. Die Worte fühlten sich wie ein schwerer Stein an, der in den Raum fiel. »Ich möchte mit Miko vorübergehend zu Sarah ziehen.«

Iljas Gesichtsausdruck veränderte sich. Eine Mischung

aus Schock und Traurigkeit glitt über seine Miene. »Du willst ausziehen?«, fragte er fast tonlos. »Das ist nicht die Lösung, Linna.«

»Dessen bin ich mir bewusst«, erwiderte sie und zuckte die Schultern. »Aber ich glaube, dass es für den Moment das Beste für uns ist. Für uns und für unseren Sohn. Ich brauche Raum, um nachzudenken. Miko braucht Stabilität und Verlässlichkeit. Sarah hat eine große Wohnung, und sie hat angeboten, uns zu helfen.«

»Und was ist mit uns?«, fragte Ilja, seine Stimme war brüchig. »Was bedeutet das für unsere Beziehung?« Er blickte auf den silbernen Verlobungsring an seiner rechten Hand, den er mit zwei Fingern drehte.

»Ich weiß es nicht«, gestand Linna leise und spürte, wie ihr Tränen über die Wange liefen. Ihr fiel der Schritt nicht leicht. Sie wandte sich um und hielt sich an der Lehne der Couch fest, bevor sie darauf Platz nahm. »Ich kann nur einfach nicht mehr so tun, als wäre alles in Ordnung. Ich liebe dich, Ilja, aber ich kann nicht länger in dieser Unsicherheit leben – und Miko kann das auch nicht.«

Er stand auf und ging zu dem Fenster, an dem sie zuvor gestanden hatte. Tief versenkte er seine Hände in die Hosentaschen und starrte eine Weile stumm in die Dunkelheit. »Ich wollte immer der beste Partner und der beste Vater sein. Scheinbar habe ich es total vermasselt.«

»Du hast nicht versagt«, widersprach sie und erhob sich erneut, um sich ihm zu nähern. »Aber wir müssen ehrlich zueinander sein. Wir müssen herausfinden, was wir wirklich wollen und tatsächlich können.«

Er drehte sich zu ihr um. In seinen Augen spiegelte sich Schmerz wider. »Ich will euch nicht verlieren, Linna. Dich nicht und Miko auch nicht.«

»Ich will dich auch nicht verlieren«, flüsterte sie und berührte ihn leicht am Arm. »Und gerade deswegen brauche ich den räumlichen Abstand. Ich muss mir über einiges klar werden.«

Ilja nickte langsam, während er sichtlich um Fassung rang. »Ich werde dich vermissen«, brachte er leise hervor. »Ich werde euch beide vermissen.«

»Wir sind ja nicht weit weg«, antwortete Linna und legte eine Hand auf seine Schulter. »Wir sind immer noch eine Familie, egal, wo wir sind.«

Ilja drehte sich zu ihr. »Wann zieht ihr zu Sarah?«

»Morgen.« Sie wich seinem Blick aus. »Ich habe Mikos und meine Taschen schon gepackt.«

Ohne ein weiteres Wort umarmte Ilja sie fest. Linna spürte die vertraute Wärme seines Körpers, die sie für einen kurzen Augenblick tröstete. Doch sie wusste, dass sie den ersten Schritt in eine ungewisse Zukunft gemacht hatte – einen Schritt, der notwendig war, wenn sie die Gefühle für ihre einst große Liebe retten wollte, die sie nach wie vor noch für ihn empfand.

Kapitel 1

Die Morgensonne schien durch das Fenster in die geräumige Küche der Altbauwohnung. Sarah stand am Herd und bereitete Rührei zu, während Miko auf dem Boden mit seinen Legosteinen spielte. Sie summte fröhlich vor sich hin und schlug ein weiteres Ei in eine Schüssel, das sie würzte und dann mit einer Gabel verquirlte.

Linna saß an dem großen Holztisch und trank eine Tasse frisch gebrühten Kaffee. Es war Samstag, und sie hatte frei. Vor ihr und Miko lag ein entspannter Tag, den sie vermutlich an der frischen Luft verbringen würden.

Plötzlich vibrierte ihr Handy auf dem Tisch. »Das ist bestimmt Ilja.«

Sarah drehte sich zu ihr. »Die tägliche Gutenmorgennachricht mit der Frage, ob ihr noch lebt«, merkte sie lachend an.

»So ungefähr.« Schmunzelnd griff Linna nach ihrem Handy. Als sie den Namen auf dem Bildschirm sah, zog sie überrascht die Augenbrauen hoch. »Oh!«

»Was schreibt er denn?«, fragte Sarah, ohne sich erneut umzuwenden.

»Das war gar nicht Ilja. Es ist eine Sprachnachricht meiner Schwester.«

Seit sie Himmelsee verlassen hatte, hatte sie regelmäßig mit Jule telefoniert, aber sie hatten sich aufgrund der Entfernung nur selten gesehen. Ihre Eltern waren das letzte Mal vor zwei Jahren in Düsseldorf bei ihnen zu Besuch gewesen. Das familiengeführte Hotel an der Ostsee ließ nicht viel Spielraum für private Reisen. Linna ging zum Fenster und blickte hinaus, während sie das Handy an ihr Ohr drückte und der Stimme ihrer Schwester lauschte.

»Hallo, Linna! Hier ist Jule.« Sie klang zögerlich. Dann holte sie hörbar Luft. »Komm bitte nach Hause. Papa und ich brauchen dich. Mama geht es nicht gut!«, sprudelte es aus ihr heraus. Fast panisch fügte ihre Schwester hinzu: »Bitte, komm!«

Eine Pause entstand, dann folgte ein Knacken. Die Sprachnachricht war beendet. Linna blieb einen Moment regungslos sitzen, bis sie Sarah ansah.

»Meine Mutter hatte einen Schwächeanfall. Sarah, ich muss ganz schnell nach Himmelsee fahren.« Eine Woge von starken widersprüchlichen Gefühlen erfasste sie, sie rieb sich die kalten Finger. Ihre Mutter war immer so stark gewesen. Der Gedanke daran, dass es ihr so schlecht ging, erschütterte sie zutiefst. Aber Himmelsee hatte sie aus gutem Grund verlassen. Konnte sie jetzt dorthin zurückkehren nach all den Jahren? Es stand nicht zur Debatte, sie musste.

Sarah drehte sich sofort um, ihr Lächeln war verschwunden. »Oje! Das klingt ernst. Was sagt deine Schwester noch?«

»Jule und Papa brauchen meine Hilfe im Hotel. Ich muss mich gleich mit Miko zu ihnen auf den Weg machen.« Abrupt sprang Linna auf und begann, durch die Wohnung zu hasten.

In Windeseile raffte sie Mikos und ihre Sachen zusammen. Sie warf ihre Kleidung in Taschen, sammelte das Spielzeug ihres Sohnes zusammen und räumte es eilig in eine grüne Aufbewahrungsbox.

»Ich schmiere euch ein paar Brote für die Fahrt.« Sarah war zu ihr getreten und legte ihr die Hand auf die Schulter.

»Danke. Tut mir wirklich leid, dass wir so Knall auf Fall aufbrechen müssen.« Linna fuhr sich konfus durch ihre Locken.

»Das macht doch nichts. Miko bekommt von mir noch Frühstück, ja?«

»Du bist wirklich ein Engel.« Sie lächelte Sarah dankbar an.

»Da wäre ich mir nicht so sicher.« Sie zwinkerte ihr zu. »Pack ganz in Ruhe zu Ende, ich kümmere mich währenddessen um den kleinen Sonnenschein.«

»Danke, Sarah. Ich rufe dann mal Ilja an«, murmelte Linna und ließ sich mit dem Handy in der Hand auf das Gästebett sinken, auf dem sie die letzten Wochen geschlafen hatte. Sie wusste, dass sie ihn informieren musste, wenngleich sie nicht sicher war, wie er auf die Nachricht reagieren würde. »Ilja?«, sagte sie, als er abnahm.

»Linna! Ist was mit Miko? Du klingst aufgeregt.«

»Miko geht es gut«, beruhigte sie ihn. »Ich habe eine Sprachnachricht meiner Schwester bekommen. Meine Mutter hatte einen Schwächeanfall. Ich muss sofort mit Miko nach Himmelsee.«

»Was?«, fragte Ilja anteilnehmend. »Wie schlimm ist es denn?«

»Schlimm genug, wenn Jule sich meldet und mich um Hilfe bittet. Das hat sie bisher noch nie getan«, erklärte Linna, während sie versuchte, die Nerven zu behalten.

»Das klingt wirklich dringend. Wie lange wirst du mit Miko voraussichtlich fort sein?«, erkundigte er sich leicht angespannt.

»Keine Ahnung. Es könnte aber eine Weile dauern. Ich lasse mich bei der Arbeit beurlauben«, antwortete sie, während sie gespannt auf Iljas Reaktion wartete.

»Also gut ... Ich verstehe, dass du an die Ostsee fahren musst. Unter diesen Umständen möchte ich nicht darauf bestehen, Miko regelmäßig sehen zu können«, erwiderte er scheinbar gefasst.

»Danke, Ilja. Es tut mir wirklich leid, dass alles in letzter Zeit so kompliziert ist«, murmelte sie.

»Ich hoffe, dass es deiner Mutter bald wieder besser geht«, fügte er hinzu, ohne auf ihre Worte einzugehen. »Grüß sie von mir.«

Linna nickte, obwohl er es nicht sehen konnte. »Ich hoffe es auch«, sagte sie leise und beendete das Gespräch.

Eine halbe Stunde später luden Sarah und sie gemeinsam die Taschen in den Kofferraum ihres Autos, während Miko fröhlich um sie herumtollte. Er freute sich darauf, zu Oma und Opa an die Ostsee zu fahren. Und weil es für ihn ein wunderbares Abenteuer zu sein schien, wollte sie ihn nicht mit ihren Sorgen belasten.

»Du schaffst das, Linna«, machte Sarah ihr Mut, als sie die letzte Tasche ins Auto gehievt hatte. »Ich bin mir sicher, dass deine Mutter bald wieder auf den Beinen sein wird.«

»Dein Wort ins Gottes Ohr.« Linna nahm Sarah in den Arm und drückte sie. »Danke für alles. Du hast einiges bei mir gut.«

»Ach was! Das war doch selbstverständlich.« Sarah lächelte aufmunternd. »Und mach dir keine Sorgen wegen der Arbeit, hörst du? Ich werde dich gut vertreten. Und ich fahre dann jetzt auch los.« Sie drückte auf die Fernbedienung ihres Autoschlüssels, die Lichter ihres VWs leuchteten auf. »Fahrt vorsichtig und melde dich, wenn du angekommen bist!«

»Wird gemacht«, versprach Linna. »Und dir wünsche ich eine ruhige Schicht.«

Sarah hob schmunzelnd die Augenbrauen. »In der Ferienzeit und ruhig? Mal abwarten.« Sie stieg ins Auto und hob noch einmal die Hand, bevor sie den Wagen startete und Richtung Flughafen losfuhr.

Linna setzte Miko in den Kindersitz auf der Rückbank und schnallte ihn fest. Erst als sie sich hinter das Steuer gesetzt hatte, fiel ihr auf, dass sie Jule noch gar nicht geantwortet hatte. Kopfschüttelnd nahm sie ihr Handy aus der Handtasche und tippte mit einem Finger die Stelle im Messenger an, an der das Mikrofon platziert war.

»Hallo, Jule! Miko und ich machen uns jetzt auf den Weg zu euch nach Himmelsee. Grüße Mama und Papa von uns. Bald sind wir da!« Linna beendete die Aufnahme und startete den Motor.

Mit einem letzten Blick auf die vertraute Düsseldorfer Umgebung fuhr sie los. Ihr Herz war voller Sorge um ihre Mutter, und die Ungewissheit nagte an ihr. Was würde sie in ihrer alten Heimat erwarten?

Sieben Stunden später atmete Linna tief ein, als sie das Auto auf dem Parkplatz vor dem Strandhotel *Kranichglück* abstellte. Der unverkennbare Duft von salziger Meeresluft strömte durch das heruntergelassene Fenster auf der Fahrerseite. Die Sonne schien hell von einem nahezu wolkenlosen Himmel.

Das Hotel lag direkt hinter den Dünen, nur einen kurzen Spaziergang vom feinsandigen Strand entfernt. Von den Balkonen aus bot sich ein weiter Blick auf das schimmernde Blau der Ostsee. Strandkörbe standen ordentlich aufgereiht auf der großen Terrasse, bereit für die Gäste, die sich hier nach einem Tag am Meer entspannen wollten.

Möwen kreisten durch die Lüfte, während Urlauber fröhlich lachend am Hotel vorbeiflanierten und den warmen Julitag zu genießen schienen. Manche mit Eiswaffeln in der Hand, andere mit Sonnenhut und Badetasche auf dem Weg zur Promenade. Es war Hochsaison in Himmelsee, und das *Kranichglück*, mit seinen weiß gestrichenen Balkonen und dem maritimen Flair, war mittendrin im lebhaften Treiben.

Als sie aus dem Auto stieg, erblickte Linna schon ihre Schwester am Hoteleingang. Sie hatte sie anscheinend bereits erwartet.

Schnell schnallte sie Miko auf seinem Kindersitz los und half ihm aus dem Auto.

»Linna! Miko!«, rief Jule, bevor sie beide nacheinander in eine herzliche Umarmung zog.

Miko, der mit seinen fünf Jahren etwas schüchtern war, lächelte verlegen. »Hallo.«

»Du kannst dich bestimmt nicht mehr an mich erinnern«, sagte Jule.

»Nein.« Er schüttelte den Kopf.

»Ich bin deine Tante Jule, die Schwester von deiner Mama«, erklärte sie und hockte sich hin, um auf Augenhöhe mit ihm zu sprechen.

Miko überlegte einen Moment. »Okay. Dann gehörst du zur Familie?«

Jule nickte. »Richtig. Du bist mein Neffe.«

Mikos Gesichtsausdruck hellte sich auf. »Ist gut, Tante Jule.«

Linna lachte und wechselte einen dankbaren Blick mit ihrer Schwester. »Dann wäre das ja auch geklärt.«

»Lasst uns reingehen. Ihr seid bestimmt müde und hungrig von der langen Fahrt. Drinnen gibt es frisch gebackene Kekse.« Jule bedeutete ihnen hineinzugehen.

»Ach, es geht eigentlich.« Linna öffnete den Kofferraum. »Ich nehme sofort unser Gepäck mit.«

»Warte! Ich helfe dir.« Jule trat zuvorkommend neben sie und nahm ihr eine große Tasche ab. »Ich bin so froh, dass ihr da seid.« Sie warf Linna einen besorgten Blick zu. »Mama liegt seit gestern im Krankenhaus, und ich mache mir wirklich Sorgen um sie.«

»Wie ist das denn passiert?«

Jule hob die Schultern. »Du kennst sie doch. Nie lässt sie

sich helfen. Immer will sie alles alleine machen und tut so, als wäre sie nicht längst in einem Alter, in dem andere ihre wohlverdiente Rente genießen.«

»Ich muss unbedingt gleich zu ihr«, antwortete Linna und spürte, wie sich ihr Magen zusammenzog. »Lass uns schnell das Gepäck abstellen, dann können wir von mir aus gleich zu Mutti fahren.«

Das Reisegepäck in Händen und Miko im Schlepptau, betraten sie das Hotel *Kranichglück*. Auch hier war das geschäftige Treiben der Sommersaison in vollem Gange. Die Lobby war hell erleuchtet, es duftete unverkennbar nach frisch gebackenen Keksen. Unter das Stimmengewirr der Gäste mischte sich das Klirren von Geschirr. Es war genau, wie Linna es in Erinnerung hatte. Sie spürte, wie sich langsam ein Gefühl von Nachhausekommen in ihr regte.

Sie ging mit Jule zur Rezeption, um dort ihre Koffer abzustellen. Während ihre Schwester für Miko und sie den Schlüssel einer geräumigen Suite heraussuchte, entdeckte Miko ein anderes Kind in der Lobby. Seine Augen leuchteten auf. Er rannte sofort zu dem anderen Jungen, der gerade mit einem ferngesteuerten Auto spielte. Linna beobachtete lächelnd, wie beide Kinder schnell Freundschaft schlossen und der etwa gleichaltrige Junge Miko auch mal mit dem ferngesteuerten Auto fahren ließ.

Nachdem sie ihre Sachen in der Suite abgestellt hatten und Miko den versprochenen Keks bekommen hatte, brachen sie mit dem Hotelfirmenwagen zum Krankenhaus auf. Die

Fahrt dorthin war nur kurz, aber Linna kam es wie eine Ewigkeit vor.

Im Krankenhaus empfing sie das glatte Gegenteil der heimeligen Atmosphäre im Hotel *Kranichglück*. Der beißende Geruch von Desinfektionsmittel lag in der Luft, und von irgendwoher erklang das monotone Piepen eines Überwachungsgeräts. Menschen in weißen Kitteln eilten umher, während Patienten und deren Angehörige in Wartebereichen besorgt in ihre Gedanken versunken waren. Wieder einmal fragte sich Linna, wie man in einem Krankenhaus überhaupt gesund werden sollte. Sie dachte an ihre Blinddarm-OP zurück, die mindestens schon fünfzehn Jahre her war. Damals war sie heilfroh gewesen, als sie das Krankenhaus wieder hatte verlassen können. Denn mit jedem Tag länger hatte sie sich kränker gefühlt, als sie gewesen war.

Als sie das Zimmer ihrer Mutter betraten, erhellte sich deren Miene. »Linna! Mein Schatz! Was machst du denn hier?« Ihre Stimme war nicht so kräftig wie sonst, aber die Freude in ihren Augen unübersehbar.

Ihr Vater, der auf einem Stuhl neben dem Bett ihrer Mutter gesessen hatte, war aufgesprungen. Linna umarmte ihn zuerst und dann ihre Mutter.

»Ich kann doch nicht in Düsseldorf bleiben, wenn es dir so schlecht geht.« Sie lächelte und nahm die Hand ihrer Mutter, die sich warm und sehr zart anfühlte. »Wie geht es dir denn, Mutti?«

»Tja, was soll ich sagen? Ich muss wohl noch eine Weile hierbleiben, aber das wird schon wieder«, antwortete ihre Mutter und lächelte schwach.

»Ich bin auch da, Omi.« Miko hatte sich in der allgemeinen Aufregung unbemerkt an das Bett seiner Großmutter gestellt.

»Ach, mein Schätzchen. Natürlich bist du da.« Linnas Mutter strich ihrem Enkel sanft über das Haar und betrachtete ihn. »Du bist ein richtig großer Junge geworden. Weißt du das, Miko?«

Er nickte. »Nächstes Jahr komme ich ja schon in die Schule.«

»Da darf man nicht mehr so klein sein.« Linnas Vater hob seinen Enkel auf den Arm und drückte ihm einen Schmatzer auf die Wange.

Die Stimmung im Krankenzimmer war nun gelöster, und die Wangen von Linnas Mutter wirkten rosiger als noch wenige Minuten zuvor.

Eine halbe Stunde darauf kam ein Arzt herein, um nach dem Befinden von Linnas Mutter zu fragen. Nachdem er den Puls seiner Patientin gemessen und ein paar Notizen in einer Akte gemacht hatte, stellte Linna sich ihm vor. Dabei ergriff sie die Gelegenheit beim Schopf und fragte direkt nach der Diagnose ihrer Mutter.

»Es handelt sich um einen vorübergehenden Schwächeanfall«, erklärte der Arzt mit ruhiger Stimme. »Trotz allem eine ernst zu nehmende Sache.«

Linna verschränkte die Arme vor der Brust. »Und wie kommt so was zustande?«

Er hob eine Schulter. »Vor allem durch übermäßigen Stress und auch Überanstrengung. Das soll leicht zu finden sein, wenn man ein Hotel führt, habe ich gehört.«

»Ich sag meiner Frau immer wieder, dass sie sich nicht so viel zumuten soll. Aber sie hört nicht auf mich!«, beklagte sich Linnas Vater.

Der Arzt nickte verständnisvoll. »Häufig ist es so, dass Angehörige eine sich anbahnende Überlastung eher sehen als die betroffene Person. Deswegen wird sich Ihre Frau auch noch einige Tage mit unserer Vollpension begnügen müssen.« Um seine Mundwinkel zuckte es verdächtig.

»Ich werde bleiben und so lange im Hotel helfen, wie ich gebraucht werde«, erklärte Linna ihren Eltern, als der Arzt gegangen war.

»Ach, mein Mädchen, das ist doch wirklich nicht nötig«, wandte ihre Mutter ein. »In ein paar Tagen bin ich wieder wie neu.«

»Umso besser«, entgegnete Linna und warf ihrer Schwester einen eindringlichen Blick zu. Jule nickte ihr unmerklich zu. Sie wussten beide, dass Widerspruch zwecklos war. Deswegen ließen sie die Worte ihrer Mutter unwidersprochen stehen und brachen keinen Streit vom Zaun.

Linna war klar, dass sie nicht einfach wieder abreisen konnte. Ihre Entscheidung war gefallen. Himmelsee würde für eine Weile wieder ihr Zuhause sein. Für Miko würde es wie Urlaub sein, und sie wollte alles tun, um ihren Eltern und ihrer Schwester in dieser schwierigen Zeit beizustehen.

Der Abend senkte sich sanft über Himmelsee. Die letzten Sonnenstrahlen tauchten den Himmel in warme Gold- und Rosatöne. Linna schlenderte barfuß über den feinen, noch warmen Sandstrand und genoss die entspannte Atmosphäre.

In den Händen hielt sie ihre Sandalen, das sanfte Rauschen der Wellen begleitete ihre Schritte. Lächelnd dachte sie daran, was Miko jetzt erleben würde. Ihr Vater kümmerte sich gerade im Hotel um ihn. Bevor sie sich auf den Weg gemacht hatte, hatte sie sie im Hotelrestaurant bei einer Partie *Mensch ärgere dich nicht* gesehen. Linna wusste ihren Sohn in den besten Händen und war dankbar für die Gelegenheit, einen Moment für sich zu haben. Sie musste die Dinge des Tages in Ruhe Revue passieren lassen und ihre Gedanken sortieren.

Vor kaum vierundzwanzig Stunden hätte sie im Traum nicht daran gedacht, dass sie so kurze Zeit später durch den weißen Sand Himmelsees marschieren würde. Der Wind spielte mit ihren Locken, aus der Ferne erklang der Ruf einer Möwe.

Einen Moment lang schloss sie die Augen, um genussvoll die salzige Luft einzuatmen, die so unvergleichbar nach ihrem Zuhause roch. Sie bohrte ihre Füße tiefer in den Sand und fühlte eine angenehme Kühle. Sie wollte bewusst wieder in Himmelsee ankommen, diesen Ort möglichst mit allen Sinnen erfahren.

Während sie so dastand, überkam sie plötzlich ein Gefühl der Melancholie. Alte Erinnerungen stürmten auf einmal auf sie ein. Aus einer Zeit, als alles noch unbeschwert schien. Glückliche Momente drängten sich in ihr Bewusstsein, die sogleich von einer unsagbaren Trauer überschattet wurden.

Sie öffnete wieder die Augen, und ihr war, als könnte sie eine junge Frau auf der Seebrücke stehen sehen: Anika, ihre beste Freundin, mit der sie durch dick und dünn gegangen war und der sie ewige Freundschaft geschworen hatte. Anika, die viel zu früh aus ihrem jungen Leben gerissen worden war und deren Tod sie bis heute nicht verwunden hatte. Der Verlust war damals wie ein Tornado über sie hinweggedonnert. Sie hatte die ersten Tage nach Anikas Unfall in einer Art Schockzustand verbracht. Seitdem schien das Ereignis wie eine dunkle Wolke über ihr zu schweben. Sie hatte es nicht ertragen können, an diesem Ort zu bleiben, damals. Vor zehn Jahren hatte sie nicht anders gekonnt, als davor zu flüchten. Aber nun war sie endlich wieder hier, und sie spürte, dass es höchste Zeit war, sich auch dem Vergangenen zu stellen.

Langsam ging sie weiter zur Seebrücke, die sich wie ein schmaler Steg über dem Meer erstreckte. Die Holzplanken knarrten wie früher bei jedem ihrer Schritte, das warme Licht der untergehenden Sonne spiegelte sich glitzernd auf der Wasseroberfläche. Hier, an genau dieser Stelle, hatte sie viele glückliche Stunden mit Anika verbracht. Hier hatten sie sich erzählt, in wen sie heimlich verliebt gewesen waren, sich den ersten Liebeskummer von der Seele geweint oder waren gedanklich in eine Zukunft voller Abenteuer gereist, in denen sie die Heldinnen gewesen waren und es keine Grenzen gegeben hatte.

Der Steg war für sie unweigerlich mit ihrem Lachen, ihren Träumen und dem Versprechen verbunden, immer füreinander da zu sein. Doch dieses Versprechen hatte sie nicht einhalten können. Das Schicksal war dazwischengekommen und hatte Linna sich in die Ferne flüchten lassen, um dem unerträglichen Schmerz zu entkommen, der seit Anikas Tod für sie mit Himmelsee unwiderruflich verbunden war.

Doch nun, da sie zurück war, wurde ihr bewusst, dass sie davor nicht länger davonlaufen konnte. Ohne die Entscheidung bewusst zu fällen, schlug sie den Weg Richtung Friedhof an der Seemannskirche ein.

Ihr wurde das Herz schwer, doch ihre Füße trugen sie Schritt für Schritt weiter. So schlenderte sie durch die malerischen Straßen von Himmelsee. Die reetgedeckten Häuser, die sich hier aneinanderreihten, strahlten eine gefällige Gemütlichkeit aus. Die bunten Darßer Türen leuchteten in den sanften Abendfarben und schienen Geschichten von der See aus längst vergangenen Zeiten zu erzählen.

Linna hielt kurz inne, um die Schönheit der Umgebung auf sich wirken zu lassen. Hier, in der friedlichen Kulisse ihres Heimatorts, schien die Zeit stillzustehen. Für einen Augenblick gestattete sie es sich, den Blick zu heben, ließ die Schultern sinken und die Sorgen von sich fallen, um tiefen Frieden in ihrem Herzen zu fühlen.

Je näher sie dem Friedhof kam, desto stärker spürte sie wieder die Bürde der Erinnerungen. Die bunten Türen hatte sie einst auch mit Anika bewundert. Anika hatte oft gelacht, manchmal recht wilde Pläne geschmiedet und von einem zukünftigen Leben als Kapitänin geträumt, um die alte Familientradition fortzuführen und als erste Frau in ihrer Ahnenreihe zur See zu fahren. Dieser Traum war seit jenem verhängnisvollen Tag vor rund zehn Jahren für immer verloren.

Als sie schließlich den kleinen Friedhof an der Kirche erreichte, umfing sie eine friedliche Stille. Die alten Bäume schienen die Zeit zu bewahren, und auf den Gräbern lagen die letzten Sonnenstrahlen des Tages.

Linna ging langsam zum Familiengrab der Friedrichs, das sie während ihrer Abwesenheit gedanklich so oft besucht und es doch nie gewagt hatte, persönlich hier zu erscheinen.

Am Grabstein wucherte etwas Moos, ansonsten war alles schön gepflegt. Jemand hatte eine Kerze in einem Windlicht angezündet, das rechts des Steins aufgestellt worden war. Fast fühlte sie sich etwas beschämt, weil sie nach so langer Zeit mit leeren Händen am Grab ihrer besten Freundin stand.

»Anika«, flüsterte sie, als sie sich langsam niederkniete und ihre Hand sanft über den kühlen Stein gleiten ließ. »Ich bin wieder da, Anika.«

Die Worte schienen in der Stille zu verhallen, doch in ihrem Herzen spürte sie eine Art Resonanz, als würde ihre Freundin ihr antworten. Linna wusste, dass es richtig war, zurückzukehren und sich den Schatten ihrer Vergangenheit zu stellen. Und vielleicht, nur vielleicht, konnte sie eines Tages einen Weg finden, um das Geschehene zu akzeptieren und sich zu verzeihen.

Kapitel 2

Es war noch früh am Morgen, als Linna langsam die Augen öffnete. Zarte Sonnenstrahlen drangen durch die schweren Vorhänge und kündigten den Beginn des neuen Tages an. Sie richtete sich auf, ihre Füße berührten den kühlen Holzboden der Suite, als sie sich aus dem Bett schälte. Gähnend ging sie auf das Fenster zu.

Dann zog sie schwungvoll einen der Vorhänge zur Seite und öffnete eines der Fenster, das zum Meer heraus lag. Nach einem tiefen Atemzug wanderte ihr Blick über die Dünen und zur Ostsee, die fast so blau leuchtete wie der wolkenlose Himmel. Das Meer lag ruhig da, nur ein leichter Wind spielte mit den seichten Wellen. Linna genoss einen Augenblick die Aussicht, bevor sie auf Zehenspitzen zum Nebenzimmer schlich und hineinlugte.

Miko schlief tief und fest in seinem Bett, in den Armen hielt er das Plüschschaf, das er erst kürzlich von ihr geschenkt bekommen hatte. Ein Lächeln huschte über ihr Gesicht. Sie gönnte sich den Augenblick, ihn zu beobachten, und lehnte den Kopf an die Wand.

Sie konnte sich seine sorglosen Träume vorstellen. Vielleicht segelte er in ihnen als Pirat auf einem Schiff über das weite, blaue Meer.

Leise zog sie die Tür zu, bevor sie sich mit Waschzeug und frischer Kleidung ins Bad begab. Sie zog ein weites T-Shirt und eine bequeme, lockere Hose an, die für ihren Aufenthalt in Himmelsee ideal waren. Das Haar steckte sie zu einem praktischen Dutt hoch. Dabei wanderten ihre Gedanken zu den vergangenen Tagen – in so kurzer Zeit war bereits so viel geschehen. Die plötzliche Entscheidung, nach Himmelsee zu fahren, das ernste Gespräch mit Ilja, bevor sie mit Miko bei Sarah untergekommen war. Doch ihre Ehe oder die gescheiterte Ehe war nun erst mal zweitrangig. Düsseldorf war weit weg. Jule und ihr Vater zählten auf sie.

Entschlossen strich sie sich eine Strähne aus dem Gesicht und schlüpfte in ein Paar Sandalen. Sie hatte nicht nur eine Aufgabe im Hotel, sondern auch eine Verpflichtung ihrer Familie gegenüber, der sie unbedingt nachkommen wollte. Das Leben vergab nicht ohne Grund zweite Chancen, dessen war sie sich bewusst.

Erst als sie das Badezimmer verließ, erkannte sie mit schockierender Klarheit, wie sehr sie ihre Familie im fernen Rheinland vermisst hatte und wie wichtig es für sie war, ihnen wieder nah zu sein.

Nachdem Miko aufgewacht war und sie ihm beim Anziehen geholfen hatte, traten beide auf den Hotelflur. Linna zog die Tür zur Suite behutsam hinter sich zu.

Mit flinken Schritten lief sie mit Miko über den Flur und stieg dann mit ihm die Treppe hinunter, die in die Lobby führte. Dort traf sie auf ihren Vater, der beide mit einem fröhlichen »Guten Morgen« begrüßte und seinen Enkel gleich mit in den Frühstücksraum nahm. Linna hingegen wollte zur Hotelküche.

Je näher sie der Küche kam, umso intensiver wurde der Duft von frisch gemahlenem Kaffee und gebackenem Brot. Trotz des noch frühen Morgens war ihre Schwester bereits auf den Beinen und emsig am Werk.

»Guten Morgen«, sagte Linna zur Begrüßung.

»Morgen«, antwortete Jule gut gelaunt, während sie auf einer Waage Mehl abwog. »Schon wach?«

»Ja.«

»Ich dachte, du schläfst noch! Und Miko auch!«

»Und ich dachte, ich komme dir beim Frühstücksbüfett helfen«, konterte Linna und ging zur Kaffeemaschine, um sich eine Tasse zu holen. »Miko ist übrigens mit Papa im Speiseraum.« Sie zuckte die Achseln. »Ich weiß, dass es eigentlich Mamas Job ist, sich ums Frühstück zu kümmern.«

Jule nickte dankbar und lächelte. »Das ist lieb von dir. Ich weiß auch nicht, wie sie das sonst immer alles mühelos unter einen Hut bekommt.«

»Na ja, so ganz mühelos war es offensichtlich nicht«, spielte Linna auf die Tatsache an, dass ihre Mutter im Krankenhaus lag, und band sich eine Schürze um. »Deswegen ist es ja das Mindeste, was ich nun tun kann, wenn ich dir bei den Vorbereitungen helfe.« Sie stellte sich neben ihre Schwester und trank einen Schluck Kaffee, dann begann sie, Müsli aus einer großen Packung in ein Glasbehältnis zu füllen. »Wofür brauchst du das Mehl?«

»Ach, das ist für später. Ich habe schon die Zutaten für Bienenstich-Muffins und Zitronen-Kokos-Blondies vorbereitet. Die Marathonläufer werden ab heute Nachmittag eintrudeln, und da möchte ich gerne ein paar Kleinigkeiten beim Empfang zur Stärkung anbieten können«, erklärte Jule.

»Wie viele Gäste erwarten wir denn?«, erkundigte Linna sich und griff erneut zu ihrer Kaffeetasse.

»So viele, dass das Hotel ausgebucht ist! Es war reines Glück, dass deine Suite noch frei geworden ist«, antwortete Jule mit einem strahlenden Lächeln. »Und Marathonläufer freuen sich doch immer über süße Kleinigkeiten und erfrischende Getränke zur Begrüßung.«

»Wer würde das nicht?« Linna lächelte ihr zu.

Jule beugte sich zu ihr und sah sie nachdenklich an. »Sag mal, was sagt eigentlich Ilja dazu, dass du mit Miko nach Himmelsee gekommen bist? Hat er vor nachzukommen?« Sie legte den Kopf schräg, als Linna nicht gleich antwortete. »Er war doch nicht dagegen, oder?«

Linna nahm ein weiteres Gefäß und hielt kurz inne. Die Frage ihrer Schwester verursachte einen Stich in ihrem Herzen. Sie dachte daran, was sie früher scherzhaft dahergesagt hatte: *Ilja, der meist irgendwo über den Wolken ist, während ich auf dem Boden bleibe.*

»Eher nicht. Er hat viel zu tun«, antwortete sie schließlich und versuchte, dabei so ruhig wie möglich zu klingen. Sie wollte mit ihrer Schwester nicht über ihre Beziehungsprobleme reden. Sie hatten einander jahrelang weder gesehen noch gesprochen. Und auch wenn es sich vertraut anfühlte, diesen Teil ihrer jüngsten Vergangenheit war Linna nicht bereit, mit ihrer Schwester zu teilen. Zu frisch waren die Wunden, zu unklar, wie es weitergehen würde. »Als Pilot hat er in den Ferien viele Flüge und kann nicht einfach spontan Urlaub nehmen. Ich hatte Glück, dass mein Chef mich so abrupt freigestellt hat«, schob sie hinterher.

Jule zog eine Augenbraue hoch. »Das ist wirklich schade, aber wohl nicht zu ändern«, meinte sie dann und gab das Mehl in eine Küchenmaschine.

»Stimmt.« Linna wusste, dass ihre Schwester sie gut genug kannte, um zu ahnen, dass noch mehr dahintersteckte. Und sie schätzte es sehr, dass Jule ihr Schweigen respektierte und nicht weiter nachbohrte.

»Es ist schon lange her, dass die ganze Familie zusammen gewesen ist«, stellte Jule unvermittelt fest.

Linna nickte nur, während sie Obst in kleine Stücke schnitt. »Viel zu lange«, stimmte sie dann zu.

Jule stellte mehrere Glasgefäße vor Linna auf die Arbeitsfläche, in die sie das Obst füllen konnte. Sie schien nach den richtigen Worten zu suchen, als sie sie dann plötzlich mit ernstem Blick ansah. »Weißt du, ich hatte wirklich Angst, dass du nicht nach Himmelsee kommen würdest«, gestand sie leise.

»Warum das?«, fragte Linna erstaunt. »Hast du wirklich geglaubt, ich lasse dich und Papa hängen, während Mama im Krankenhaus liegt?«

»Es war doch immer so viel los bei dir und Ilja … und dann ging es Mama plötzlich schlecht.« Ihre Stimme klang unsicher, war gleichzeitig aber auch voller Ehrlichkeit. »Ich dachte, du würdest es vielleicht nicht schaffen, dich in Düsseldorf loszueisen – wofür ich auch Verständnis gehabt hätte. Aber jetzt … jetzt bin ich einfach nur froh, dass du hier bist.«

Linna hielt erneut inne. Sie spürte einen Hauch von Wehmut in sich aufsteigen. Gleichzeitig überkam sie ihr schlechtes Gewissen, weil sie die Sorge ihrer Schwester nicht gespürt und sich im Strudel der eigenen Gedanken und Sorgen verloren hatte. Aber in diesem Moment, in dem Jule ihr so offen und ehrlich gegenüberstand, war sie einfach nur … tief berührt. »Es tut mir wirklich leid, dass du dir meinetwegen Sorgen gemacht hast«, flüsterte Linna. »Ich weiß, dass es nicht einfach für dich war, alleine im Hotel mit unseren Eltern die Stellung zu halten. Eigentlich hätte ich euch zur Seite stehen sollen.«

»Ach was!« Ihre Schwester trat einen Schritt näher und legte eine Hand auf Linnas Arm. »Du bist jetzt hier, das ist alles, was zählt«, bekannte sie lächelnd. »Du musst dich nicht entschuldigen.«

In einem starken Gefühl der Nähe umarmte Linna ihre Schwester fest. »Danke für dein Verständnis«, sagte sie leise, und ihre Stimme war weicher, als sie es selbst erwartet hätte. »Du hast mir wirklich gefehlt.«

»Und du mir erst!«, antwortete Jule und drückte sie noch ein wenig fester an sich.

Linna nickte froh, als sie sich aus der Umarmung lösten. Ihr Herz fühlte sich nun leichter an, es war, als hätte ihr jemand ein schweres Gewicht von den Schultern genommen. Sie wandte sich wieder dem Obstschneiden zu. »Und was müssen wir noch für den Empfang der Gäste vorbereiten?«, wechselte sie dann das Thema. »Du erwähntest vorhin Getränke?«

»Genau.« Jule lächelte. »Später brauche ich noch Hilfe bei der Zubereitung der Pfirsich-Basilikum-Limonade und dem Crodino-Ingwer-Tonic. Aber das kriegen wir zusammen hin, oder?«

»Klar, ich helfe dir gerne. So wie früher«, sagte Linna und lächelte ebenfalls. »Unsere Gäste sollen schließlich nicht verdursten.«

»Du bist ein Schatz«, erwiderte Jule, »und ich bin wirklich froh, dass du hier bist«, wiederholte sie, bevor sie die restlichen Zutaten in die Küchenmaschine gab und sie einschaltete.

Mittags wurden die Türen zur Lobby des Hotels *Kranichglück* von außen geöffnet, eine frische Brise, durchsetzt mit dem Salzgeruch der Ostsee, strömte in den Raum. Linna, die gerade neben der Rezeption eine Etagere auf dem Tisch zur Begrüßung neuer Gäste mit frisch gebackenen Muffins und Blondies bestückte, blickte auf.

Eine Frau betrat entschlossenen Schrittes die Empfangshalle, einen knallblauen Reisekoffer hinter sich herziehend. An ihrer Seite beeilte sich ein kleines Mädchen mit lockigem Haar hinterherzukommen, das sich neugierig umschaute.

Als sie Linna erblickte, kam die Frau auf sie zu. »Guten Tag«, sagte sie mit fester Stimme. »Mein Name ist Elisa

Beckmann. Ich habe für mich und meine Tochter ein Doppelzimmer gebucht.«

»Herzlich willkommen im *Kranichglück*, Frau Beckmann!« Linna trat von ihrem kleinen Tresen hervor und schenkte ihr ein freundliches Lächeln. Die Ankunft von Frau Beckmann und ihrer Tochter war für den Tag im Computer vermerkt worden. »Ich hoffe, Sie hatten eine angenehme Anreise.«

»Ja, vielen Dank.« Sie erwiderte ihr Lächeln, auch wenn es angespannt wirkte.

»Und du musst Clara sein, oder?«, fragte Linna und blickte auf das Mädchen, das inzwischen den Tisch mit den kleinen Köstlichkeiten betrachtete.

Clara nickte scheu, ihr Blick blieb jedoch an den goldbraunen Bienenstich-Muffins neben der Rezeption hängen.

»Deinen Namen kannte ich schon, weil deine Mutter dich auch angemeldet hat«, fügte sie erklärend hinzu. »Magst du davon etwas probieren?« Linna zeigte auf das Gebäck. »Die Muffins hat meine Schwester heute früh frisch gebacken. Und dahinten steht auch noch Pfirsich-Basilikum-Limonade mit ganz viel Sprudel, perfekt für kleine Entdecker wie dich, was?«

»Darf ich?« Clara warf ihrer Mutter einen fragenden Blick zu.

»Ein Gebäck, aber nur eins«, sagte sie mit einem leichten Lächeln und nickte.

Während Clara sich einen der Muffins aussuchte, erklang aus dem angrenzenden Aufenthaltsraum ein fröhliches

Lachen. Im nächsten Moment stürmte Miko mit einem Gastkind seines Alters in die Lobby, in seinen Händen hielt er ein großes Spielzeugauto.

»Miko!«, rief Linna. »Komm doch mal her! Das ist Clara. Vielleicht könnt ihr zusammen spielen.«

Die Jungen blieben stehen. Miko betrachtete Clara mit einem schiefen Lächeln und hielt ihr das Auto hin. »Willst du auch mal fahren?«

Das Mädchen blickte ihre Mutter fragend an. »Darf ich spielen gehen?«

»Natürlich, spielt ruhig ein bisschen zusammen«, antwortete Frau Beckmann.

Clara lächelte Miko an, und einen Augenblick später rollten die Kinder das Auto hin und her, als hätten sie sich schon immer gekannt.

»Ihre Söhne?«, fragte Frau Beckmann, während Linna einen Teller mit Zitronen-Kokos-Blondies zurechtrückte.

»Einer davon, um genau zu sein. Miko ist mein Sohn, und Anton ist auch ein Kind, das hier Ferien macht«, antwortete Linna und goss ein Glas der kühlen Limonade ein, die in einer Glaskaraffe neben dem Gebäck bereitstand. »Miko hat ein Talent dafür, schnell Freunde zu finden.« Sie hielt Frau Beckmann ein weiteres Glas hin. »Für Sie auch? Oder lieber ein Crodino-Ingwer-Tonic? Das ist unsere Spezialität.«

»Limonade klingt wunderbar, vielen Dank«, erwiderte Frau Beckmann und nahm das Glas entgegen. Sie ließ ihren Blick durch die Lobby gleiten. »Es ist wirklich wunderschön hier. Ich glaube, wir haben genau das richtige Hotel für unseren Aufenthalt gewählt.«

»Das freut mich zu hören. Hoffentlich werden Sie und Ihre Tochter sich wohlfühlen im *Kranichglück*«, antwortete Linna routiniert mit einem herzlichen Lächeln. »Sie sind wegen des Marathons hier, richtig?«

Den freundlichen Umgang mit Kunden beherrschte sie perfekt. Dies gehörte bei ihrer Arbeit am Düsseldorfer Flughafen zum täglichen Geschäft. Zuvor hatte sie viele Jahre im Hotel *Kranichglück* gearbeitet und stellte jetzt fest, dass sie wirklich problemlos wieder in die altbekannten Abläufe hineinfand. Es fühlte sich für sie so an, als wäre sie nie weg gewesen.

»Genau«, antwortete Frau Beckmann. »Ich trainiere seit Monaten für den Wettbewerb, und meine Tochter freut sich schon, mir beim Laufen zuzusehen.«

»Dann haben Sie bestimmt Ambitionen auf einen der vorderen Plätze«, vermutete Linna.

»Ach, nein«, winkte die Frau lachend ab. »Mir geht es vor allem darum, ins Ziel zu kommen, die Strecke durchzuhalten und die Gewissheit zu haben, nicht umsonst trainiert zu haben.«

»Dafür haben Sie sich eine wirklich schöne Kulisse ausgesucht.« Linna lächelte freundlich. »Die Marathonstrecke führt direkt am Meer entlang. Bestimmt werden Sie kaum merken, dass Sie laufen, wenn Sie dabei den Ausblick auf die Ostsee genießen können. Wenn Sie möchten, begleite ich Sie gleich zu Ihrem Zimmer, danach zeige ich Ihnen gerne den Weg zum Strand. Wahrscheinlich ist Clara schon ganz gespannt darauf, das Meer zu sehen, nicht wahr?«

»Das klingt wunderbar.« Frau Beckmann nahm einen Schluck von der Limonade.

Zufrieden bemerkte Linna, wie sich langsam das Gesicht von Claras Mutter entspannte.

Kapitel 3

Am späten Nachmittag fuhr Linna mit dem Auto zu ihrer Mutter ins Krankenhaus. Miko war im Hotel bei seinem Opa geblieben. Er hatte es vorgezogen, mit Kindern von Hotelgästen in dem großen Garten zu spielen, der zum *Kranichglück* gehörte.

Die Klinik war klein im Vergleich zu denen in Düsseldorf. Doch der beißende Geruch von Putz- und Desinfektionsmitteln war der gleiche wie auch der Anblick der blassgrünen Wände, die jedes Mal ein beklemmendes Gefühl in ihr auslösten. Linna zog sich das luftige, sonnengelbe Oberteil glatt, als sie den Flur der Station entlangging. In einer Hand hielt sie einen bunten Blumenstrauß, der einen Hauch von Sommer in das sonst sterile Zimmer bringen sollte.

»Linna! Was für eine Freude!«, sagte ihre Mutter, als sie eintrat. Trotz ihrer blassen Gesichtsfarbe und der dunklen Ringe unter den Augen hatte sie volle Körperspannung.

Sie gab ihrer Mutter zur Begrüßung einen Kuss und überreichte ihr den Blumenstrauß. »Wie fühlst du dich heute, Mama?« Linna zog sich einen Stuhl ans Bett.

»Ach, gut genug, um gleich mit dir nach Hause fahren zu können«, winkte ihre Mutter ab und roch einmal an dem bunten Sommerstrauß, der aus Rosen, Spraynelken, Limonium, Astroemerie, Kamille und Eukalyptus bestand. »Der Budenzauber hier ist nämlich reine Zeitverschwendung. Ich möchte zurück ins Hotel. Im Krankenhaus kann man nicht gesund werden.«

Linna runzelte die Stirn. »Aber, Mama, das geht noch nicht. Dafür ist es zu früh.«

»Was ihr alle habt ...« Sie legte den Blumenstrauß auf ihrem Schoß ab.

Linna hob die Schultern. »Vielleicht war es ein Warnsignal, dass du aus den Latschen gekippt bist.« Sie zwinkerte ihrer Mutter zu, wurde danach aber gleich wieder ernster. »Das solltest du nicht ignorieren. Du solltest dich wirklich noch eine Weile schonen.«

»Mich schonen!« Ihre Mutter schnaubte und verschränkte die Arme vor der Brust. »Das Büfett macht sich nicht von allein. Außerdem sind die Gäste wegen des Marathons alle gleichzeitig da. Das Hotel ist ausgebucht, Linna, da kann jemand nicht einfach mal eben krank werden. Glaub mir, ich kenne das Geschäft in- und auswendig.«

»Mach dir keine Sorgen, Mama. Jule und ich schaffen das schon alles gemeinsam«, beschwichtigte Linna in ruhigem Ton. »Trotzdem hast du den Arzt doch gehört. So wie bisher geht es einfach nicht mehr weiter. Entweder ihr stellt zusätzliches Personal ein, damit du entlastet wirst, oder ...« Sie machte eine kurze Pause, dann sagte sie, fast wider Willen: »... oder ich bleibe hier.«

Die Worte hingen für einen Moment schwer im Raum. Ihre Mutter musterte sie aufmerksam. Linna spürte, wie ihre Wangen unter dem Blick ihrer Mutter heiß wurden.

»Du würdest wirklich in Himmelsee bleiben?«, fragte sie schließlich in einem Ton, der weder Zustimmung noch Ablehnung verriet.

»Vielleicht …« Linna zuckte mit den Schultern.

»Und was würde Ilja dazu sagen?«, hakte ihre Mutter nach. »Eine Umschulung vom Piloten zum Hotelfachmann hat er bestimmt nicht vor.«

»Vermutlich nicht«, stimmte Linna ihr zu. »Fest steht jedenfalls, dass du dich schonen musst. Sonst passiert noch etwas Schlimmeres, das möchte ich nicht.«

»Du bist wie dein Vater«, kommentierte ihre Mutter leise. »Immer die Verantwortung auf den Schultern.«

»Kann schon sein.« Ein flüchtiges Lächeln ging über ihre Züge. »Immerhin sind Papa und ich miteinander verwandt.«

»Das kann ich bestätigen.« Ihre Mutter nickte. »Hast du schon einen der Friedrich-Brüder getroffen?«, fragte sie dann unvermittelt.

Linna erstarrte innerlich. Die Frage traf sie gänzlich unvorbereitet, auch wenn ihr eigentlich klar gewesen war, dass das Thema irgendwann zur Sprache kommen würde.

»Nein«, antwortete sie knapp. »Noch nicht.«

Ihre Mutter nickte langsam. »Es fällt dir immer noch nicht leicht, darüber zu sprechen.«

»Nein.«

Sie nahm Linnas Hand. »Himmelsee ist nicht groß. Früher oder später läufst du einem von ihnen über den Weg.«

Linna atmete tief durch und senkte den Blick. Die Erinnerungen lagen wie ein dunkler Schleier über ihrem

Herzen, sie wollte sie am liebsten abschütteln. »Ich bin noch nicht so weit«, bekannte sie schließlich.

»Das verstehe ich«, erwiderte ihre Mutter mit sanfter Stimme. »Aber vielleicht hilft es dir, wenn du es dir nicht noch schwerer machst, als es ohnehin ist. Manchmal heilt die Zeit auch Wunden, von denen wir glauben, dass sie für immer bleiben.«

Linna schwieg, doch in ihr tobte ein Sturm. Sie wusste, dass ihre Mutter recht hatte und sie sich nicht vor der Vergangenheit verstecken konnte. Immerhin hatte sie es schon irgendwie geschafft, zu Anikas Grab zu gehen – und das war für sie ein großer Schritt gewesen. Doch der Gedanke an die Friedrich-Brüder – an alles, was passiert war – ließ sie innerlich erschaudern. Am liebsten wäre sie davongelaufen, genau wie sie damals geflohen war.

»Ich denke, ich werde erst mal Astrid treffen«, erklärte sie schließlich und versuchte, sich damit die innere Schwere zu nehmen.

»Das ist eine gute Idee«, stimmte ihre Mutter lächelnd zu. »Astrid war dir ja während eurer Schulzeit und auch später immer eine treue Freundin. Sie wird sich bestimmt freuen, dich zu sehen.«

Linna rang sich ein schwaches Lächeln ab, konnte die innere Unruhe jedoch nicht abschütteln. Ihr war bewusst, dass ihre Rückkehr nach Himmelsee mehr mit sich brachte als nur Arbeit im Hotel und das Auffrischen alter Freundschaften. Früher oder später musste sie sich den Erinnerungen stellen, die sie immer noch am liebsten verdrängen wollte.

Als Linna später das Krankenhaus verließ, strich eine leichte Brise über den Parkplatz. Vor ihrem Auto blieb sie einen Moment stehen, schloss die Augen und atmete tief durch. Sie musste stark bleiben – für ihre Eltern, für Miko, für Jule. Aber auch für sich selbst.

Sie entriegelte die Autotür. Dabei fiel ihr auf, dass sie sich schon jetzt emotional von Ilja entfernt fühlte. Linna wusste nicht, ob dies ein gutes oder schlechtes Zeichen war.

In ihrem kleinen silbernen Wagen fuhr sie die kurvige Straße an der Küstenlinie zurück in Richtung Hotel *Kranichglück*. Die Abendsonne warf ein warmes, goldenes Licht auf die weiten Felder, die sich landeinwärts erstreckten, und ließ die Gräser im leichten Wind tanzen. Die Klimaanlage summte leise, aber Linna bemerkte die angenehme Kühle kaum. Ihre Gedanken waren wie ein Karussell, das sich unaufhörlich drehte.

Das schlechte Gewissen nagte an ihr. War es unehrlich, niemandem aus der Familie von der vorläufigen Trennung von Ilja zu erzählen? Sie hatte das Gefühl, als würde sie ein Geheimnis mit sich herumtragen, das bei jedem Gespräch mit ihren Eltern oder ihrer Schwester schwerer wog. Doch war es nicht auch verständlich, dass sie es bisher nicht thematisiert hatte? Vielleicht sogar fürsorglich? Ihre Mutter war ohnehin gesundheitlich angeschlagen – warum sollte sie ihr noch zusätzliche Sorgen bereiten?

Linna trommelte mit den Fingern aufs Lenkrad und seufzte. Oder hätte sie ihrer Mutter vorhin doch direkt reinen Wein einschenken sollen, als diese beiläufig nach Ilja gefragt hatte? Eigentlich hatte sie nur vage geantwortet, um das Thema elegant zu umgehen. War Schweigen nicht auch eine Art von Lüge?

Als die Straße sich gabelte, entschied Linna spontan, die Richtung zum Strand zu nehmen. Sie fuhr die schmale Küstenstraße entlang, vorbei an Kiefernwäldern, pittoresken Reetdachhäusern und blühenden Heckenrosen. Kurz darauf parkte sie auf dem fast leeren Strandparkplatz und stieg aus. Die frische, salzige Brise der Ostsee wehte ihr entgegen und strich beruhigend über ihre erhitzten Wangen.

Linna nahm ihr Handy aus der Tasche und öffnete über eine App die Ankunftsseite des Düsseldorfer Flughafens. Iljas Maschine aus Mallorca war vor zwei Stunden gelandet – dieses Mal sogar pünktlich. Sie schüttelte den Kopf. Heute hätte er es womöglich geschafft, ihren gemeinsamen Sohn vom Kindergarten abzuholen. Ilja musste inzwischen zu Hause sein. Sie zögerte. Warum hatte er sich bis jetzt nicht gemeldet? Wahrscheinlich war er zu müde oder zu beschäftigt. Andererseits hätte sie ihm auch längst mitteilen können, dass sie und Miko gut in Himmelsee angekommen waren. Aber wenn sie ehrlich zu sich war, war sie dieser Situation aus dem Weg gegangen. Womöglich waren Iljas Beruf und seine Müdigkeit bloß vordergründig die Ursache, die sie nicht tiefer betrachten wollten, um sich nicht mit ihren Beziehungsproblemen zu konfrontieren. Wie dem auch sei, sie wusste, ein kurzer Anruf war das Mindeste, was Ilja von ihr erwarten konnte.

Mit einem leisen Seufzen tippte sie in der Kontaktliste auf seinen Namen und hielt das Handy ans Ohr. Nach ein paar Freizeichen meldete sich Ilja.

»Hey, Linna! Schön, dass du anrufst. Ich wollte mich später auch melden«, begrüßte er sie. Seine Stimme klang gewohnt warm, Linna spürte dennoch eine leichte Distanz, die sie früher nie wahrgenommen hatte.

»Hallo, Ilja. Ja, ich wollte dir nur Bescheid geben, dass wir gestern gut angekommen sind«, begann sie. »Tut mir leid, dass ich mich jetzt erst bei dir melde.«

»Schon gut … immerhin reden wir ja nun.« Er klang diplomatisch.

Linna lehnte sich an die Kühlerhaube ihres Autos. Ihr Blick wanderte über die sandige Dünenlandschaft, in der sich Grashalme im Wind bogen. Irgendwo dahinter, verborgen hinter den sanften Erhebungen, lag die Ostsee. Sie konnte das Rauschen der Wellen zwar nicht hören, aber sie wusste, dass sie da war – so wie immer.

»Miko hat sich schnell eingelebt, er liebt es, mit seinem Opa zu spielen oder den Strand zu erkunden. Mit ein paar Kindern von Gästen hat er auch schon Freundschaft geschlossen.«

»Das klingt schön. Wie lange bleibt ihr denn voraussichtlich in Himmelsee?« Iljas Stimme hatte jetzt einen prüfenden Unterton.

»Ehrlich gesagt weiß ich es noch nicht genau«, antwortete sie wahrheitsgemäß. »Mama braucht Zeit, um sich zu erholen, und es gibt viel im Hotel zu tun. Mal sehen, wie es sich entwickelt.«

Ilja schwieg einen Moment, bevor er scherzhaft sagte: »Du bleibst doch nicht etwa ganz dort, oder?«

Sie spürte, wie ihr Herz einen Schlag aussetzte. Sie

wusste, dass er die Frage nicht ernst meinte, erkannte allerdings in diesem Moment, dass sie es nicht für ausgeschlossen hielt. »Nicht dass ich wüsste … aber es richtet sich wie gesagt alles nach dem Gesundheitszustand meiner Mutter. Vermutlich dauert es, bis sie sich vollends kuriert hat.«

»Ich hoffe, dass sie bald wieder auf dem Damm ist und du mit Miko schnell nach Düsseldorf zurückkommen kannst«, fügte Ilja hinzu, und sein Ton war nun ernster.

Um die Stimmung zu lockern, versuchte Linna einen Scherz: »Ach, und selbst wenn es länger dauern sollte … dann kommst du nach und schulst um. Als Mitarbeiter an der Rezeption würdest du dich bestimmt gut machen. Die Gäste wären begeistert von deinem Charme.«

Ilja konnte nicht darüber lachen. Stattdessen bemerkte er nüchtern: »Ich hoffe, dass es nicht so weit kommt.«

Seine Worte ließen sie innehalten. Sie merkte, dass sie die Distanz zwischen ihnen nicht überbrücken konnte. »Ich melde mich bald wieder und halte dich auf dem Laufenden, wie es mit Mama weitergeht, ja?«, sagte sie schließlich.

»Mach das. Und pass auf dich und besonders auf Miko auf«, antwortete Ilja.

»Das werde ich«, erwiderte sie, dann legte sie auf.

Eine Weile stand sie noch am Auto und starrte auf das Display ihres Handys. Dann schob sie es zurück in die Tasche und ging über den schmalen Holzsteg hinunter zum Strand.

Außer ihr hielten sich nur wenige am Strand auf, die Abendsonne verwandelte das Meer in eine schimmernde Oberfläche aus Gold und Silber.

Linna ließ sich auf den weichen Sand nieder und zog die Knie an die Brust. Das Rufen der Möwen klang melancholisch in der Ferne, während die Wellen rauschend über den Sand flossen.

Was wäre, wenn sie wirklich in Himmelsee bleiben würde? Wenn ihre Mutter einsah, dass sie keine fünfzig mehr war und kürzertreten musste? Natürlich wäre Linna dann da, um die Lücke zu schließen. Der Gedanke ließ sie nicht los.

Sie stellte sich vor, wie sie mit Miko durch die Dünen streifte, sein Lachen vom Wind davongetragen wurde und er unbeschwert in Himmelsee aufwuchs. Vielleicht könnte sie ihm sogar seinen sehnlichsten Wunsch nach einem Hund erfüllen. Hier gab es genug Platz, genug Freiheit. Für Miko wäre es ein Paradies. Und für sie? Im Grunde genommen konnte sie sich kaum vorstellen, den gewohnten Flugzeuglärm dauerhaft gegen das Kreischen der Möwen einzutauschen. Ihr Job am Flughafen bedeutete ihr viel – aber Himmelsee fühlte sich immer noch nach ihrem Zuhause an. Und Nik … Den Gedanken an ihn schob sie schnell beiseite.

Linna atmete tief durch. Miko zuliebe würde sie alles tun … Vielleicht, irgendwann ergab es sich dann …

Mit eingeschaltetem Licht fuhr Linna in ihrem Auto zurück zum Hotel *Kranichglück*, während die Dämmerung sich langsam über die Landschaft legte. Sie war länger als geplant am Strand gewesen. Bevor sie ins Auto gestiegen war, hatte sie ihrer Schwester auf dem Handy eine Nachricht geschickt, dass sie bald zurück sein würde.

Das Rauschen der Wellen hatte sie entspannt, doch die Gedanken an das Gespräch mit Ilja ließen sie nicht los. Es war keine Einbildung gewesen, er war irgendwie seltsam gewesen, viel kürzer angebunden als sonst und so ernst. Unnahbarer, als sie gewohnt war. Vielleicht war es nicht nur ein Scherz gewesen, vielleicht befürchtete er wirklich, dass Miko und sie in Himmelsee blieben.

Die Straßen waren fast leer, in ihrem Wagen hörte sie nur das monotone Brummen des Motors. Als sie auf den Hotelparkplatz einbog, bemerkte sie, dass die Lichter im Empfangsbereich schon brannten. Sie stieg aus, streckte sich kurz und holte noch einmal tief Luft, bevor sie hineinging.

Drinnen empfing sie der Duft von gebratenem Fisch und einem Hauch von Zitrone. Einige Gäste saßen im Hotelrestaurant und genossen ihr Abendessen. Ihr Vater stand hinter der Rezeption und unterhielt sich gerade mit Miko, der auf dem Tresen saß und begeistert etwas erzählte, was er mit großen Armbewegungen untermalte.

»Mama!«, rief Miko freudig, als er Linna bemerkte, und kletterte von der Theke herunter, um ihr entgegenzulaufen.

»Da bist du ja, mein Großer«, sagte Linna lächelnd, beugte sich hinunter und zog ihn in eine feste Umarmung. »Hast du dich gut mit Opa unterhalten?«

»Ja!«, sagte Miko begeistert. »Ich hab Opa erzählt, dass wir jetzt bei Sarah wohnen!«

Linna erstarrte kurz, bevor sie sich um eine gelassene Miene bemühte, damit ihr die Verlegenheit nicht anzumerken war. Als sie sich aufrichtete, begegnete sie dem fragenden Blick ihres Vaters.

»Miko, warum gehst du nicht noch eine Weile in den Garten? Schau mal, Anton spielt mit einem Ball. Er freut sich bestimmt, wenn du mit ihm spielst.« Sie deutete auf eine Terrassentür, die den Blick auf den beleuchteten Hotelgarten freigab.

»Ist gut!« Miko ging gut gelaunt nach draußen zu seinem neuen Freund.

»Bei Sarah?«, wiederholte ihr Vater langsam und zog fragend die Augenbrauen hoch. »Das finde ich äußerst interessant. Dabei dachte ich, ihr wohnt in Düsseldorf – mit Ilja.«

Linna schluckte und suchte nach einer passenden Antwort. »Ach, Papa! Es hat sich einfach so ergeben«, begann sie, während sie ihre Tasche auf dem Tresen ablegte. »Sarah hat uns ihr großes Gästezimmer zur Verfügung gestellt. Es war praktisch, weil sie uns oft hilft und Ilja und ich doch meistens beschäftigt sind. Sie gehört ja quasi schon zur Familie.« Ihr war klar, dass ihre Erklärung alles andere als schlüssig war.

»Linna«, sagte ihr Vater ruhig, aber mit einem unüberhörbaren, besorgten Unterton. »Ist alles in Ordnung bei dir und Ilja?«

Sie schluckte abermals. Vielleicht sollte sie erleichtert sein, dass das Thema endlich zur Sprache kam. Stattdessen spürte sie, wie sich ihr Magen zusammenzog. All die unausgesprochenen Gedanken, ihre Schuldgefühle, die Fragen, auf die sie selbst keine Antworten hatte, drückten schwer.

»Ach, Papa …« Sie strich sich über die Stirn. »Es ist … kompliziert.« Sie hob den Blick, sah in das vertraute

Gesicht ihres Vaters. Da war kein Vorwurf, nur ehrliche Sorge. Sie könnte ihm alles sagen, das wusste sie genau – aber gerade das machte es so schwer. »Ilja und ich … Wir haben beschlossen, eine Pause einzulegen.« Ihre Stimme klang nun fester, als Linna sich fühlte. »Es hat nichts mit Miko zu tun. Er soll weiterhin Mama und Papa haben. Wir wollen beide, dass er glücklich ist, aber …« Sie verstummte.

»… aber es läuft nicht mehr so gut zwischen euch«, schloss ihr Vater den Satz und sah sie mit einem Ausdruck an, der gleichzeitig Sorge und Verständnis ausdrückte.

Linna nickte zögerlich und sprach schließlich die ganze Wahrheit aus. »Wir wissen nicht, wie es weitergeht. Ich wollte euch mit meinen Problemen nicht belasten. Vor allem jetzt nicht, wo Mama im Krankenhaus liegt und jede Aufregung Gift für sie ist.«

Ihr Vater seufzte leise und legte ihr eine Hand auf die Schulter. »Ach, mein Mädchen! Du musst doch nicht alles allein mit dir ausmachen. Wenn du Hilfe brauchst, dann sag es – zu jeder Zeit! Du bist hier bei deiner Familie, die immer hinter dir steht. Egal, um was es sich dreht. Vergiss das nicht.«

Linna spürte einen Kloß im Hals, als sie seinen Blick dankbar erwiderte. Es tat so gut zu hören, was er sagte. Auch wenn es nichts an der verfahrenen Situation mit Ilja änderte – und sie überhaupt nicht wusste, welche Veränderung sie eigentlich wollte. »Ich weiß, Papa«, brachte sie schließlich leise hervor und gab ihm einen Kuss auf die Wange. »Danke.«

»Und was Ilja angeht«, fügte er mit einem schelmischen Lächeln hinzu. »Ich habe ja von Anfang an gesagt, dass er ein Luftikus ist. Vielleicht hatte ich damit recht … Gut, dass du ihn nie geheiratet hast.«

Linna verdrehte die Augen. »Papa …«

Er zuckte die Achseln. »Eventuell ist es an der Zeit, darüber nachzudenken, was du vom Leben willst. Nur so ein Gedanke von mir. Nicht nur für Miko, sondern auch für dich.«

»Könnte sein«, gab sie zu und nickte.

In diesem Moment stürmten die Jungs in die Lobby. »Opa, können Anton und ich einen Kakao haben?«, fragte Miko und schien nicht im Geringsten zu ahnen, dass seine Mutter gerade in ein ernstes Gespräch verstrickt gewesen war.

»Natürlich bekommt ihr Kakao. Jeder von euch eine extragroße Tasse«, antwortete ihr Vater mit einem Lächeln. »Aber nur, wenn deine Mama mittrinkt.« Er zwinkerte ihr zu.

Linna lachte leise und strich Miko über die Haare. »Kakao klingt gut. Lasst uns zusammen in die Küche gehen.«

Während sie in die große Hotelküche gingen, nahm Linna sich vor, zunächst keine Entscheidung über die Zukunft zu fällen, sondern sich erst einmal Zeit zu nehmen, um zur Ruhe zu kommen und Abstand zu gewinnen.

Kapitel 4

Am nächsten Morgen erfüllte der Duft von frisch gebackenem Brot und heißem Kaffee den Frühstücksraum des Hotels. Gäste unterhielten sich in gedämpfter Stimmlage, das Klirren von Geschirr hallte durch den Raum. Durch die großen Fenster, die zum Garten hinaus lagen, fielen Sonnenstrahlen, die den Raum in ein sanftes goldenes Leuchten tauchten.

Linna stand hinter dem Büfett und arrangierte die Platten mit Käse und Wurst. Jule kam mit einem großen Korb duftender Brötchen aus der Küche. Ihr Gesicht war vor Anstrengung gerötet, und eine Haarsträhne hatte sich aus ihrem lockeren Zopf gelöst.

»Pass auf, dass du dich nicht übernimmst.« Linna eilte ihr entgegen, um ihr den Korb abzunehmen, doch ihre Schwester schüttelte leicht mit dem Kopf.

»Das sagt sich so einfach«, erwiderte Jule leise und stellte den Korb auf den Tisch. »Aber wenn ich es nicht mache, wer dann?«

»Das ist genau der Punkt«, sagte Linna und stellte sich neben ihre Schwester. Sie verschränkte die Arme vor der Brust. »Du kannst nicht dein Pensum schaffen und gleichzeitig das von Mama. Wir brauchen unbedingt personelle Verstärkung. Zumindest in der Hauptsaison.«

Jule zog eine Augenbraue hoch. »Wir?«, fragte sie überrascht.

»Na ja, zumindest ich bin ja jetzt hier, oder?« Linna lächelte schief. »Ich sehe doch, wie du dich abrackerst, Jule. Das kannst du auf Dauer nicht durchhalten.«

Ihre Schwester zog sie in eine Nische. »Linna, das ist lieb gemeint, aber leider geht es nicht.«

»Es muss gehen. Sonst kannst du dir doch bald im Krankenhaus ein Zimmer mit Mama teilen«, widersprach sie mit eindringlicher Stimme.

Jule wischte sich die Hände an ihrer Schürze ab und schüttelte abermals den Kopf. »Ach, Linna, das Hotel wirft gerade so genug ab, um uns alle über Wasser zu halten. Fünf Festangestellte unterstützen uns schon. Ich wüsste nicht, wo ich das Geld für noch mehr Personal hernehmen sollte. Und an der Qualität von Service oder Speisen möchte ich nicht sparen. Das wäre am falschen Ende.«

Linna rückte näher zu ihr und stieß sie in die Seite. »Vielleicht sollten wir das mit Mama und Papa besprechen. Gemeinsam finden wir bestimmt eine Lösung.«

Jule seufzte schwer. »Mama liegt ja erst mal im Krankenhaus, und Papa …« Sie machte eine wegwerfende Geste. »Er würde uns bestimmt sagen, dass wir ein bisschen die Zähne zusammenbeißen müssen.«

»Ich glaube, er versteht mehr, als du denkst«, entgegnete Linna.

In diesem Moment öffnete sich die Tür. Miko kam in den Raum hereinspaziert. Mit einem breiten Grinsen lief er auf Linna zu, ein buntes Blatt Papier in der Hand.

»Mama, guck mal! Das hab ich für Opa gemalt! Das ist das Hotel!«

Linna kniete sich hin und betrachtete das Bild. Bunte Striche und Kreise formten ein wackeliges Haus mit einem Baum daneben. »Das ist ja toll, mein Schatz! Opa wird sich darüber sicher freuen.«

»Ich bring es ihm gleich!«, verkündete Miko und rannte zu seinem Großvater, der mit einer Tasse Kaffee am Fenster saß und scheinbar in die Zeitung vertieft war. Dieses Morgenritual war ihm heilig. Jeder im Hotel wusste, dass er dabei nicht gestört werden wollte – außer von seinem Enkel.

Linna beobachtete versonnen, wie ihr Vater die Zeitung weglegte, Miko auf seinen Schoß setzte und dann das Bild betrachtete. Sie lächelte, doch als sie Jule ansah, bemerkte sie wieder die angespannte Miene ihrer Schwester.

Sie griff nach einer Kanne und schenkte für ein Ehepaar Kaffee in hohe Becher ein. Danach lehnte sie sich gegen den Büfett-Tresen und sah Jule an. »Hat Papa eigentlich mit dir gesprochen?«

Jule warf ihr einen fragenden Blick zu. »Worüber denn?«

Linna zögerte, ihre Finger umklammerten eine Gabel, die sie neben die Käsescheiben auf einer Platte legen wollte. Schließlich atmete sie tief durch. »Über Ilja und mich. Ich habe ihm gestern gebeichtet, dass wir … in gewisser Weise Probleme haben.«

»Was?« Jules Augen weiteten sich. »Nein, er hat mir nichts gesagt. Was für Probleme habt ihr denn? Hat Ilja etwa eine andere?«

»Nein, nein.« Linna spürte, wie ein Knoten in ihrer Brust sich enger zog. »Ilja und ich machen bloß eine Beziehungspause. Wir sind … vorläufig getrennt – mehr oder weniger.«

Jule starrte sie einen Moment an, als müsste sie die Worte erst begreifen. Dann zog sie einen Hocker an den Tresen heran, der in einer Ecke stand, und ließ sich daraufsinken. »Warum hast du mir denn nichts gesagt? Linna, ich bin doch deine Schwester!«

»Nun weißt du es ja«, erklärte Linna ein wenig schuldbewusst. »Und ehrlich gesagt hatte ich auch ein bisschen Bammel vor deiner Reaktion. Ich wollte nicht, dass du denkst, ich wäre nur deswegen nach Himmelsee gekommen – als würde ich vor meinen Problemen wegrennen.«

»So ein Blödsinn!« Jule schnaubte. »Ich verurteile dich nicht – das würde ich nie tun. Aber … wie geht's dir überhaupt damit? Und was ist zwischen euch passiert, dass es so weit kommen konnte?«

»Ach, ich kann das gar nicht so genau benennen … Etliches, es hat sich mit der Zeit aufgestaut.« Linna stellte benutztes Geschirr auf einen Servierwagen und rieb sich anschließend kurz die Stirn. »Es war zum Schluss einfach zu viel. Die Arbeit, Iljas ständige Abwesenheit, das Gefühl, dass wir uns immer weiter voneinander entfernen. Kurz bevor ich mit Miko nach Himmelsee gekommen bin, habe ich mit ihm geredet. Wir haben uns darauf geeinigt, dass es besser für uns ist, wenn wir eine Weile auf Abstand gehen. Auch im Sinne von Miko.«

Jule nickte langsam, ihr Blick wurde weich. »Das klingt hart. Aber manchmal ist Abstand das Beste, um aus der

Ferne klarer sehen zu können. Und was sagt Miko dazu? Er macht auf mich einen erstaunlich glücklichen Eindruck.«

»Kunststück. Er weiß es ja auch nicht wirklich. Für ihn ist Ilja einfach in Düsseldorf, weil er arbeiten muss, und wir sind zu euch in die Ferien ans Meer gefahren. Er genießt die Zeit hier, und so soll es auch bleiben. Ich will ihn nicht mit unseren Problemen belasten und womöglich nachhaltig schädigen.«

Jule legte eine Hand auf ihre Schulter. »Ich bin mir sicher, du machst das Beste daraus, Linna. Und egal, was passiert – ich bin deine Schwester und immer für dich und Miko da, okay?«

Linna lächelte dankbar. »Danke, Jule. Das bedeutet mir echt viel.«

Aus der Küche ertönte plötzlich ein lautes Klirren, gefolgt von einem unterdrückten Fluch.

Jule sprang auf. »Oje! Das hört sich nicht gut an. Ich gehe besser nachsehen, ob ich Marlen helfen kann. Wir reden später weiter, ja?«

»Ist gut.« Linna nickte und nahm von einer Frau die Bestellung für eine Portion Rührei entgegen. Ihr war es nicht leichtgefallen, Jule reinen Wein über ihr privates Chaos einzuschenken, doch nun war sie froh darüber, den Mut dazu aufgebracht zu haben.

Am späten Vormittag war es ruhiger im Hotel geworden. Die meisten Gäste waren ausgeflogen, verbrachten einen Tag am Strand oder erkundeten mit dem Rad die Schönheit des Darß. Anton und seine Eltern hatten Miko mit zu ihrem Ausflug nach Zingst genommen, wo die Jungs die größte Sandburg bauen wollten, die man je gesehen hatte. Linna war es recht, solange Miko mit seinem neuen Freund Spaß hatte.

Ihre Mutter hatte schon dreimal bei ihrem Vater auf dem Handy angerufen und sich über den »ungenießbaren Krankenhausfraß« beschwert. »Die wollen mich wohl umbringen!«, hatte sie geklagt. Außerdem hatte sie sich darüber mokiert, sich zu Tode zu langweilen, und darum gebeten, jemand möge ihr doch ein spannendes Buch ins Krankenhaus bringen. Auf Linnas Nachfrage, wie spannend es denn sein dürfte, hatte sie »ruhig schön blutig« geantwortet. Nachdem sie sich bei ihrer Schwester vergewissert hatte, dass sie nicht gebraucht wurde, hatte Linna beschlossen, die Gelegenheit beim Schopfe zu ergreifen und in den Ort zu gehen. Natürlich wollte sie bei Astrid im Buchladen vorbeischauen, vielleicht Wiedersehen feiern und sich bei der Suche nach der passenden Lektüre für ihre Mutter beraten lassen.

Eine leichte Brise strich über den Ort, untermalt vom vertrauten Klang der Möwen, die über die Dächer der Reetdachhäuser hinwegsegelten. Die Hauptstraße war mit Kopfstein gepflastert, entlang der Häuserfronten luden sommerlich dekorierte Schaufenster zum ausgiebigen Bummeln ein.

Der alte Marktplatz lag friedlich da. Ein paar Touristen standen vor der Bäckerei und unterhielten sich, während aus der Tür der Duft von frischen Brötchen und Gebäck strömte. Ein paar Kinder saßen auf der niedrigen Mauer vor dem kleinen Springbrunnen in der Mitte des Platzes und schleckten Eis, während eine ältere Dame mit ihrem Fahrrad vor dem Blumenstand stehen blieb, um einen bunten Strauß auszusuchen.

Linna blieb kurz stehen und ließ den Blick über den Platz schweifen. Erinnerungen an ihre Jugend überkamen sie, als sie die alten Laternen und das vertraute Gebäude der kleinen Kirche am Ende der Straße sah. Das Gotteshaus, in dem sie einst getauft und später konfirmiert worden war, mit seiner weißen Fassade und dem markanten Glockenturm, hatte sich über all die Jahre kaum verändert.

Doch vieles andere schon. Das kleine Spielwarengeschäft, in dem sie als Kind stundenlang vor den Regalen gestanden und von Schleichtieren über Puppen bis hin zu glitzernden Murmeln alles bestaunt hatte, war verschwunden. Stattdessen beherbergte das Gebäude nun ein modernes Café mit großen Schaufenstern, durch die die minimalistische Einrichtung und eine Tafel zu sehen war, auf der in geschwungener Schrift *Cold Brew & hausgemachte Zimtschnecken* angepriesen wurden.

Auch der kleine Buchladen mit der knarrenden Holztür war nicht mehr da. Früher hatte sie sich hier von ihrem Taschengeld Pferdebücher gekauft, und Frau Thomsen, die betagte Besitzerin, hatte ihr stets eine selbst gefaltete Origami-Figur als Lesezeichen geschenkt. Jetzt hing dort ein »Zu vermieten«-Schild, und Linna spürte einen Anflug von Wehmut.

Wie oft hatte sie hier mit Jule Fangen gespielt, war kichernd über das Kopfsteinpflaster gerannt, bis ihre Mutter sie ermahnt hatte, bloß nicht zu fallen und sich dabei die Knie aufzuschlagen. Sie erinnerte sich an die vielen Nachmittage, an denen sie mit ihren Freundinnen auf der Treppe des Rathauses gesessen und heimlich Kaugummi gekaut hatte, während sie über ihre erste große Liebe getuschelt hatten. Und nach ihrer Konfirmation, als sie nervös vor dem Altar gestanden hatte, war genau diese Glocke erklungen, deren hellen Klang sie nun wieder hörte. Voll war er heute wie damals durch das hohe Kirchenschiff gedrungen und hatte ihr für den Moment die Anspannung genommen.

Linna schlenderte vorwärts, ihre Schritte hallten auf dem Pflaster wider.

Der Eingang zur Kirche stand offen, und sie war versucht hineinzusehen, doch irgendetwas hielt sie zurück. Vielleicht war es die Furcht davor, zu viele Erinnerungen wachzurufen – nicht nur gute. Oder auf Menschen zu treffen, die schmerzvolle Erlebnisse mit ihr teilten. Sie wollte nicht weiter darüber nachdenken, sondern wandte sich ab.

Weiter ging sie die Straße entlang, bis sie vor der Buchhandlung »Bücherhimmel« stehen blieb. Das Schaufenster war wie immer liebevoll und der Jahreszeit entsprechend geschmückt: Ein kleiner Strand, auf dem Bücher unter winzigen Sonnenschirmchen oder auf ebenso kleinen Strandliegen lagen, inmitten von weißem Sand, den ihre Freundin Astrid offensichtlich vom örtlichen Strand geholt hatte. Linna trat einen Schritt näher und blickte durch die große Fensterfront in den Laden.

Drinnen war es ruhig, sie konnte keine Kundschaft ausmachen. Eine blonde junge Frau, vielleicht Anfang zwanzig, saß hinter der Kasse und tippte auf ihrem Handy herum.

Linna öffnete die Tür, und das vertraute Klingeln des alten Türglöckchens hallte durch den Raum.

Die Frau blickte auf und legte ihr Handy zur Seite. Sie lächelte höflich. »Guten Morgen! Kann ich Ihnen vielleicht helfen?«

»Guten Morgen«, erwiderte Linna und blieb vor der Kasse unschlüssig stehen. »Ich wollte eigentlich Astrid besuchen. Ist sie da?« Sie sah sich suchend um. Die Regale waren mit allerhand Büchern der verschiedensten Genres gefüllt, und in einer Ecke stand ein gemütlicher Sessel mit einer Leselampe. Astrid hatte ihre Buchhandlung augenscheinlich in eine einladende Wohlfühloase verwandelt.

Die Frau schüttelte den Kopf. »Leider nein. Die Chefin ist seit gestern geschäftlich unterwegs. Sie kommt erst morgen Abend wieder.«

»Ach, wie schade!«, sagte Linna enttäuscht. Sie hatte sich auf das Wiedersehen mit ihrer Freundin gefreut. »Dann komme ich demnächst noch mal vorbei.«

»Tut mir wirklich sehr leid, dass ich Ihnen nicht weiterhelfen kann.«

»Aber das können Sie eigentlich schon.« Linna lächelte sie an. »Ich suche nämlich ein spannendes Buch, das ruhig schön blutig sein darf.«

Das Gesicht der jungen Frau hellte sich auf. »Folgen Sie mir bitte, dann zeige ich Ihnen ein paar beliebte Krimis und Thriller.«

Nachdem Linna unter der freundlichen Beratung zwei Bücher für ihre Mutter ausgesucht hatte, zahlte sie an der Kasse und nahm dann die Lektüre in einer Papiertüte entgegen.

»Möchten Sie meiner Chefin vielleicht eine Nachricht hinterlassen?«, fragte die junge Frau höflich, als sie Linna das Wechselgeld aushändigte.

»Nein, nein. Das ist wirklich nicht nötig. Sie brauchen nicht zu erwähnen, dass ich da gewesen bin. Ich überrasche sie einfach beim nächsten Mal«, erwiderte Linna lächelnd. »In der Buchhandlung fühlt man sich wirklich wohl«, meinte sie dann, mehr zu sich selbst als zur Verkäuferin, bevor sie sich verabschiedete und wieder hinaus auf die Straße trat.

Ihr Spaziergang führte sie weiter durch die vertrauten Straßen von Himmelsee. Sie nahm einige Veränderungen wahr – neue Cafés, renovierte Häuser, und doch war der Ortskern nahezu unverändert geblieben.

Ihre Gedanken wanderten zu ihrem Vater. Das gestrige Gespräch hatte sie mehr aufgewühlt, als sie zugeben wollte. Seitdem ertappte sie sich immer wieder dabei, wie sie sich vorstellte, wie es weitergehen würde, wenn sie tatsächlich länger hierblieb. Wie lange könnte sie unbezahlten Urlaub nehmen? Und wie würde ihr Chef reagieren, wenn sie um Verlängerung bat?

Linna blieb vor einer kleinen Bank stehen, die sich an einem ruhigen Weg mit Blick auf den nahe gelegenen Deich befand. Sie ließ sich nieder und spürte die angenehm frische Brise, die vom Meer herüberwehte. Sie dachte an Ilja und ihre komplizierte Beziehung.

Daran, wie alles begonnen hatte – am Flughafen, zwischen startenden und landenden Maschinen, zwischen hektischen Durchsagen und dem stetigen Rauschen der Triebwerke. Sie erinnerte sich noch genau, wie sie ihn zum ersten Mal in seiner Pilotenuniform gesehen hatte. Aufrecht, souverän, mit diesem konzentrierten Blick, den er immer hatte, wenn er kurz vor dem nächsten Flug durch die Gänge schritt. Und dann sein Lächeln, das plötzlich all die Distanz aufbrach – warm und herzlich.

Sie hatte sich in diese Ruhe verliebt. In seine Gelassenheit, seine Verlässlichkeit. Ilja war jemand, der Pläne machte, der wusste, wo er hinwollte, während sie oft einfach ihrem Gefühl folgte. Er hatte ihr Sicherheit gegeben. Aber manchmal fragte sie sich, ob dies genug war. Ob ihre Unterschiede sie ergänzten oder sie mit der Zeit auseinandergetrieben hatten.

Ilja konnte so verschlossen sein, seine Gedanken völlig für sich behalten, während sie sich wünschte, er würde seine Sorgen mit ihr teilen. Trotzdem … sie liebte ihn. Oder?

Der Wind strich über ihre Haut, hüllte sie in den salzigen Duft des Meeres. Linna seufzte. Es gab so viele gute Momente mit Ilja, an die sie sich erinnerte. Nächte, in denen sie eng aneinandergekuschelt auf dem Balkon gesessen und zuversichtlich in die Zukunft geschaut hatten. Tage, an denen sie gemeinsam mit Miko gelacht hatten, sich wie eine richtige glückliche Familie gefühlt hatten. Und doch war da schon manchmal dieses nagende Gefühl gewesen, dass sie sich längst in verschiedene Richtungen bewegten.

Was war Himmelsee eigentlich für sie? Ihre Heimat, natürlich. Aber auch eine Flucht? Ein vorübergehender Zufluchtsort vielleicht? Oder war es am Ende wirklich ein Nachhausekommen und der Beginn von etwas Neuem? Das wird wohl nur die Zeit zeigen können, sagte sie sich und strich sich das Haar zurück.

Während sie die Sonnenstrahlen auf der Haut genoss, bereute sie es fast, nicht mit Miko am Strand zu sein. Der Tag war herrlich, und sie hatte unerwartet Zeit.

Seufzend nahm sie ihre Sonnenbrille aus der Tasche und setzte sie auf. Dann atmete sie tief ein und spürte, wie sich eine angenehme Ruhe in ihr ausdehnte. Die Stille von Himmelsee war purer Balsam, der ihre Seele behutsam ummantelte. Vielleicht musste sie einfach aufhören, alles kontrollieren zu wollen, und zulassen, dass die Dinge sich entwickelten – in ihrem Tempo, an diesem Ort, der ihr so viel bedeutete und sie zugleich herausforderte.

Nach einer Weile stand sie auf und schlug den Weg zurück zum *Kranichglück* ein. Als das Hotel in Sichtweite kam, spürte sie vor allem eins: Himmelsee erdete sie auf eine Weise, wie sie es seit Jahren nicht mehr gefühlt hatte.

Kapitel 5

Den Vormittag hatte Linna im Hotel verbracht. Jule hatte sie gebeten, das Frühstücksbüfett zu betreuen, was Linna ohne Zögern übernommen hatte. Sie arrangierte Brötchen und Croissants, sorgte dafür, dass die Karaffen mit frisch gepresstem Orangensaft immer gefüllt waren, und achtete darauf, dass der Obstsalat appetitlich angerichtet blieb.

Es fühlte sich für sie fast an wie früher – als wäre sie nie weg gewesen.

»Das sieht ja aus wie in einem Hotelprospekt«, hatte eine ältere Dame anerkennend gesagt, während sie sich eine Scheibe frisch geschnittene Melone auf den Teller legte. »Sie haben wirklich ein Händchen dafür.«

Linna hatte gelächelt und sich für das Kompliment bedankt. Normalerweise hätte sie es einfach so hingenommen, doch diesmal blieb der Satz in ihr hängen. Sie hatte sich nie als Gastronomin gesehen, doch hier, inmitten des geschäftigen Morgens, fühlte sie sich nicht fehl am Platz. Im Gegenteil. Die Arbeit gab ihr ein gutes Gefühl, etwas selbstständig zu schaffen, und die positive Rückmeldung dazu tat gut.

Am Nachmittag stieg Linna aus ihrem Auto und verriegelte es. Während sie über den Parkplatz zum Krankenhaus eilte, hielt sie die Papiertüte mit den zwei Büchern in der einen und eine kleine Kühlbox in der anderen Hand. In der Kühltasche transportierte sie selbst gemachte Eierlikörwaffeln und eine Schüssel mit Sahne. Außerdem hatte sie ein Glas Sanddornmarmelade eingepackt, die Jule vor wenigen Tagen zubereitet hatte, sowie eine kleine Flasche Lavendelsirup. Ihre Mutter hatte sich über das fade Mineralwasser im Krankenhaus beschwert, und Linna hoffte, ihr damit eine kleine Freude machen zu können.

Ihre Schritte hallten auf dem Flur. Im Krankenhaus war es viel kühler als draußen, stellte Linna fest.

Als sie das Krankenzimmer betrat, saß ihre Mutter aufrecht im Bett, eine Lesebrille auf der Nase, während sie mit ihrem Handy hantierte. »Ah, Linna! Endlich bist du da!« Sie nahm die Brille ab und blickte ihr entgegen.

»Hallo, Mama! Na, du sollst dich doch ausruhen und keine Nachrichten checken«, sagte Linna mit einem neckenden Lächeln und hob mahnend den Zeigefinger. Sie stellte die Kühltasche auf den kleinen Beistelltisch neben dem Bett.

Ihre Mutter legte das Handy beiseite. »Ach, Linna. Ich langweile mich hier wirklich zu Tode. Wenn ich wenigstens ein bisschen was zu tun hätte, würde die Zeit schneller vergehen. Ich werde noch ganz schwermütig.«

»Für alles Tun im Hotel bin ich ja jetzt da. Heute habe ich den kompletten Ablauf des Frühstücksbüfetts übernommen. Du solltest die Chance nutzen, um wirklich mal zur Ruhe zu kommen«, erwiderte Linna, setzte sich auf den Stuhl neben dem Bett und begann, die Tasche auszupacken. »Hier, damit du dich ein bisschen ablenken kannst.«

Ihre Mutter nahm die Bücher entgegen, las die Klappentexte und nickte dann zustimmend. »Ein guter Krimi und ein Thriller – du kennst meinen Geschmack.«

Linna lachte leise. »Natürlich. Deswegen hat Papa mich in den Buchladen geschickt und ist nicht selbst gegangen. Wer weiß, mit welcher Lektüre er dich beglückt hätte.«

»Wenn es ums Lesen geht, dann kann dein Vater höchstens die Tageszeitung kaufen«, stimmte ihre Mutter ihr zu. »Allenfalls noch Kreuzworträtselhefte.«

»Na eben.« Linna griff nach der Kühlbox. »Und ich habe dir noch etwas anderes mitgebracht.« Sie stellte die kleine Flasche Lavendelsirup und das Marmeladenglas auf den Tisch. »Für dein Mineralwasser und für morgen zum Frühstück. Außerdem … tada: Eierlikörwaffeln mit Sahne.« Sie zeigte ihrer Mutter den Inhalt der Box. »Die lasse ich lieber drin, bevor die Sahne wegläuft, oder? Vielleicht macht das den Krankenhausaufenthalt ein bisschen erträglicher für dich.«

»Ja, prima! Danke! Papa bringt morgen frische Brötchen mit – und echte Butter!« Ihre Mutter setzte ihre Brille wieder auf und betrachtete die Flasche kurz, bevor sie sie abstellte. »Allerdings kann ich doch nicht den lieben langen Tag nur lesen, Waffeln essen und Wasser mit Lavendelsirup trinken. Ich mache mir wirklich Gedanken um das Hotel. Jule und du, ihr könnt das doch nicht ohne mich alles schultern, vor allem jetzt, wenn die Marathonteilnehmer eingecheckt haben. Unsere Angestellten sind ja auch voll ausgelastet.«

Linna seufzte. Sie hatte mit diesem Thema gerechnet. »Mama, wir kriegen das wirklich hin. Jule macht das großartig, und ich helfe ihr, so gut ich kann. Aber du darfst dich nervlich nicht so aufreiben. Papa meinte, die Ärztin hat extra gesagt, du brauchst Zeit, um dich zu erholen. Dazu gehört auch, dass du uns vertrauen musst.«

Ihre Mutter winkte ab. »Das sagen die Ärzte immer. Und Frau Doktor Bock hat einen Hang, die Dinge zu dramatisieren. Das ist mir gleich aufgefallen.« Sie schüttelte den Kopf. »Linna, ich meine es nicht böse und weiß zu schätzen, was du tust. Trotzdem: Ohne mich bricht im Hotel doch bald alles zusammen.«

»Mama, das stimmt überhaupt nicht.« Linna beugte sich ein Stück näher und sah ihrer Mutter in die Augen. »Das Hotel läuft nicht nur deinetwegen. Du hast uns beigebracht, wie man Dinge anpackt. Und du hast ein tolles Team. Manchmal muss man auch lernen loszulassen.« Linna wusste nicht, ob sie den letzten Satz ausschließlich an ihre Mutter gerichtet hatte oder ihn auch ein bisschen an sich.

Ihre Mutter verzog die Lippen zu einem schwachen Lächeln, aber ihre Augen verrieten, dass sie wenig überzeugt war. »Ich weiß doch, dass ihr euch Mühe gebt. Und das wäre alles kein Problem, wenn wir nicht ausgerechnet jetzt ausgebucht wären. Ich kenne auch die Herausforderungen im *Kranichglück*.« Sie griff nach Linnas Hand. »Und jetzt erzähl mir doch mal, wie es mit dir und Ilja läuft. Papa hat vorhin am Telefon so was angedeutet, was ich gar nicht glauben kann.«

Linna spürte, wie ihr Herzschlag kurz aussetzte. Sie hatte inständig gehofft, dass dieses Thema nicht aufkommen und ihr Vater nichts preisgeben würde. Doch nun war es auch bei ihrer Mutter angekommen. Es half also nichts. »Es läuft … okay«, sagte sie schließlich, bemüht, sachlich zu klingen.

Ihre Mutter musterte sie über den Rand ihrer Brille hinweg. »Das klingt nicht besonders überzeugend. Linna, raus mit der Sprache! Was ist los? Habt ihr Probleme?«

Linna zögerte. Sie hatte sich fest vorgenommen, ihre Mutter mit ihren Sorgen nicht zu belasten. Doch der durchdringende Blick ließ keinen Zweifel daran zu, dass Ausflüchte jetzt zwecklos waren. Sie sah auf ihre Hände und rieb sie betreten. »Es ist … ein wenig kompliziert«, gab sie schließlich zu. »Wir haben im Moment eine … herausfordernde Phase.«

Ihre Mutter nickte langsam, legte die Bücher auf dem Nachttischchen ab und streckte die Hand aus, um Linna über die Wange zu streicheln. »Du musst mir nichts erzählen, was du nicht willst. Aber ich habe die ganze Zeit gemerkt, dass dich etwas belastet. Noch bevor Papa was angedeutet hat. So was spürt man als Mutter.«

Linna schluckte und fühlte einen Kloß im Hals. »Es ist gerade einfach schwer, weißt du? Ilja und ich sehen uns in letzter Zeit kaum. Und wenn, dann habe ich das Gefühl, dass wir oft aneinander vorbeireden, egal, wie sehr wir uns bemühen.« Sie seufzte tief. »Ich weiß nicht, wie wir das wieder hinkriegen sollen.«

»Das klingt, als hättet ihr beide viel auf dem Herzen«, sagte ihre Mutter sanft. »Manchmal hilft es, sich etwas Freiraum zu geben, aber manchmal muss man auch für eine Beziehung kämpfen, wenn sie es einem wert ist.«

»Ich weiß nicht, ob ich die Kraft dafür habe oder ob ich es überhaupt will«, gestand Linna leise und sah ihre Mutter an.

Tröstend drückte diese ihr die Hand. »Linna, du bist stark. Du hast immer einen Weg gefunden, selbst in schwierigen Zeiten. Vielleicht gibt dir die Zeit hier in Himmelsee die erforderliche Klarheit, um alles zu regeln. Und vergiss nicht, dass du nicht allein bist. Wir sind alle für dich da – und für Miko auch.«

Ihre Worte berührten Linna unerwartet tief. Sie spürte die Wärme und das Verständnis ihrer Mutter, und gleichzeitig schämte sie sich, sie nicht früher eingeweiht zu haben. »Danke, Mama«, flüsterte sie schließlich.

Das Gespräch endete mit einer stillen Übereinkunft. Linna versprach sich selbst, die Dinge langsam anzugehen – Schritt für Schritt. Sie hoffte, dass ihre Mutter sich an denselben Rat hielt.

Nachdem sie sich von ihrer Mutter verabschiedet und das Krankenhaus verlassen hatte, verspürte sie Erleichterung – auch wenn der Weg, der vor ihr lag, noch unklar war.

Linna öffnete die Autotür und stellte ihre Tasche auf den Fahrersitz. Die Kühltasche hatte sie im Krankenhaus bei ihrer Mutter gelassen. Sie langte auf die Rückbank und wollte gerade ihre Jeansjacke überziehen, als ihr Handy vibrierte. Es war Jule.

»Hey, Linna! Wo bist du?«

»Ich stehe noch auf dem Parkplatz vor dem Krankenhaus. Wieso fragst du?«

»Ah, das ist gut! Ich habe nämlich eine Bitte«, meinte ihre Schwester. »Kannst du auf dem Rückweg von Giovanni Pizza mitbringen? Papa, Miko und ich haben Lust drauf, und ich komme hier gerade einfach nicht weg.«

Linna lachte leise. »Natürlich, wenn es weiter nichts ist. Irgendwelche speziellen Wünsche?«

»Miko will unbedingt eine mit Salami, Papa mag Funghi, und ich nehme die mit Spinat und Mozzarella. Bring dir selbst auch was mit, falls du Hunger hast, ja?«

»Alles klar. Ich bin in einer guten halben Stunde da«, versprach Linna und verabschiedete sich.

Sie fuhr zur kleinen Pizzeria im Ortskern, die für ihre Holzofenpizza auf der ganzen Halbinsel bekannt war.

Während sie im Restaurant auf ihre Bestellung wartete, ließ sie den Blick die Straße entlangschweifen. Die Abendluft war kühl, und der Ort wirkte so still und friedlich, als könnte hier nichts Schlimmes geschehen. In der Nähe leuchtete das Schild des kleinen Programmkinos »Seelicht« mit seinem nostalgischen Schriftzug über der Eingangstür. Als Linna sich dabei ertappte, wie sie leicht lächelte, wandte sie sich ab, um nicht in Erinnerungen abzuschweifen.

Als sie schließlich die Kartons mit der dampfenden Pizza entgegennahm und das Restaurant verließ, hörte sie plötzlich eine vertraute Stimme hinter sich.

»Linna? Das gibt's doch nicht!«

Sie drehte sich um und erblickte Jörn Friedrich, den jüngeren der beiden Friedrich-Brüder, der ein paar Meter hinter ihr eine kleine Kiste in den Händen hielt.

»Jörn!« Ihre Überraschung war echt, doch sogleich mischte sich ein leichtes Schuldgefühl in die Wiedersehensfreude.

Jörn trat näher, stellte die Kiste auf dem Gehweg ab und musterte sie aus seinen lebhaften dunkelblauen Augen. »Was für eine Überraschung, dich zu sehen. Was machst du hier in Himmelsee?«

»Familienbesuch – und ein bisschen Arbeit im Hotel«, erklärte Linna. »Meine Mutter hatte einen Schwächeanfall, und ich helfe im *Kranichglück* aus, solange sie im Krankenhaus ist.«

Jörn nickte, sein Blick wurde für einen Moment weich. »Davon habe ich gehört. Tut mir sehr leid für sie. Wie geht's ihr denn?«

»Ach, es wird von Tag zu Tag besser. Sie braucht noch Zeit, aber sie ist zäh – du kennst sie ja.« Linna rollte mit den Augen.

»Ja! Das klingt definitiv nach deiner Mutter«, sagte er lächelnd.

Linna bemerkte, dass er sich in den Jahren kaum verändert hatte. Seine positive Ausstrahlung und Freundlichkeit schienen unerschütterlich. Und dennoch meinte sie, die Last der Vergangenheit zu spüren, die auch auf ihm lag. Ob er jetzt auch an seinen Bruder Nik dachte – und an Anika?

»Und du? Arbeitest du immer noch im Kino?«, fragte Linna, um das Gespräch in leichtere Bahnen zu lenken.

Jörn nickte. »Ja, ich helfe Opa Hans, wann immer ich kann. Irgendwann werde ich das *Seelicht* von ihm ganz übernehmen. Es ist bestimmt nicht das aufregendste Leben, aber mir gefällt es. Und das Kino läuft besser denn je, seit immer mehr Touristen nach Himmelsee kommen.«

Ein kurzer Moment der Stille entstand, den Jörn schließlich durchbrach. »Weißt du, Nik ist nicht in Himmelsee. Falls du dich das gefragt hast.«

Linna spürte, wie sich ihr Herzschlag beschleunigte. Das geschah jedes Mal, wenn jemand seinen Namen nannte. Natürlich hatte sie sich hin und wieder gefragt, ob sie Nik begegnen würde – wie könnte sie das nicht? Die Gewissheit, dass er sich woanders aufhielt, ließ sie gleichzeitig enttäuscht und erleichtert zurück.

»Wo ist er denn?«, fragte sie schließlich bemüht neutral.

»Seine letzten Nachrichten kamen aus Kanada. James Bay, um genau zu sein. Er arbeitet dort in einer Schreinerei und verbringt die meiste freie Zeit damit, Vögel zu beobachten. Typisch Nik, oder?« Jörn schüttelte den Kopf und lachte leise.

Linna nickte, ihre Gedanken schweiften für einen Moment ab. Nik war immer anders gewesen – ernst, verschlossen und gleichzeitig voller Verantwortungsbewusstsein seinen Geschwistern gegenüber. Seine unergründliche Aura hatte sie damals in seinen Bann gezogen. Mit sechzehn war er ihre erste große Liebe gewesen, der Junge, der sie zum ersten Mal geküsst hatte. Und sie liebte ihn heute noch, auch wenn er sie nie wirklich nah an sich herangelassen hatte und sie immer nur davon geträumt hatte, einmal seine feste Freundin zu sein.

»Aber weißt du«, fügte Jörn hinzu, »es gibt ja auch noch andere Leute hier, die sich freuen, dich zu sehen. Ich zum Beispiel.«

Er sagte es leichthin, doch in seinen Augen lag etwas Tieferes. Linna spürte die Ehrlichkeit seiner Worte, gleichzeitig lastete die gemeinsame Geschichte auf ihr. Sie hatte Jörn in der Vergangenheit verletzt, womöglich mehr, als sie sich selbst eingestehen wollte.

»Vielleicht können wir mal einen Kaffee trinken gehen? Oder du kommst mich und Opa Hans im *Seelicht* besuchen?«, fragte er plötzlich, beinah zögerlich.

Linna schwieg für einen Moment, dann nickte sie langsam. »Klar. Warum nicht? Ich war schon lange nicht mehr im Kino ...«

Als Jörns Lächeln breiter wurde, konnte Linna nicht umhin, sich kurz zu fragen, ob sie in Himmelsee einen Neuanfang wagen konnte – vielleicht sogar mit Jörn. Doch im selben Augenblick schüttelte sie innerlich den Kopf über sich. Was hatte sie nur für abstruse Gedanken? Reichte ihr das Beziehungschaos mit Ilja nicht schon?

»Tut mir leid, Jörn. Ich muss leider los, sonst sind die Pizzen kalt, wenn ich im Hotel ankomme.«

»Na klar! Wir sehen uns«, meinte Jörn. »Und guten Hunger!«

»Bis dann.« Sie nickte ihm zum Abschied zu, dann eilte sie zum Parkplatz.

Am Auto legte sie die Kartons auf dem Beifahrersitz ab, platzierte ihre Tasche im Fußraum und schnallte sich an. Die unerwartete Begegnung mit Jörn hatte sie aufgewühlt.

Sie startete den Motor. Ein Glück, dass der Marathon unmittelbar bevorstand. Spätestens in zwei Tagen würden sie und ihre Familie genug zu tun haben. Doch ihr wurde immer klarer, dass sie sich nicht länger verstecken konnte, dass Himmelsee sie langsam dazu zwang, sich mit der Vergangenheit und ihren Gefühlen auseinanderzusetzen.

Kapitel 6

Am nächsten Tag schien die Sonne trotz des merklich auffrischenden Windes freundlich vom Himmel, als Linna mit Miko an der Hand über den kleinen Marktplatz spazierte. Vor den Cafés rund um den Platz standen Tische und Stühle, die Markisen hatten die Inhaber vorsichtshalber nicht ausgefahren.

Weil er mit Anton und Clara am Kindermarathon teilnehmen wollte, hatte sie Miko hübsche Laufschuhe gekauft. Die drei Kinder hatten am Vortag mehrmals geübt, die Distanz von fünfhundert Metern zu laufen, ohne eine Pause einzulegen. Inzwischen schafften sie die Strecke problemlos – sogar in einer beeindruckenden Zeit.

Linna blieb mit ihrem Sohn vor einer Bäckerei stehen. Miko hüpfte ungeduldig neben ihr her. »Mama, ich will das Plätzchen mit der roten Marmelade!«, rief er und zeigte auf die Auslage des Bäckers.

»Gleich, mein Großer«, antwortete Linna mit einem verständnisvollen Lächeln. Während sie in ihrer Tasche nach dem Portemonnaie griff, hörte sie plötzlich hinter sich jemanden fragen: »Linna? Bist du das wirklich?«

Sie schwang herum und brauchte einen Moment, um die Frau vor sich im gleißenden Sonnenlicht zu erkennen.

Dann stieg ein warmes Gefühl der Freude in ihr auf. »Asti?« Breit lächelte sie sie an.

»Ja.« Ihre alte Schulfreundin strahlte sie an, in der einen Hand hielt sie eine Tasche voller Bücher, in der anderen einen Coffee-to-go-Becher. »Ich dachte eben, ich hätte eine Geistererscheinung! Du hier, mitten in Himmelsee! Ich fass es ja nicht!«

»Ich kann's selbst kaum glauben«, erwiderte Linna und lachte. »Erst gestern war ich in deinem Geschäft. Mir wurde gesagt, du seist auf Geschäftsreise?«

»Eigentlich schon, stimmt. Ich bin gestern Abend früher zurückgekommen.« Astrid warf Miko einen freundlichen Blick zu. »Und wer ist das? Das kann doch nicht dein Sohn sein, oder?«

»Doch, das ist Miko.« Linna legte die Hand stolz auf Mikos Schulter. »Sag doch mal Hallo zu meiner guten Freundin Astrid, Miko.«

»Hallo«, sagte Miko zurückhaltend und verbarg sich halb hinter Linnas Rücken.

Astrid lachte. »Genauso schüchtern wie seine Mutter früher, oder? Weißt du noch, wie du dich immer hinter mir versteckt hast, wenn unser Geschichtslehrer, Herr Püttler, dich drannehmen wollte?«

Linna musste ebenfalls lachen. »Das war jedes Mal so schlimm. Ich konnte mir die ganzen Jahreszahlen nicht merken. Aber zum Glück hast du mich oft durch dein Zuflüstern gerettet.«

»Ich habe dich sogar immer gern gerettet.« Astrid zwinkerte ihr zu. »Was ist? Hast du Zeit für ein Getränk in meinem Laden? Es ist so lange her. Für Miko habe ich Limonade da, und er kann in unserer Kinderecke spielen, während wir uns unterhalten.«

Linna überlegte kurz, dann nickte sie. »Warum eigentlich nicht? Erst kaufe ich Miko noch das versprochene Plätzchen, dann kann es losgehen.«

Wenig später saßen sie in Astrids Buchhandlung. Ihre Freundin hatte für Miko eine Kiste mit Kinderbüchern und einige Spielsachen hervorgeholt. Linnas Sohn blätterte begeistert die Seiten eines Wimmelbuchs um, während sie in einer der Leseecken auf gemütlichen Sesseln Platz nahmen.

»Erzähl doch mal, was führt dich nach so langer Zeit zurück nach Himmelsee? Ich dachte, du lebst inzwischen irgendwo in der Großstadt?« Astrid schaute Linna neugierig an. »Berlin … oder so?«

»Düsseldorf eigentlich.« Linna rührte in ihrem Kaffee. »Ich helfe zurzeit im *Kranichglück* aus, weil meine Mutter sich zu viel zugemutet hat. Sie liegt noch im Krankenhaus. Außerdem …« Sie stockte, dann atmete sie tief durch. »Ich brauche auch Zeit, um ein paar private Dinge zu sortieren. Meine Beziehung mit Mikos Vater läuft nicht rund.«

Astrid legte eine Hand auf Linnas Arm. »Ach, das tut mir leid zu hören. Aber vielleicht pustet dir der Seewind bald den Kopf frei. Dafür ist Himmelsee doch genau der richtige Ort.«

»Manchmal bin ich mir da nicht so sicher«, sagte Linna leise. »Himmelsee ist für mich voller Erinnerungen. Du weißt, was ich meine …«

Astrid nickte verständnisvoll. »Das ist doch genau der

Punkt, Linna. Du kannst nicht ewig vor der Vergangenheit davonlaufen. Sie wird dich immer einholen, egal, wo auf der Welt du bist. Warum also nicht mal stehen bleiben und dich ihr stellen? Vielleicht findest du hier ja am Ende mehr Antworten, als du denkst.«

Sie schaute zu ihrer Freundin auf. Astrids Worte trafen direkt ins Schwarze. Obwohl es Linna aufwühlte, spürte sie die Wahrheit, die Astrid aussprach. »Womöglich stimmt das«, antwortete sie.

»Natürlich stimmt es.« Astrid grinste. »Meistens hatte ich doch schon früher recht, oder?«

Sie lachten beide.

»Wirklich. Immer«, bestätigte Linna, griff nach Astrids Hand und wurde dann wieder ernster. »Ich bin so unglaublich froh, dass ich dich habe, Asti. Und vor allem, dass du es mir nicht nachträgst, dass ich seit … du weißt schon, mich unsichtbar gemacht und mich nicht bei dir gemeldet habe. Ich konnte einfach nicht anders.«

Astrid nickte ihr mit gütigem Blick zu. »Ich weiß, du musst mir nichts erklären.«

Linna kam mit Miko durch die Schwingtür in die Lobby und genoss für einen Moment die wohltuende Stille des Hotels, die oft um diese Uhrzeit eintrat, wenn die meisten Gäste unterwegs waren. Nach dem Wiedersehen mit Astrid tat ihr die Aussicht auf etwas Ruhe gut.

Dann ging sie weiter und entdeckte Elisa Beckmann am Empfang, ihre Tochter Clara an der Hand. Frau Beckmann sprach hastig mit Jule, mit der Linken gestikulierte sie unruhig, während Clara ein kleines Kuscheltier an sich drückte und scheinbar unbeteiligt lauschte.

»... und wir brauchen die Rechnung so schnell wie möglich«, hörte Linna die Frau sagen, als sie näher kam. Sie klang angespannt, fast atemlos.

»Hallo, Frau Beckmann.« Linna trat neben sie, während Miko Clara begrüßte. »Stimmt etwas nicht? Sie wollen doch nicht etwa schon abreisen? Die Marathonläufe sind doch erst morgen.«

Frau Beckmann wandte sich Linna zu, ihre Augen strahlten eine Mischung aus Erschöpfung und Unruhe aus. »Ja, wir ... Ich habe entschieden, dass wir nun doch früher fahren. Den Marathon werde ich nicht mitlaufen können. Es gibt ... familiäre Gründe. Leider.«

Linna runzelte die Stirn, hielt sich jedoch zurück. Etwas an Frau Beckmanns Haltung verriet ihr, dass sie den Abreisegrund nicht näher erklären wollte. Linna beugte sich zu ihrem Sohn und fasste ihn am Oberarm. »Miko, geh doch mal in den Garten und schau, ob Anton da ist. Dann kannst du ihm deine neuen Schuhe zeigen.«

»Okay.« Miko machte sich hüpfend auf den Weg.

Frau Beckmann hatte sich wieder zu Jule gedreht, die gerade für sie die Rechnung auf den Tresen legte.

»Bitte schön, Frau Beckmann. Wirklich schade, dass Sie vorzeitig abreisen.«

Noch bevor die Frau die Rechnung bezahlen konnte, betrat ein Mann die Lobby. Er war groß, hatte eine sportliche Figur und einen offenen, freundlichen Gesichtsausdruck, der in Linna sofort Vertrauen weckte.

»Papa!« Blitzschnell löste Clara sich von ihrer Mutter und rannte mit leuchtenden Augen auf den Mann zu.

Er bückte sich, fing sie mit einem breiten Lächeln auf und hob sie in die Luft. »Da ist ja meine kleine Maus! Wie geht's dir? Ich habe dich so vermisst!«

Linna beobachtete die Szene, und sogleich breitete sich ein warmes Gefühl in ihr aus. Der Vater drückte Clara fest an sich, küsste sie auf die Stirn und ließ sich von ihr ganz einnehmen, während sie ihm mit aufgeregter Stimme von den letzten Tagen erzählte.

»Papa, ich habe ganz viele neue Freunde und auch so viel trainiert! Morgen laufe ich mit Miko und Anton den Kindermarathon. Wir gewinnen dann alle zusammen!«, verkündete Clara begeistert.

»Natürlich gewinnt ihr«, erwiderte ihr Vater lachend und setzte sie wieder auf dem Boden ab.

Doch als sein Blick zu seiner Frau wanderte, veränderte sich die Atmosphäre schlagartig. Claras Mutter stand steif da, ihr Gesicht eine emotionslose Maske, doch in ihren Augen flackerte Unsicherheit. Sie wirkte angespannt bis in die Haarspitzen, fast so, als wäre sie bei etwas Verbotenem ertappt worden.

»Elisa«, sagte er ruhig und trat näher. Er küsste sie zur Begrüßung auf die Wange.

»Gerald … Ich hatte ja keine Ahnung, dass du heute schon kommst …«

»Ich wollte euch überraschen. Ich habe mir extra eher freigenommen, um dich und Clara anzufeuern. Das ist doch euer erster Marathon, und ich wollte unbedingt dabei sein.«

Seine Frau zog die Schultern hoch, wie um sich vor den Worten zu schützen. »Du hättest vorher anrufen können«, sagte sie kühl.

»Ich dachte, eine Überraschung wäre schöner«, entgegnete er sanft, ohne auf die Spitze einzugehen.

Linna spürte, wie die Spannung zwischen den beiden wuchs. Sie wollte sich schon diskret zurückziehen, doch dann brach es aus Clara heraus: »Mama, wir können jetzt doch bleiben, oder? Papa ist hier! Dann gehen wir alle zusammen zum Marathon!«

Frau Beckmanns Miene veränderte sich, als ihre Tochter sie mit großen Augen ansah. Für einen Moment wirkte sie hin- und hergerissen, dann nickte sie langsam. »Natürlich bleiben wir, mein Schatz.«

»Toll!« Clara klatschte aufgeregt in die Hände und strahlte über das ganze Gesicht.

»Ja, toll«, bestätigte Frau Beckmann, konnte jedoch nicht verhindern, dass es sich gezwungen anhörte.

Lächelnd hob ihr Mann Clara auf seinen Arm. »Das ist großartig. Wir drei zusammen – das hast du dir doch gewünscht.«

Während sich die kleine Familie in den Speisesaal zurückzog, blieb Linna nachdenklich in der Lobby stehen. Sie beobachtete, wie Frau Beckmann zögerlich ihrem Mann folgte, während Clara auf seinem Arm aufgeregt plapperte und lachte, als sei alles in bester Ordnung.

»Das war eben extrem seltsam, oder?«, riss Jule sie aus den Gedanken und trat um den Tresen herum, um sich neben sie zu stellen, die Arme vor der Brust verschränkt. Stirnrunzelnd sah sie in Richtung des Speisesaals.

Linna nickte. »Ja, das war es in der Tat. Erst will sie Hals über Kopf abreisen, einen Tag vor dem Marathon, auf den sie sich so sehr gefreut hat – und dann taucht ihr Mann plötzlich auf, und alles ist … irgendwie … extrem seltsam.«

Jule runzelte die Stirn. »Was da wohl los ist? Frau Beckmann ist mir in den letzten Tagen so ehrgeizig und völlig auf den Marathon fokussiert vorgekommen. Dass sie mit Clara so plötzlich aufbrechen wollte, passt irgendwie nicht ins Bild. Und dann noch die familiären Gründe, die sie vorgeschoben hat …«

»Ja, und genau in dem Moment kommt er direkt zur Tür herein.« Linna deutete mit dem Kopf zum Speisesaal.

»Der familiäre Grund?«, fragte Jule.

»Eventuell.« Linna zuckte mit den Schultern. »Ihr Mann scheint nett zu sein, oder? Clara war überglücklich, ihn zu sehen. Aber seine Frau …« Sie machte eine Pause und suchte nach den richtigen Worten. »Sie wirkte fast … ich weiß nicht, gequält?«

Jule nickte grüblerisch. »Ja, das ist mir auch aufgefallen. Vielleicht gab es Streit im Vorfeld. Oder es ist etwas ganz anderes passiert, das sie belastet.«

Linna lehnte sich an den Empfangstresen und sah Jule von der Seite an. »Was meinst du? Sollte ich morgen beim Frühstück mal vorsichtig nachfragen, wenn ich sie allein antreffe? Ich will nicht aufdringlich sein oder so, aber irgendwie habe ich das Gefühl, dass sie vielleicht jemanden zum Reden bräuchte.«

Jule überlegte einen Moment. »Warum nicht? Du solltest nur wirklich mit Fingerspitzengefühl vorgehen. Wenn sie reden will, wird sie es tun. Und wenn nicht, dann bringt Nachbohren auch nichts.«

Linna nickte. »Stimmt. Es ist nur … Ich kann mich nicht erinnern, wann ich zuletzt so viel unausgesprochene Spannung zwischen zwei Menschen gespürt habe.«

Jule musterte sie. »Na ja, so weit musst du dafür doch gar nicht zurückschauen, oder?«

Fragend hob sie die Augenbrauen. »Was meinst du?«

»Ich meine, dass du selbst mitten in einer angespannten Situation steckst – mit Ilja. Vielleicht erkennst du es bei anderen Leuten deshalb so schnell. Nur so ein Gedanke …«

Linna senkte den Blick. Sie fühlte sich von ihrer Schwester ertappt, wollte aber nicht widersprechen. »Da könnte was dran sein«, gab sie schließlich zu.

»Das Wichtigste ist, dass du dich nicht in ihre Probleme reinziehen lässt. Du hast schon genug auf deinem Teller«, fügte Jule hinzu, diesmal sanfter.

Linna nickte langsam. »Ich werde es im Hinterkopf behalten. Trotzdem …«

Jule nahm die Rechnung, die Claras Mutter hatte liegen lassen, und ging zurück hinter den Tresen. »Vielleicht klärt es sich von selbst. Und wenn nicht, kannst du ja unter Umständen genau die richtige Gesprächspartnerin sein.«

Mit einem Lächeln stieß Linna sich ab. »Ich sollte mich jetzt langsam wieder an die Arbeit machen. In der Küche liegen Gurken für mich parat.«

»Gute Idee! Ich mache auch mal weiter … Es gibt eine Rechnung zu stornieren«, antwortete Jule und wandte sich wieder dem Computer am Empfang zu.

Gedankenvoll ging Linna in die Hotelküche, um Gurkensalat vorzubereiten. Die Szene zwischen Frau Beckmann und ihrem Mann ließ sie nicht los. Sie konnte sich beim besten Willen nicht erklären, was zwischen den beiden vorgefallen sein könnte. Aber was wusste sie schon? Und eigentlich ging es sie nichts an, da hatte Jule recht.

Kapitel 7

Linna gähnte hinter vorgehaltener Hand, als sie am nächsten Morgen Eier in eine große Schüssel schlug. An das frühe Aufstehen hatte sie sich schnell wieder gewöhnt, aber sie konnte es nicht vermeiden, dass sie zwischendurch immer mal wieder Leistungstiefs überkamen.

Miko hatte gelernt, morgens nach dem Aufwachen selbstständig aufzustehen und in die Hotelküche zu kommen, um zu frühstücken. Dies tat er zuverlässig und auch mit einem gewissen Stolz. »Ich bin ja schon groß«, hatte er Linna selbstbewusst verkündet.

Es würde sicher noch eine Stunde dauern, bis Miko zur Tür hereinkam. Frau Beckmann hatte sie an diesem Morgen ebenfalls noch nicht gesehen. Dafür aber ihren Mann und ihre Tochter, die gemeinsam im Speisesaal frühstückten.

»Linna, kannst du mal rangehen? Dein Handy klingelt schon wieder!«, rief Jule plötzlich aus dem Vorratsraum.

»Moment!« Linna legte die Eierschale beiseite und putzte sich die Hände eilig an einem Tuch ab, bevor sie nach ihrem Handy griff, das vibrierend über die glatte Oberfläche eines Servierwagens rutschte, der neben der Tür zum Vorratsraum stand. Als sie den Namen ihres Vaters auf dem

Display las, zog sie die Stirn kraus. Ihr Vater war gegen halb acht zu ihrer Mutter ins Krankenhaus gefahren.

»Papa? Ist alles in Ordnung?«, fragte sie, kaum dass sie abgenommen hatte.

»Aber ja! Es gibt Neuigkeiten«, begann er ohne Umschweife. »Deine Mutter hat sich mal wieder durchgesetzt.« Er seufzte. »Die Ärzte wollten sie eigentlich noch ein paar Tage in der Klinik behalten, aber sie hat natürlich keine Ruhe gegeben. Ich bringe sie gleich mit nach Hause. Wir warten nur noch auf ihre Entlassungspapiere.«

»Ach was!« Linna setzte sich auf den Hocker neben der Tür und hielt das Telefon fester. »Hat sie sich etwa selbst entlassen?«

»So ungefähr.«

Linna schüttelte den Kopf. »Ist das wirklich eine so gute Idee? Ich meine, sollte sie nicht noch ein paar Tage unter ärztlicher Beobachtung sein?«

»Theoretisch schon. Aber du kennst doch deine Mutter. Wenn sie sich etwas in den Kopf gesetzt hat, dann …« Er machte eine bedeutungsschwere Pause. »Ich warte jetzt mit ihr auf die Papiere, und dann kommen wir nach Hause«, wiederholte er. »Aber das bedeutet, dass ich es nicht schaffen werde, heute die Einkäufe für das Hotel zu erledigen. Ihr müsstet das für mich übernehmen.«

»Verstanden.« Linna griff nach der Liste, die mit einem Magneten an der Schranktür befestigt war. »Jule und ich kümmern uns darum. Mach dir keine Gedanken, Papa.«

»Danke, mein Mädchen. Und … mach du dir ebenfalls keine Sorgen. Ich passe schon gut auf eure Mutter auf.«

Als sie auflegte, hielt sie das Handy noch eine Weile in der Hand. »Jule?«, rief sie schließlich nach ihrer Schwester, die nach wie vor im Vorratsraum beschäftigt war.

»Was gibt's denn?« Stöhnend kam Jule in die Küche und stellte eine Kiste voller Dosentomaten ab.

»Mama kommt heute nach Hause.«

Jule starrte sie ungläubig an. »Echt jetzt? Ist das nicht etwas früh?«

Linna hob eine Schulter. »Das habe ich auch gesagt, aber Papa meinte, sie hätte keine Ruhe gegeben. Er bringt sie nachher mit. Dafür müssen wir uns heute um den Großeinkauf kümmern.«

Jule schnaubte und wischte sich die Hände an einem nassen Lappen ab. »Klingt ganz nach Mama. Na gut … dann schnappen wir uns die Einkaufsliste und den alten Bus – so wie früher. Lass uns vorher aber noch hier klar Schiff machen.«

Eine gute halbe Stunde später saßen Linna und Jule im alten VW-Bus der Familie, der mit jedem gefahrenen Kilometer lauter zu protestieren schien. Der Motor brummte in einem tiefen, unregelmäßigen Rhythmus, und der Geruch von altem Leder und Motoröl durchzog den Innenraum. Das Armaturenbrett war von unzähligen kleinen Rissen durchzogen, und die Knöpfe für die Heizung klemmten seit Jahren. Über dem Rückspiegel hing immer noch das verblichene Stoffschaf, das Linna und Jule ihrem Vater einmal zum Geburtstag genäht hatten – ein Relikt aus der Zeit, als sie noch Kinder gewesen waren. Natürlich hätten sie auch den großen neuen Hotel-Van nehmen können, aber aus nostalgischen Gründen musste es der alte Familienbus sein.

»Unglaublich, dass der alte Karren noch fährt«, rief Linna über das Motorengeräusch und strich seitlich über den Beifahrersitz, der unter ihrem Gewicht leise knirschte.

»Allerdings. Inzwischen ist der Bus ein Oldtimer, aber er fährt und fährt und fährt.«

»Und er hat bis nächstes Jahr TÜV«, ergänzte Linna.

Ihre Schwester lachte. »Ich glaube, Papa bringt es nicht übers Herz, ihn auszumustern«, antwortete Jule, während sie den Bus um eine enge Kurve lenkte. »Für ihn ist das Ding mehr als ein fahrbarer Untersatz. Fast wie ein Familienmitglied, weißt du vielleicht ja noch. Manchmal spricht er sogar mit dem Bus. Wenn er nicht sofort anspringt, dann versucht er es seit Neustem erst mit motivierenden Sätzen, bevor er flucht.«

Linna lachte. Sie blickte aus dem Fenster und beobachtete die vertrauten Bäume und Felder, an denen sie vorbeifuhren. Eine seltsame Mischung aus Nostalgie und Wehmut durchströmte sie. Wie oft hatte sie schon in diesem Bus auf dem Beifahrersitz gesessen, hatte ihrem Vater beim Witzeerzählen zugehört oder den Geschichten aus seiner Jugend gelauscht, während sie gemeinsam zum Strand oder zum Einkaufen gefahren waren? Sie konnte es nicht sagen …

»Hast du vorhin eigentlich auch mit Mama gesprochen?«, fragte Jule und riss Linna damit aus den Gedanken.

»Nein, nur mit Papa.« Sie schmunzelte. »Ich kann mir auch so vorstellen, wie das Gespräch im Krankenhaus verlief.«

Jule grinste. »Wetten, dass sie den Ärzten erklärt hat, wie sie das Krankenhaus effizienter führen könnten?«

»Da kannst du Gift drauf nehmen!« Linna lachte und lehnte sich in dem knarrenden Sitz zurück. »Oder dass sie eine bessere Idee für die Zusammensetzung der Speisekarte in der Kantine hat.«

»Da gehe ich jede Wette ein«, stimmte ihre Schwester zu.

Als sie die schmale Hauptstraße erreichten, steuerte Jule den Bus auf den Parkplatz vor dem Großmarkt, und sie stiegen aus. Linna schnappte sich einen Einkaufswagen und schob ihn Richtung Eingang, während Jule aufmerksam die Einkaufsliste studierte.

»Frisches Gemüse, Getränke, Mehl, Zucker … und zwei Kisten Bohnenkaffee. Ich weiß nicht, was los ist, aber die Gäste scheinen immer koffeinabhängiger zu werden.«

»Verständlich«, murmelte Linna. »Ich komme morgens nach dem Aufstehen auch nur mit einem starken Kaffee in den Tag. Liegt bestimmt an der Sonne hier.«

Während sie durch die Gänge gingen, die Regale nach den benötigten Produkten absuchten und die Liste Punkt für Punkt abhakten, fiel Linna auf, wie wenig Jule sagte. Normalerweise kommentierte sie jede Kleinigkeit – die gestiegenen Preise, die unübersichtliche Anordnung der Waren oder die Menschen, die ihnen begegneten –, da war sie eigentlich wie ihre Mutter. Doch heute schien sie gedanklich woanders zu sein.

»Ist alles okay? Du bist so ruhig«, fragte sie, als sie vor dem Regal mit den Konserven stehen blieben.

Jule zuckte mit den Schultern. »Ach, mir geht's gut. Nur, seit Mama krank ist, brummt mir manchmal der Kopf. Das ist alles.«

Linna nickte und lud ein paar große Dosen Suppenbrühe in den Wagen. »Darüber habe ich mir nie Gedanken gemacht«, gab sie zu.

»Worüber?« Jule drehte eine Dose in der Hand und betrachtete sie unschlüssig.

»Was es eigentlich bedeutet, so ein Hotel zu führen. Die Verantwortung, die man den Gästen und auch den Mitarbeitern gegenüber hat. In meinen Augen haben Mama und Papa das immer mit links gemacht. Aber jetzt merke ich, was sie eigentlich in all den Jahren geleistet haben.«

Jule nickte. »Die Frage ist, ob sie das noch lange können und was passiert, wenn sie es nicht mehr können.« Sie blickte Linna ernst an. »Eigentlich wollte ich dich mit der Frage nicht überfallen, aber nun drängt sie sich doch immer mehr auf.« Sie atmete hörbar ein und aus. »Wärst du überhaupt bereit, mit mir die Leitung des *Kranichglücks* zu übernehmen, oder willst du in Düsseldorf bleiben?«

Einen Moment lang sah sie ihre Schwester einfach nur an, bevor sie ehrlich antwortete: »Wenn ich das wüsste … Einerseits möchte ich unglaublich gerne hierbleiben. Miko fühlt sich in Himmelsee pudelwohl, und für mich ist alles so vertraut, als wäre ich nie weg gewesen. Die Straßen, die Leute, selbst dieser alte Markt. Aber andererseits merke ich, wie viel Zeit in Wirklichkeit vergangen ist. Dinge, die sich verändert haben, während ich weg war. Und ich frage mich, ob ich eine andere geworden bin und vielleicht nicht mehr nach Himmelsee passe.«

Jule nickte langsam, sah sie jedoch nicht an. »Ich bin jedenfalls froh, dass du da bist, Linna. Wirklich. Es war nicht immer einfach, das alles ohne dich zu stemmen.« Dann fand ihr Blick ihre Augen. »Ich glaube, wir wären ein gutes Team, um das Hotel zu führen.«

Jules warme Worte berührten sie. »Das glaube ich auch. Ich gebe mir auch Mühe, eine echte Hilfe zu sein – wenn auch ungelernt. Falls ich etwas anders machen soll, dann sag es mir, okay?«

Jule grinste schief. »Mach dir darüber mal keine Sorgen, ich bin doch nicht zurückhaltend, was Beschwerden angeht.«

Lachend warf Linna den Kopf in den Nacken. »Wie konnte ich das nur vergessen?«

Gut gelaunt setzten sie den Einkauf fort, arbeiteten die Liste ab und warfen sich dabei gelegentlich scherzhafte Bemerkungen an den Kopf.

Als sie schließlich die letzten Artikel in den Einkaufswagen gelegt hatten, war in Linna der Entschluss gereift, Jule nicht noch einmal hängen zu lassen. Bevor nicht eindeutig geklärt war, wie das *Kranichglück* weitergeführt werden konnte, würde sie nicht nach Düsseldorf zurückkehren. Und sollte dies bedeuten, dass sie ihren Job am Düsseldorfer Flughafen verlor, dann würde sie es in Kauf nehmen.

Sie war es nicht nur ihren Eltern schuldig, sondern auch Jule. Ein zweites Mal würde sie sich nicht vor der Verantwortung drücken. Zudem war es an der Zeit, ein Stück von dem wiedergutzumachen, was sie damals zerstört hatte.

Kapitel 8

Die Bremsen des alten VW-Busses quietschten leise, als Jule vor dem Hintereingang des Hotels parkte. Linna stieg aus und nahm einen tiefen Atemzug. Die Luft war durchzogen vom würzigen Duft des Waldes, der an das hintere Grundstück des Hotels grenzte, und dem dezenten Hauch von Salz, der von der Meerseite herüberwehte.

Kaum hatten sie die Einkäufe ausgeladen und die Taschen in die Hotelküche gebracht, stürmte Miko aus dem Garten zu ihnen in die Lobby.

Seine Wangen waren vor Begeisterung gerötet, seine Hände trugen noch Spuren von Erde. »Mama! Tante Jule! Anton hat mir gezeigt, wie man einen kleinen Teich für Frösche baut!«

»Einen Teich?«, fragte Linna lachend und zog ihren Sohn in eine Umarmung. »Reicht euch die Ostsee etwa nicht?«

Miko verdrehte die Augen. »Mama! In der Ostsee gibt es doch gar keine Frösche.«

»Ach so!« Sie schüttelte amüsiert den Kopf. »Na, das klingt ja nach einem spannenden Plan, den ihr ausgeheckt habt.«

»Ich durfte sogar die Steine anordnen!«, sprudelte es weiter aus Miko heraus, während er aufgeregt um sie herumhüpfte. »Anton sagt, er wird mit seinen Eltern wiederkommen und gucken, ob die Frösche wirklich in den Teich eingezogen sind.« Miko zog an Linnas Hand. »Mama, dann müssen wir auch wieder hierherfahren.«

Wieder lächelte sie und strich Miko kurz über den Kopf. »Na klar, das machen wir dann. Aber jetzt wäschst du dir erst mal das Gesicht, bevor du das ganze Hotel mit Erde dekorierst.«

Miko nickte eifrig und rannte ins Hotel. Linna und Jule folgten ihm. Marlen hatte Dienst an der Rezeption und war gerade in ein Telefonat vertieft. Doch als sie die beiden Frauen bemerkte, lächelte sie Linna zu und bedeutete ihr mit Handzeichen, dass sie zu ihr kommen sollte. Sie beendete das Gespräch geschickt.

»Oh, gut, dass ich Sie treffe«, sagte sie an Linna gewandt. »Ich habe etwas für Sie.« Sie griff hinter den Tresen und zog einen Umschlag hervor. »Der wurde heute Vormittag für Sie abgegeben.«

»Für mich?« Linna nahm den Brief überrascht entgegen. Der Umschlag war schlicht, ihr Name stand in einer vertrauten Handschrift darauf geschrieben.

Während sie den Brief öffnete, registrierte sie, dass Jule neugierig neben ihr stehen blieb. »Von wem ist der?«

»Von Jörn«, sagte Linna langsam, als sie den Zettel herauszog.

»Jörn Friedrich?« Jule zog die Augenbrauen hoch.

»Ja.« Linna las.

Hallo, Linna,

ich wollte dir Bescheid sagen, dass heute Abend dein Lieblingsfilm im Seelicht *gezeigt wird. Da ich leider keine Handynummer von dir habe, dachte ich, ich probiere es auf diesem altmodischen Weg. Wäre schön, dich dort zu sehen. Ich bin den ganzen Abend da.*

Jörn

»Dein Lieblingsfilm?«, fragte Jule erstaunt.

Linna strich sich verlegen eine Haarsträhne hinters Ohr. »Findet Nemo.«

»Dass ihr wieder Kontakt habt, hast du mir auch nicht erzählt«, stellte Jule fest und kniff die Augen zusammen.

Linna faltete den Zettel zusammen und schob ihn zurück in den Umschlag. »Was heißt Kontakt? Mehr oder weniger. Wir sind uns zufällig begegnet, als ich neulich die Pizza bei Giovanni geholt habe. Er arbeitet doch immer noch im Kino seines Opas. Da hat er mich gefragt, ob wir uns mal wieder sehen können.«

Jule musterte ihre Schwester skeptisch. »Und jetzt lädt er dich gleich ins Kino ein? Klingt für mich eher nach einem Date statt einem lockeren Wiedersehen.«

»Ach, es ist doch nur ein Film«, erwiderte Linna leichthin.

»Und? Wirst du hingehen?«

Linna hielt den Umschlag noch in der Hand. »Na klar«, sagte sie und sah ihre Schwester direkt an. »Ich glaube, ich sollte mich mit ihm treffen. Es wird Zeit, dass ich mich der Vergangenheit stelle, oder etwa nicht?«

Jule nickte nachdenklich. Dann grinste sie. »Na gut. Erzähl mir aber später, wie es war. Und ob er dir auch Popcorn spendiert hat.« Sie zwinkerte ihr zu.

Linna musste lachen. »Das werde ich. Vielleicht bringe ich dir sogar eine Portion Popcorn mit.« Sie steckte den Brief in die Gesäßtasche ihrer Jeans. »Und jetzt stelle ich erst mal die Sahne in den Kühlschrank, bevor sie sauer wird.«

Fast so unbeschwert wie in ihrer Kindheit gingen die Schwestern in die Küche.

Sie hatten gerade die letzten Einkäufe in der Küche verstaut, als sie das vertraute Reifengeräusch auf der Einfahrt hörten. Einen Moment später öffnete sich die Hintertür zur Küche, und ihr Vater erschien mit ihrer Mutter im Schlepptau. Linna bemerkte sofort, dass ihre Mutter zwar noch etwas wackelig auf den Beinen war, aber ein ungebrochener Glanz in ihren Augen lag – ein Ausdruck von Tatkraft, den Linna nur zu gut von ihr kannte.

»Ich bin wieder zu Hause! Endlich!«, verkündete sie mit einer Mischung aus Triumph und Erleichterung. Voller Elan trat ihre Mutter in den Raum, zog ihren leichten Sommerschal von den Schultern und begrüßte dann Linna und Jule. »Ich habe den Ärzten gesagt, dass sie mich nicht länger festhalten können. Schließlich habe ich hier Wichtigeres zu tun!«

Linna tauschte einen kurzen Blick mit ihrer Schwester, die unmerklich den Kopf schüttelte. »Mama, du bist unverbesserlich!«

»Na, das möchte ich doch hoffen«, entgegnete sie keck.

Geräuschvoll schloss ihr Vater die Tür hinter sich und stellte die blaue Reisetasche seiner Frau auf dem Boden ab. Er seufzte leise. »Die Ärzte haben ausdrücklich gesagt, dass du kürzertreten sollst, Krista«, begann er, doch seine Worte schienen bei seiner Frau ungehört zu verhallen.

»Papperlapapp!«, entgegnete sie mit einem energischen Winken. »Ich habe mich lange nicht so gut gefühlt wie jetzt. Der Lavendelsirup, den Linna mir ins Krankenhaus gebracht hat, wirkt Wunder! Ich fühle mich frisch und entspannt wie seit Jahren nicht mehr.«

»Mama, du sollst die Dinge wirklich langsam angehen lassen«, mischte Jule sich ein, doch auch sie bekam nur ein abwehrendes Lächeln.

»Langsam? Am Tag vor dem Marathon? Na, ihr habt vielleicht Nerven!«, rief ihre Mutter und begann sogleich, die Ärmel ihrer Bluse hochzukrempeln. »Ich habe mir überlegt, dass ich morgen etwas Besonderes zur Feier des Tages mache: Lavendel-Käsekuchen, Lavendelmarmelade und Lavendel-Scones. Die Gäste werden begeistert sein!«

»Mama, das ist doch viel zu viel«, wandte Linna ein, drang allerdings genauso wenig durch wie ihre Vorredner.

»Ach was, das schaffe ich locker. Ich bin voller Energie. Am besten, ich gehe gleich in den Garten und hole frischen Lavendel.« Bevor jemand sie aufhalten konnte, griff sie schon nach dem Weidenkorb, der neben der Tür stand, und marschierte mit einer Entschlossenheit, die ihrem gesundheitlichen Zustand zu widersprechen schien, in Richtung Garten.

»Das kann doch nicht ihr Ernst sein«, murmelte Jule und sah ihrem Vater hinterher, der keinen Moment gezögert hatte und seiner Frau in den Garten folgte.

Linna und Jule wechselten einen Blick, bevor sie ihnen hinterhergingen. Als sie ihren Vater eingeholt hatten, warf er ihnen einen bekümmerten Blick zu.

»Ihr kennt sie doch«, sagte er mit resignierter Stimme. »Wenn sie sich etwas in den Kopf gesetzt hat, kann man sie nicht aufhalten. Ich bleibe lieber in der Nähe und passe auf, dass sie sich nicht überanstrengt.«

Ihre Mutter war bereits dabei, mit ihrer kleinen Gartenschere Lavendelstängel abzuschneiden. Plötzlich kamen Miko und Anton zu ihnen und sahen interessiert zu.

»Oma, darf ich nachher den Korb reintragen?«, fragte Miko und zupfte vorsichtig an ihrer Bluse.

»Natürlich, mein Schatz«, sagte sie lächelnd und gab ihm einen Kuss auf die Wange. »Ihr könnt mir auch jetzt helfen. Schaut, wie ich es mache. Aber seid vorsichtig mit den Stängeln – wir wollen die Blüten nicht zerdrücken, sonst verlieren sie ihr Aroma.«

Anton beobachtete die Handgriffe genau und erklärte stolz: »Ich weiß schon, wie man Lavendel schneidet. Meine Oma hat es mir letztes Jahr gezeigt!«

»Das ist ja prima! Dann seid ihr beide meine fleißigen Helfer«, lobte sie die Kinder und schnitt weitere Stängel ab. »Und wisst ihr was? Wenn wir den Lavendel gepflückt haben, könnt ihr mir beim Käsekuchenmachen helfen.«

Miko klatschte begeistert in die Hände. »Ja, Kuchen! Ich will den Teig rühren!«

»Hurra! Ich helfe auch mit!«, rief Anton eifrig.

Während Linna dastand und die Szene beobachtete, musste sie lächeln. Sie fühlte sich an Momente aus ihrer eigenen Kindheit erinnert. Wie oft hatte ihre Mutter mit ihnen in der Küche Kekse und Kuchen gebacken! Doch gleichzeitig sah sie auch die feinen Schatten in ihrem Gesicht, die verrieten, dass ihre Mutter bei Weitem nicht über die unerschöpfliche Kraft verfügte, die sie vorgab zu besitzen.

In diesem Moment erkannte Linna, dass sie noch länger als angenommen im *Kranichglück* gebraucht werden würde. Ihre Eltern hatten das Hotel mit Leidenschaft und Liebe geführt, aber inzwischen wurden sie älter. Und niemand konnte die Uhr zurückdrehen.

Während die Lavendelernte im Garten fröhlich voranschritt, verspürte Linna ein leises, aber wachsendes Verantwortungsgefühl für den Familienbetrieb – und eine Frage hallte immer lauter in ihrem Kopf: Würde sie bereit sein, das zu übernehmen, was ihre Eltern einst aufgebaut hatten?

Kapitel 9

Am frühen Abend herrschte in der Hotelküche Hochbetrieb, als Linna an der Tür vorbeikam. Der Duft von frischen Backwaren hing in der Luft und vermischte sich mit dem von gebratenem Fisch und Bratkartoffeln. Linna hörte Miko und Anton lachen und linste durch den Türspalt.

Ihre Mutter beschäftigte sich vergnügt mit den Kindern, während zwei Köche konzentriert in der Küche arbeiteten. Ihre Schürze war etwas schief gebunden, ihre Wangen waren vor Eifer gerötet. Sie stand vor einer Arbeitsfläche und rührte mit einem Mixer Teig an. Zweifellos hatte niemand vermocht, sie in ihrem Tatendrang zu bremsen.

Kopfschüttelnd betrat Linna den Raum und gesellte sich zu ihrer Mutter und den Kindern. »Ist bei dir alles okay, Mama?«

»Endlich ist alles wieder in bester Ordnung, würde ich sagen!«, erwiderte ihre Mutter, ohne von der Teigschüssel aufzublicken. »Das hier macht mir mehr Freude als jeder Arztbesuch, das kann ich dir sagen. Außerdem haben die Jungs unglaublich viel Spaß, nicht wahr, ihr beiden Meisterbäcker?«

Miko und Anton riefen im Chor: »Ja!«

Lächelnd betrachtete Linna ihren Sohn. Sie freute sich

sehr darüber, dass er hier bei seinen Großeltern so glücklich war und eine unbeschwerte Zeit genoss. »Na, dann kann ich ja beruhigt ins Kino gehen.«

»Geh nur, mein Schatz.« Ihre Mutter warf ihr ein Lächeln zu. »Und hab viel Spaß! Welcher Film läuft denn?«

Linna lächelte. »Findet Nemo.«

»Ah!« Sie nickte. »Das ist ja dein Lieblingsfilm.«

»Stimmt! Und wäre es keine Abendvorführung, hätte ich Miko glatt mitgenommen.«

»Aufgeschoben ist nicht aufgehoben«, merkte ihre Mutter an.

Linna nickte und drückte ihr einen Kuss auf die Wange, dann verabschiedete sie sich von ihr und den Kindern. Sie hatte wirklich nicht mehr viel Zeit, bevor sie losmusste. Und endlich wollte sie sich für die Verabredung mal wieder in Ruhe fertig machen. Sie konnte sich nicht einmal mehr erinnern, wann sie das letzte Mal im Kino gewesen war. Es war ewig her. Mit Ilja schaute sie meistens Filme auf Netflix oder anderen Streaming-Portalen. Deswegen war ein Kinobesuch inzwischen etwas Besonderes.

Linna überlegte, was sie anziehen sollte, und entschied sich letztendlich für eine dunkelblaue Bluse und eine schlichte Jeans. Eine bequeme Kombination, aber trotzdem irgendwie schick. Ihre welligen Haare ließ sie offen, das Glätten hatte sie aufgegeben – die sanften Wellen fügten sich ohnehin besser in die abendliche Ostseeluft ein.

Kurze Zeit später schwang Linna sich auf ihr altes Fahrrad, dessen Reifen jemand offenbar aufgepumpt hatte und die nun auf den Schotterwegen leise knirschten. Die Route in den Ortskern führte sie vorbei an unzähligen Reetdachhäusern, die mit ihren bunten Türen wie aus einem Märchen wirkten. In Düsseldorf gab es nichts Vergleichbares. Jede Tür hier erzählte eine eigene Geschichte: ein helles Blau, das an die Ostsee erinnerte, ein Gelb, das leuchtete wie ein Sonnenstrahl, oder ein kräftiges Grün, das die Farbe der Natur einfing.

Linna fuhr langsamer, als sie die vertrauten Häuser passierte. Sie waren ein Stück Heimat, das sie nirgendwo anders gefunden hatte außer eben hier auf dem Darß. Diese einzigartigen Farben, das Rauschen der Bäume, die salzige Luft – all das war für sie unverwechselbar.

Als sie schließlich das kleine Programmkino erreichte, fiel ihr Blick erneut auf das beleuchtete Schild über der Tür: »Kino Seelicht«. Jörn hatte das Lichtspielhaus in den letzten Jahren liebevoll renoviert, ohne ihm dabei den nostalgischen Charme zu nehmen. Die schweren Holztüren mit den Messinggriffen knarrten leise, als sie eintrat. Drinnen mischte sich der vertraute Duft von Popcorn mit dem dezenten Geruch frischer Farbe. Die Wände des Foyers waren in einem warmen Dunkelblau gestrichen, das perfekt mit den neuen goldenen Wandlampen harmonierte. Der alte Tresen war erhalten geblieben, doch die Glasvitrine dahinter glänzte wie neu und präsentierte eine Auswahl an hausgemachten Leckereien – neben den üblichen Süßigkeiten gab es nun auch kleine Schalen mit gebrannten Mandeln und selbst gemachtem Karamellpopcorn.

Ein breites Lächeln im Gesicht, wartete Jörn bereits hinter der kleinen Theke. »Linna! Wie schön, dass du da bist. Dann hast du meine Nachricht ja bekommen«, begrüßte er sie und hielt ihr einen großen Becher Popcorn entgegen. »Mit Meersalz, so wie du es magst.«

»Dass du dich daran noch erinnerst!« Linna war berührt von seiner fürsorglichen Geste.

»Natürlich. Ich habe früher viel zu häufig für dich Popcorn gemacht, als dass ich das hätte vergessen können«, erklärte er gut gelaunt.

»Danke, das ist wirklich aufmerksam.« Linna probierte. »Schmeckt köstlich wie immer.«

»Übrigens habe ich uns die besten Plätze reserviert. Erste Reihe in der Loge, damit wir den perfekten Blick auf die Leinwand haben.«

Als klar war, dass niemand mehr kommen würde, gingen Jörn und Linna in den kleinen Saal, der liebevoll gestaltet war. Die Sitze waren mit weichen, dunkelroten Polstern versehen, und die Atmosphäre war angenehm persönlich. Außer ihnen waren noch etwa zehn weitere Zuschauer anwesend.

Auf der Leinwand erschien der Schriftzug von »Findet Nemo«. Linna konnte ein Lächeln nicht unterdrücken. Jörn und ihre Mutter hatten recht gehabt – es war wirklich ihr Lieblingsfilm, den sie schon viel zu lange nicht mehr gesehen hatte.

Während der Vorführung war Linna tief in die Geschichte versunken, doch immer wieder spürte sie Jörns Gegenwart neben sich. Es war ein angenehm vertrautes

Gefühl, das sie gleichzeitig beruhigte und verwirrte. Sie fühlte sich, als hätte sie tatsächlich eine Reise in ihre Vergangenheit unternommen. Als eine besonders lustige Szene mit Dorie und Marlin auf der Leinwand flimmerte, hörte sie plötzlich ein leises Lachen von Jörn.

Ein leichtes Lächeln huschte über ihr Gesicht, als sie daran dachte, wie oft sie diesen Film zusammen mit Jörn und auch ihrer Mutter geschaut hatte. In einer anderen Szene, als der kleine Nemo aufgeregt versuchte, sich zu beweisen, bemerkte sie, dass Jörn sie kurz anschaute – sein Blick wirkte nachdenklich, fast ein wenig melancholisch. Bevor sie jedoch darauf reagieren konnte, konzentrierte Jörn sich schon wieder auf die Leinwand.

Nach dem Film blieben sie noch eine Weile an der kleinen Theke im Foyer stehen, wo Jörn ihnen zwei Gläser Cola einschenkte.

»Das Kino war eine gute Idee von dir«, sagte Linna und nahm einen Schluck.

»Ich wusste, dass du den Film magst«, erwiderte Jörn mit einem Lächeln. »Du hast früher schon immer von der Botschaft gesprochen – dass man nie aufgeben sollte und so.«

Linna nickte, während sie gedankenverloren das Glas in ihren Händen drehte. »Es ist ein Film, der einem irgendwie die Kraft gibt, immer weiterzumachen, oder? Man möchte so sein wie Nemo.«

Nach einer kurzen Pause fragte sie: »Hast du eigentlich inzwischen wieder etwas von Nik gehört?«

Jörn stellte sein Glas ab und lehnte sich gegen die Theke. »Nein. Vor zwei Monaten das letzte Mal, als er aus Kanada eine Mail geschrieben hat. Aber das ist kein Grund, sich Sorgen zu machen. Eigentlich ist es typisch für ihn, sich nur alle Jubeljahre zu melden. Manchmal taucht er einfach unter, wenn er irgendwo mitten in der Natur unterwegs ist.«

»Das klingt nach ihm«, murmelte Linna und lächelte schwach.

Jörn musterte sie einen Moment, bevor er leise fragte: »Warst du eigentlich schon an Anikas Grab?«

Linna hob den Blick, dann nickte sie. Sie sagte nichts, Jörn schien sie trotzdem zu verstehen. Sein Blick war weich und doch ernst, als würde er sie ohne Worte umarmen wollen. Linna wusste, dass sie nicht mehr sagen musste. Schließlich schüttelte sie leicht den Kopf, wie um die Erinnerung wegzuwischen.

Jörn nahm einen Schluck aus seinem Glas, dann setzte er es ab. »Ich habe gehört, das Café am Deich hat jetzt ein neues, veganes Kuchenangebot. Vielleicht könnten wir da nächste Woche mal hin«, wechselte er das Thema mit einem leichten Lächeln.

Linna atmete innerlich auf und nickte. »Klingt gut«, antwortete sie und erwiderte sein Lächeln.

Als es Zeit wurde, sich zu verabschieden, gingen sie gemeinsam zur Tür. Jörn begleitete Linna bis zu ihrem Fahrrad, das sie an einem nahe gelegenen Laternenpfahl angeschlossen hatte. »Es ist schön, dass du gekommen bist«, sagte er, als sie auf dem Kopfsteinpflaster vor dem Kino standen.

»Das fand ich auch«, erwiderte Linna, während sie nach ihrem Fahrrad griff.

Jörn sah sie für einen Moment an, als wollte er noch etwas sagen, doch er blieb still.

»Bis bald, Jörn«, brach Linna das Schweigen.

Er nickte und vergrub seine Hände in den Hosentaschen. »Bis dann.« Bevor Linna sich in den Sattel schwingen konnte, trat Jörn jedoch näher, beugte sich leicht vor und drückte ihr einen Kuss auf die Stirn – es war ein zögerlicher, fast freundschaftlicher Kuss, der jedoch mehr ausdrückte, als Worte hätten sagen können. »Komm gut nach Hause.«

Linna lächelte ihn an. »Danke noch mal für den schönen Abend.«

»Sehr gern.« Er erwiderte ihr Lächeln.

»Bis dann.« Linna stieg auf ihr Fahrrad und radelte über den Marktplatz.

Der Abendhimmel leuchtete in sanften Pastelltönen, als Linna mit ihrem Fahrrad den Deichweg entlangfuhr.

Die Seeluft war klar und weich. Sie ließ den Blick schweifen, doch die Ostsee war in dieser Ecke des Ortes nicht sichtbar. Stattdessen bog sie spontan von der Straße ab und fuhr in den kleinen Wald, der direkt an den Strand führte. An einem der unauffälligen Strandaufgänge hielt sie an, stellte ihr Fahrrad ab und trat den letzten Weg zum Wasser zu Fuß an.

Die Wellen rollten gleichmäßig an den Strand, und die Dämmerung verwandelte die Szenerie in ein Bild aus harmonischen Blautönen. In der Ferne konnte sie die Silhouette der Seebrücke erkennen, deren Lichter bereits in der Dämmerung schimmerten. Es war angenehm still, abgesehen vom leisen Rauschen des Meeres und dem fernen Ruf eines Vogels.

Als sie sich der Brücke näherte, fiel ihr eine Gestalt auf, die allein auf einer der Holzbänke saß. Die Schultern nach vorn gezogen, das Gesicht von den Händen verborgen, machte sie einen unglücklichen Eindruck. Die Person wirkte wie ein Schatten in der sanften Abendstimmung, von der sie fast verschluckt wurde. Dennoch erkannte Linna sie sofort: Es war Frau Beckmann.

Einen Moment zögerte sie, dann trat sie näher. »Frau Beckmann?«, sprach sie die junge Mutter leise an.

Erstaunt hob diese den Kopf. Linna fielen sofort die geröteten Augen und die verzweifelte Miene von Claras Mutter auf. »Oh! Guten Abend!«, sagte sie fast tonlos und wischte sich verstohlen die Tränen von den Wangen. »Mit Ihnen habe ich nicht gerechnet.«

»Ich komme gerade aus dem Kino und war auf dem Weg zurück zum Hotel«, antwortete Linna, bevor sie vorsichtig hinzufügte: »Geht es Ihnen gut?«

Die Frau schüttelte langsam den Kopf und blickte wieder hinaus aufs Meer. »Nein, nicht wirklich.«

Linna lehnte das Fahrrad gegen die Bank und setzte sich. Eine Weile schwiegen sie, während die Dämmerung langsam dichter wurde und die Lichter der Seebrücke stärker strahlten. Linna starrte auf das Dunkel des Wassers, in dem sich die Lichter der Seebrücke spiegelten. Unwillkürlich wanderten ihre Gedanken zu Ilja. Was war das nun zwischen ihnen? Worauf fußte ihre Verbindung noch? War es nur Miko, der sie zusammenhielt?

Linna schloss für einen Moment die Augen, spürte die kühle Brise in ihrem Haar, und eine Frage kam ihr mit einem Mal in den Sinn, die sie erschreckte: Sollte sie einen Schlussstrich ziehen? Oder war es noch nicht zu spät, ihrer Beziehung eine zweite Chance zu geben?

Sie öffnete wieder die Augen und blickte dann ihre Sitznachbarin an. »Manchmal hilft es, zu reden«, sagte Linna schließlich ruhig und sanft in die Stille.

Frau Beckmann seufzte tief, ihre Hände umfassten die Bankkante so fest, dass die Knöchel weiß hervortraten. »Ach, manchmal hilft reden leider nicht«, begann sie mit brüchiger Stimme. »Ich habe in der Vergangenheit so einen riesigen Fehler gemacht, und jetzt … Jetzt droht alles zu zerbrechen.«

Linna schwieg und wartete einfach.

»Mein Mann …« Sie zögerte, bevor sie weitersprach. »Bei ihm wurde vor ein paar Monaten eine Erbkrankheit festgestellt. Es war ein Schock für uns beide. Er hat darauf bestanden, dass auch Clara untersucht wird – um sicherzugehen, dass sie gesund ist.«

Linna nickte, versuchte, ihr Verständnis zu zeigen, auch wenn sie die Richtung dieser Geschichte noch nicht erahnen konnte.

»Clara ist kerngesund. Ein Glück!«, fuhr Frau Beckmann fort, ihre Stimme zitterte.

»Das ist doch gut!« Linna nickte ihr aufmunternd zu.

»Ja, natürlich. Aber … bei der Untersuchung kam noch etwas anderes heraus. Etwas, das ich vor meinem Mann und auch vor Clara am liebsten für immer verheimlichen möchte.« Sie seufzte. »Clara ist nicht seine Tochter.«

Linna zog nur leicht die Augenbrauen hoch.

»Ich hatte … ich hatte vor Jahren ein Verhältnis«, gab Frau Beckmann mit leiser Stimme zu. »Es war nur eine kurze Liebelei, nichts Ernstes – rückblickend eine große Dummheit. Ich habe es meinem Mann damals gestanden, und er hat mir glücklicherweise verziehen. Ich dachte, wir hätten es längst hinter uns gelassen … Aber was ich ihm nicht gesagt hatte, ist, dass dieses Verhältnis länger ging, als ich zugegeben hatte. Und jetzt ist klar, dass Clara nicht von ihm ist.«

Sie hob den Blick, und Linna sah die Tränen in ihren Augen. »Was soll ich nur tun? Ich habe die Untersuchungsergebnisse vor ihm versteckt. Aber er wird sicher bald nachfragen, oder er wird selbst in der Praxis anrufen und sich erkundigen. Und dann?« Sie seufzte erschöpft auf. »Wie soll ich ihm erklären, dass ich ihn noch einmal belogen habe? Wie soll er mir jemals wieder vertrauen können? Und wie soll ich meiner Tochter irgendwann erklären, dass ihr Vater nicht ihr biologischer Vater ist?« Ihre Stimme brach, und sie bedeckte das Gesicht mit den Händen.

Linna war einen Moment lang sprachlos. Sie spürte die Verzweiflung der anderen Frau und legte ihr zögerlich eine Hand auf die Schulter. »Es ist zwar nicht meine Aufgabe, Ihnen zu sagen, was Sie tun sollen«, begann Linna behutsam. »Aber ich glaube, dass Geheimnisse, so schmerzhaft sie auch sein mögen, irgendwann immer ans Licht kommen. Vielleicht … vielleicht ist es besser, wenn Sie ihm die Wahrheit selbst sagen, bevor er es anders herausfindet.«

Claras Mutter hob den Kopf, Tränen liefen über ihre

Wangen. »Und dann? Was, wenn er mich dann verlässt? Was, wenn Clara mich dafür hassen wird?«

»Es wird bestimmt nicht einfach sein, zu dem Fehler zu stehen«, räumte Linna ein. »Aber die Wahrheit zu sagen, könnte auch eine Chance sein. Eine Chance, wieder Vertrauen aufzubauen. Ihr Mann hat Ihnen damals vergeben, oder? Vielleicht kann er es wieder. Und Clara … sie ist ein kluges, liebevolles Kind. Sie wird vielleicht Zeit brauchen, wenn Sie es ihr irgendwann sagen, ich glaube allerdings nicht, dass sie Sie dafür hassen wird.«

Frau Beckmann starrte auf die Ostsee hinaus, ihre Schultern bebten vor unterdrücktem Schluchzen. »Ich habe solche Angst, können Sie das verstehen? Ich bin vielleicht kurz davor, alles zu verlieren. Einfach alles.«

»Natürlich, ich verstehe Sie. Das zeigt nur, wie viel Ihnen Ihre Familie bedeutet«, sagte Linna einfühlsam und fragte sich, ob es ihr genauso ergangen war, bevor sie mit Ilja gesprochen hatte. Sie hatte Angst verspürt, ja, und trotzdem war es kaum vergleichbar, weil sie gewusst hatte, dass die Veränderung notwendig war. »Und genau deswegen sollten Sie um sie kämpfen – mit der Wahrheit, nicht mit weiteren Geheimnissen.«

Eine Weile saßen sie schweigend nebeneinander. Der Wind frischte allmählich auf, das Rauschen der Wellen wurde lauter. Schließlich wischte Frau Beckmann sich die Tränen ab und nickte schwach.

»Ich danke Ihnen fürs Zuhören«, murmelte sie. »Ich weiß nicht, ob ich die Kraft dazu haben werde, aber … ich werde darüber nachdenken.«

»Das ist ein Anfang«, sagte Linna und lächelte ihr aufmunternd zu. Wenn sie für sich selbst doch auch so leicht die Lösung finden könnte.

Als Frau Beckmann schließlich aufstand und sich verabschiedete, blieb Linna noch einen Moment auf der Bank sitzen. Sie starrte auf die dunklen Wellen und dachte über ihre eigenen Geheimnisse nach.

Kapitel 10

Der nächste Morgen begann früh für Linna. Vor dem Hotel bauten bereits zwei der Hotelangestellten Tische und Stühle für das mobile Café auf.

Miko schlief noch, als Linna die Tür zur Hotelküche öffnete und den Duft von frisch gebackenem Lavendel-Käsekuchen und Scones wahrnahm. Es herrschte hektische Betriebsamkeit in der Küche, Geschirr klirrte, Töpfe und Pfannen klapperten. Mittendrin stand ihre Schwester, die mit einer To-do-Liste herumwirbelte und offenbar versuchte, den Überblick zu behalten.

»Hast du die Lavendelmarmelade schon rausgestellt, Sophie?«, fragte Jule eine der Küchenhilfen angespannt, ohne von ihren Notizen aufzublicken.

Linna beobachtete, wie die junge Frau mit einer Hand eine große Platte voller belegter Brötchen in Richtung Durchreiche jonglierte, die dort von einer Servicekraft in Empfang genommen wurde. »Ich kümmere mich schon um die Marmelade«, antwortete Linna für Sophie und griff beherzt nach der Kiste, in der die Gläser hausgemachter Lavendelmarmelade sorgsam aneinandergereiht waren. Ihre Mutter hatte sie zubereitet und sich fest vorgenommen, sie an diesem Tag zu verkaufen.

Linna trug die Kiste nach draußen und stellte sie ordentlich neben einem Karton voller Einwegbesteck ab, Jule folgte ihr und stellte eine Großpackung Servietten daneben.

Ihre Mutter war ebenfalls längst draußen und mitten im Geschehen. Obwohl sie erst seit Kurzem aus dem Krankenhaus zurück war, gab sie schon wieder Vollgas. Linna beobachtete besorgt, wie sie mit den Helfern sprach, ihnen Anweisungen gab und zwischendurch sogar ein Tablett Gläser balancierte. Es schien, als hätte sie nie ein Schwächeanfall ereilt.

»Das kann doch unmöglich gut für sie sein«, murmelte Linna laut genug, dass es ihre Schwester mitbekam.

»Da sagst du was!« Jule schüttelte den Kopf, während sie mit einer Flasche Orangensaft hantierte. »Aber versuch doch mal, Mama zu bremsen. Vielleicht hört sie ja auf dich … Ich hab's mittlerweile aufgegeben.«

Linna stemmte eine Hand in die Hüfte und runzelte die Stirn. »Jule, wir brauchen wirklich dringend jemanden, der Mamas Job machen kann. Sie kann ja gerne weiter in der Küche vor sich hin backen oder Marmelade kochen, wenn es ihr Freude macht, aber von den körperlichen Arbeiten und vom Zeitdruck muss sie sich einfach zurückziehen. Dafür brauchen wir eine Lösung – koste es, was es wolle. Ich würde ja selbst einspringen, aber du siehst ja, dass meine Möglichkeiten hier begrenzt sind.«

Jule warf Linna einen skeptischen Blick zu. »Schön und gut. Es gibt nur immer noch das Geldproblem. Egal, wie ich es rechne, es bleibt nicht genug übrig, um personell aufzustocken. Die laufenden Kosten zu decken, wird mehr und mehr zum Kraftakt.«

»Es muss trotzdem irgendwie gehen, Jule«, beharrte Linna. »Vielleicht können wir uns nach Förderungen oder Zuschüssen umsehen. Oder die Preise anpassen …«

Jule schnaubte. »Preise erhöhen? Hier in Himmelsee? Ich weiß nicht …«

»Machen die Hotels in anderen Küstenorten doch auch.«

»Ja … woanders … Himmelsee liegt aber nicht auf Rügen oder Usedom«, gab Jule zu bedenken.

Ihre Diskussion wurde durch das Eintreffen eines Lieferwagens unterbrochen, der Stehtische und einen Pavillon brachte. Jule kümmerte sich darum, dass alles an den passenden Plätzen aufgebaut wurde. Erst als der Wagen längst abgefahren und alles Nötige erledigt war, kam sie wieder zu Linna, die in der Zwischenzeit in der Küche geholfen hatte und nun damit beschäftigt war, kleine Preisetiketten auf die Marmeladengläser zu kleben.

»Aber nun erzähl doch mal. Wie war denn dein Abend mit Jörn?«, fragte sie mit einem frechen Grinsen.

»Oh!« Linna zog überrascht die Augenbrauen hoch. »Ganz gut, eigentlich.«

»Ganz gut?« Jule lachte. »Das klingt ja nicht gerade spektakulär.«

»Was willst du denn von mir hören?« Linna zuckte mit den Schultern und erwiderte mit einem kleinen Lächeln: »Es war nett. Wir haben *Findet Nemo* geschaut. Jörn hat wie immer alles perfekt organisiert, sogar Popcorn mit Meersalz und die besten Plätze sowieso. Es war … ja, es war wirklich schön.«

»Aber?«, fragte Jule und legte den Kopf schief.

»Kein Aber. Es war ein sehr gelungener Abend, und ich bin froh, dass ich seine Einladung angenommen habe. Ich glaube, wir können Freunde sein«, sagte Linna, doch dann fiel ihr etwas ein. »Ach, weißt du was? Eigentlich wollte ich dir was ganz anderes erzählen. Fast hätte ich es in dem Trubel vergessen.«

Jule sah sie neugierig an. »Jetzt bin ich aber gespannt.«

Linna schaute sich um, um sicherzugehen, dass niemand ihr Gespräch belauschte, dann senkte sie die Stimme. »Nach dem Kino bin ich nach Hause gefahren. Und weißt du, wen ich da getroffen habe? Frau Beckmann saß auf der alten Holzbank da – allein und ziemlich aufgelöst. Ich hab mich zu ihr gesetzt, und … sie hat mir etwas wirklich Unglaubliches erzählt.«

»Oh!« Jule runzelte die Stirn. »Etwas Ernstes?«

Sie nickte. »Ziemlich ernst sogar.« Nachdem sie ihrer Schwester eingeschärft hatte, niemandem ein Wort zu verraten, berichtete sie, was sie erfahren hatte. Am Ende nahm Linna einen tiefen Atemzug. »Schlimm, oder? Clara ist nicht die Tochter ihres Mannes. Sie stammt aus einer Affäre, die Frau Beckmann vor Jahren hatte.«

Jule starrte sie mit offenem Mund an. »Das ist ja …«

»… eine Katastrophe«, ergänzte Linna. »Und jetzt weiß Frau Beckmann natürlich nicht, was sie tun soll.«

Jule nickte. »Was sagt denn ihr Mann dazu?«

»Er weiß es doch noch nicht. Aber er wird es bestimmt bald erfahren. Spätestens dann, wenn er in der Praxis anruft und nach den Testergebnissen fragt. Und dann …« Sie öffnete die Handflächen, als würde darin etwas explodieren, und ließ sie dann theatralisch sinken. »… dann knallt es.«

Jule schüttelte den Kopf. »Das ist ja wirklich heftig. Mit so einer wahnwitzigen Geschichte habe ich nicht gerechnet. Nun kann ich natürlich nachvollziehen, warum sie so distanziert bei der überraschenden Anreise ihres Mannes reagiert hat. Es steht alles auf dem Spiel für sie – ihre Ehe und auch die Beziehung zu ihrer Tochter. Ich bin mir nicht sicher, ob das alles ein gutes Ende nimmt.«

»Ich hoffe es aber sehr«, sagte Linna leise. »Sie tut mir wahnsinnig leid. Sie hat solche Angst, ihre Familie zu verlieren.«

Ein Moment des Schweigens entstand zwischen den Schwestern, während um sie herum der Trubel unvermindert weiterging.

»Es ist alles nicht so einfach«, bemerkte Linna nachdenklich.

Jule berührte sie mit einer Hand am Arm. »Ich finde, du hast gestern Abend das Richtige getan.«

Linna zuckte die Achseln. »Was habe ich denn schon groß getan?«

»Du hast ihr zugehört. Manchmal hilft es schon, wenn jemand einfach da ist und ein offenes Ohr hat. Vor allem hast du sie nicht verurteilt.«

»Hm.« Linna presste die Lippen aufeinander. »Ich wünschte, ich könnte mehr für sie tun.«

»Du wolltest in der Grundschule immer Zauberin werden, kannst du dich noch erinnern?«, fragte Jule mit einem sanften Lächeln.

»Oder Hexe.« Linna zog eine Augenbraue hoch. »Wie Bibi Blocksberg.«

»Wärst du das mal geworden.« Jule knuffte sie in die Seite. »Dann könntest du uns genügend Personal herbeihexen, damit Mama den ganzen Tag im Liegestuhl Kreuzworträtsel lösen kann und auf keine dummen Gedanken kommt.«

Nach diesen Worten eilte Jule auch schon auf ihre Mutter zu, die gerade einen vollen Kasten Wasser zum mobilen Café schleppte. »Mama!«, rief sie. »Lass uns doch so etwas machen!«

Die Straße vor dem Hotel *Kranichglück* glich einem Meer aus bunten Fahnen und Luftballons. Immer mehr Menschen waren herbeigeströmt. Läufer in bunten Trikots hatten sich vor dem Startpunkt versammelt, die Zuschauer hatten sich Plätze ausgesucht, die die beste Aussicht auf das Spektakel boten. Es lag eine gewisse Spannung in der Luft, fast wie bei einem aufziehenden Sommergewitter. Die Mittagssonne tauchte die Marathonstrecke in ein helles Licht. Es roch nach einer wilden Mischung aus Bratwurst und Frikadellen sowie Kaffee und Kuchen.

Linna stellte sich mit Miko an der Hand neben ihre Schwester und beobachtete, wie der Bürgermeister auf die kleine Bühne stieg, die gegenüber der Bushaltestelle aufgebaut war. In seinem dunklen Anzug und mit der roten Krawatte wirkte er unter all den durchweg sportlich gekleideten Leuten ein wenig fehl am Platz, doch sein breites Lächeln verriet, dass er den Moment genoss.

»Meine Damen und Herren«, begann er mit einer ausladenden Geste, »liebe Gäste und liebe Einwohner von Himmelsee, es ist mir eine große Freude, den diesjährigen Sommermarathon zu eröffnen!«

Applaus brandete auf, begleitet von fröhlichem Johlen und einigen Pfiffen. Linna blickte zu ihrer Mutter, die unter dem Schirmdach des mobilen Cafés stand. Sie schenkte einem Gast Kaffee ein und lachte über etwas, das ihr Vater ihr zuflüsterte. Dann pries sie einer Frau ein Glas ihrer selbst gemachten Lavendelmarmelade an. Linna fiel auf, dass ihr Vater geschickt immer wieder kleine Aufgaben übernahm, bevor ihre Mutter sie selbst erledigen konnte. Er nahm benutzte Tassen vom Tresen, reichte ihr Wechselgeld, platzierte Scones und Kuchenstücke auf Tellern oder wischte unbemerkt Krümel weg – alles, ohne dass seine Frau davon Notiz nahm.

»Meinst du, Mama bekommt mit, dass Papa ihr Arbeit abnimmt?«, raunte Linna ihrer Schwester zu.

Jule schüttelte den Kopf. »Sicher nicht. Dafür ist sie viel zu sehr in ihrem Element, und Papa macht das zu geschickt.«

Linna nickte lächelnd, dann wandte sie sich wieder dem Bürgermeister zu, der nun die jüngsten Teilnehmer des Laufes ansprach. »Und jetzt, liebe Kinder, seid ihr dran! Der Kindermarathon eröffnet wie immer offiziell unsere Veranstaltung. In zehn Minuten geht es los!«

Linna brachte ihren Sohn zur Startlinie, überprüfte, ob die Schleifen seiner Sportschuhe fest genug gebunden waren, und drückte ihm eine Flasche Zitronenwasser in die

Hand, damit er vor dem Start noch einmal ein paar Schlucke trinken konnte.

»Du hängst sie alle ab, Miko«, sagte Linna und wuschelte ihm durchs Haar.

»Ich bin schnell wie ein Rennauto!« Miko lachte vor Vergnügen und gab ihr die Flasche zurück.

Die Kinder stellten sich nun an der Startlinie auf. Miko, mit seinen neuen Laufschuhen und in seinem blauen Sportshirt, stand neben Anton, der in leuchtendem Grün gut zwischen den anderen Kindern zu sehen war. Clara Beckmann sah mit dem zum Pferdeschwanz gebundenen blonden Haar und im pinken Laufdress fast aus wie ein kleiner Profi. Linna bekam mit, wie Claras Vater sich zu ihr hinunterbeugte und ihr einen Kuss auf die Stirn drückte. Frau Beckmann stand wenige Meter entfernt, die Arme verschränkt, und beobachtete das Geschehen mit ausdrucksloser Miene.

»Los, Miko!«, rief Jule begeistert. »Zeig, was du draufhast!«

Linna und ihre Eltern stimmten in die Anfeuerungsrufe ein, als die Kinder in die Startposition gingen.

»Auf die Plätze, fertig …«, rief der Bürgermeister und führte eine Trillerpfeife an seine Lippen. Als der schrille Ton der Pfeife erklang, sprinteten die Kinder los, angespornt von jubelnden Zuschauern und klatschenden Eltern.

Miko stürmte regelrecht über den Asphalt. Linna erkannte an seiner Körperhaltung, wie konzentriert er war, während er offenbar so schnell er konnte voranrannte. Sie war überrascht, ihren Sohn so ehrgeizig zu sehen. Im Grunde war es ja eine Spaß-Veranstaltung, deshalb hatte sie nicht mit so viel Eifer gerechnet. Vielleicht lag es auch an Anton, der neben ihm lief, denn er schien einen kleinen Vorsprung zu haben. Clara hielt sich wacker im Mittelfeld.

Die kleine Gruppe umrundete auf halber Strecke einen Baum, und als die Kinder Kurs auf die Zielgerade nahmen, wurden die Zuschauerrufe lauter.

Anton führte nun deutlich das Feld an und lief schließlich mit erhobenen Armen durchs Zielband, gefolgt von Miko, der knapp hinter ihm das Ziel erreichte. Clara erreichte den achten Platz.

Da Miko sich noch mit Anton unterhielt, musste Linna auf ihren Sohn warten. Sie beobachtete, wie Herr Beckmann seine Tochter mit einem Schwung übermütig auf seine Schultern hob.

»Das ist meine Clara!«, rief er freudig.

Linna bemerkte, dass Frau Beckmann weit weniger Begeisterung zeigte als ihr Mann. Sie beäugte ihren Mann und ihre Tochter, fast als wären sie Fremde.

»Ich hab's geschafft, Mama!«, rief Miko stolz, als er endlich auf Linna zueilte. Seine Wangen glühten rot von der Anstrengung, aber er strahlte über das ganze Gesicht.

»Das hast du, mein Großer! Zweiter Platz – wie cool! Ich bin so stolz auf dich!« Linna ging in die Hocke, um ihn zu umarmen.

Anton und Clara kamen zu ihnen, und die Kinder beglückwünschten sich gegenseitig und erzählten einander aufgekratzt, wie sie den Lauf erlebt hatten. Es war ein Moment, in dem der Wettbewerb für die Kinder nur nebensächlich war – sie freuten sich alle, das Ziel erreicht zu haben.

Linna nahm ihren Sohn an die Hand. »Was meinst du, sollen wir deinen tollen Erfolg mit ganz viel Waldmeisterlimonade feiern?«, schlug sie vor.

»Ja, toll!« Miko klatschte begeistert in die Hände, doch dann sah er Linna plötzlich mit großen Augen an.

Sie legte den Kopf schräg. »Was ist?«

»Es wäre noch viel toller, wenn Papa hier wäre«, gestand ihr Sohn mit plötzlich unglücklichem Gesichtsausdruck. »Immer ist Papa weg!« Er stampfte mit dem Fuß auf.

Bei dem Anblick verspürte sie einen Stich im Herzen. Tröstend strich sie ihrem Sohn über den Kopf. »Du hast recht, mein Schatz. Aber weißt du was? Wir können ihn ja anrufen und ihm alles erzählen.«

Miko nickte begeistert. »Sofort!«

Ein paar Minuten später saßen sie auf einer der Bänke in der Nähe des mobilen Cafés, wo es weniger laut war. Linna wählte Iljas Nummer und schaltete auf Videoanruf.

Sie hoffte inständig, dass sie Ilja mit festem Boden unter den Füßen erreichte und er nicht hoch über den Wolken schwebte. Nach ein paar Sekunden erschien Iljas Gesicht auf dem Bildschirm. Er saß in einem Hotelzimmer, das nach Urlaub aussah – weiße Wände, Palmenmuster auf den Kissen, und durch das Fenster war das Blau des Mittelmeers zu erkennen.

»Miko!«, sagte er überrascht.

»Papa!«, rief Miko aufgeregt. »Ich bin Zweiter geworden beim Marathon! Anton war Erster, aber ich war gleich dahinter!«, sprudelte es aus dem Jungen heraus.

Ilja lachte und hielt sein Gesicht näher an die Kamera. »Das ist ja großartig! Ich bin so stolz auf dich!«

»Und Clara war Achte«, fügte Miko hinzu, davon ausgehend, dass sein Vater genau wusste, wer Clara und Anton waren. »Und es war so cool, durch das Ziel zu laufen! Beim nächsten Marathon musst du auch kommen, Papa. Versprochen?«

»Ja, das verspreche ich dir«, beteuerte Ilja. »Beim nächsten Mal bin ich dabei, okay? Zur Not lasse ich einen Flug extra für dich sausen.«

»Dann muss ein anderer Pilot für dich fliegen«, meinte ihr Sohn aufgeregt.

Linna verfolgte das Gespräch aufmerksam und konnte nicht verhindern, dass sie mit gemischten Gefühlen zuhörte. Einerseits war es schön, Miko so glücklich zu sehen. Andererseits erinnerte es sie auch daran, wie oft Ilja fort und Miko deswegen enttäuscht gewesen war – wie sehr sie selbst kostbare Momente mit ihm hatte teilen wollen, es aber nicht konnte.

Als der Anruf beendet war, drückte Miko seinen Kopf an ihre Brust und seufzte leise. »Papa hat gesagt, dass er stolz auf mich ist.«

»Na klar! Genauso wie ich – und Oma, Opa und Jule!«, bekräftigte Linna und strich ihm liebevoll über den Rücken.

Als ihr Blick auf ihren Vater fiel, erinnerte sie sich daran, dass er immer für sie da gewesen war. Bei allen wichtigen Ereignissen in ihrem Leben hatte er an ihrer Seite gestanden. Wie sehr wünschte sie sich dies auch für Miko.

Kapitel 11

Der laute Gong einer Glocke kündigte den baldigen Start des Halbmarathons an. Linna stand am Rand der Startlinie und ließ den Blick über die Menge schweifen. Miko hatte inzwischen seine Limonade getrunken und war bei den fleißigen Helfern geblieben. Gerade unterstützte er ihren Vater am Stand des mobilen Cafés.

Die erwachsenen Läufer waren an den bunten Sporttrikots gut zu erkennen. Sie machten Dehnübungen oder führten lockere Gespräche mit anderen Teilnehmern. Unter ihnen entdeckte Linna auf einmal ein vertrautes Gesicht.

»Jörn?«, rief sie überrascht und bahnte sich ihren Weg durch die Menge. »Mensch, Jörn!«

Er drehte sich um und grinste sie dann an. In seinem schwarzen Sportoutfit und mit der Baseballkappe, die auf seinem wie immer zerzausten Haar saß, wirkte er unerwartet sportiv.

»Linna!« Er umarmte sie. »Läufst du auch mit?«

»Nicht wirklich!« Sie hob eine Augenbraue und deutete auf ihre Freizeitkleidung. »Aber du scheinst in meiner Abwesenheit unter die Sportler gegangen zu sein. Oder hast du dich etwa nur dem Anlass entsprechend angezogen?«

Jörn zuckte lässig mit den Schultern. »Klar laufe ich mit.

Warum auch nicht? Ein bisschen sportlicher Ausgleich neben der Arbeit im Kino tut mir ganz gut.«

»Das hätte ich nicht von dir erwartet«, gestand sie und versenkte ihre Hände in den Taschen ihrer Hose.

»Tja, ich bin eben voller Überraschungen.« Er zwinkerte ihr zu, zog ein Schweißband aus seiner Tasche und schob es über sein Handgelenk. »Außerdem laufe ich in letzter Zeit regelmäßig. Immer nach Feierabend. Es hilft mir, den Kopf freizubekommen.«

Linna nickte. Sie ahnte, dass hinter seiner scheinbar beiläufigen Bemerkung mehr steckte. Wahrscheinlich wegen Anika, dachte sie. Der Verlust seiner Schwester musste ihn genauso tief getroffen haben wie sie. Vermutlich noch tiefer. Doch ehe sie nachhaken konnte, stellte er ihr eine Frage.

»Und du? Hast du keine Lust darauf, dir auch mal die Laufschuhe zu schnüren?«

Linna lachte. »Lieber nicht. Ich überlasse das Laufen von längeren Strecken lieber anderen.«

»Aha, dann bist du also hier, um deine Mutter unauffällig zu überwachen«, neckte er sie.

Linna verdrehte die Augen. »Ich bin hier, um zu schauen, wie ein paar unserer Gäste laufen – und vielleicht auch um zu verhindern, dass meine Mutter sich völlig übernimmt«, gab sie lächelnd zu.

»Klingt nach einem Vollzeitjob.«

»Das ist es.«

Jörn nickte, griff dann in die Tasche seiner knielangen Sporthose und zog sein Handy heraus. »Übrigens, damit ich dir in Zukunft keine Briefe mehr schreiben muss, hier.«

Er hielt ihr das Gerät hin. »Kannst mal deine Nummer eingeben.«

Linna nahm das Mobiltelefon amüsiert entgegen, tippte ihre Nummer ein und speicherte den Kontakt. Nachdem sie es ihm zurückgegeben hatte, zückte sie sogleich ihr Handy. »Gleiches Recht für alle.«

»Unbedingt.« Jörn lachte und diktierte ihr seine Nummer.

»Ich hab dich als Kino-Jörn eingespeichert. Passt das?«, fragte sie grinsend.

»Klingt nach mir. Und so viele Kino-Jörns wirst du vermutlich nicht kennen. Jetzt kann ich dich auch spontan fragen, ob du Lust auf einen Film hast – ohne Papierkram und Brieftaube.«

»Ich wünsche dir viel Erfolg bei deinem Lauf«, sagte sie, da die Teilnehmer nun aufgefordert wurden, sich in den Startbereich zu begeben. »Der Gewinner bekommt ja meistens einen Kuss von einer schönen Frau.«

»Solange ich mir dann die Frau aussuchen kann«, entgegnete er mit einem verschmitzten Lächeln, wandte sich um und schlenderte Richtung Startlinie.

Nachdenklich sah Linna ihm nach, als plötzlich Astrid neben ihr war. Ihre Freundin trug ein knöchellanges Sommerkleid, das ihre schlanke Figur umspielte. »Hey!«

»Hi, Asti.« Erfreut umarmte sie ihre Freundin. »Was für eine schöne Überraschung, dich hier zu sehen.«

»Na klaro.« Astrid blickte in Jörns Richtung. »Hab ich dich gerade etwa beim Flirten gestört?«

»Was? Nein!« Linna schüttelte hastig den Kopf, doch Astrid schien nicht überzeugt. »Was du immer denkst …«

»Schon gut, Linna.« Sie verschränkte die Arme und betrachtete die Läufer, die sich langsam aufstellten und letzte Aufwärmübungen machten. »Aber mal ehrlich, das mit dir und Jörn … das könnte ja vielleicht was werden. Vorausgesetzt, es gäbe da nicht …« Sie ließ den Satz zweifellos bewusst unvollendet.

»Du meinst Nik?« Linna hob die Augenbrauen.

Sie nickte. »Genau. Nik. Und dann ist da ja auch noch Ilja, wenn ich mich nicht täusche.«

»Du täuschst dich nicht. Miko und ich haben ihn vorhin in einem Hotelzimmer auf Mallorca erreicht.« Linna seufzte. »Und was Nik anbelangt? Er ist in Kanada, nicht in Himmelsee.«

»Na, so ein Glück!«, nuschelte Astrid. »Sonst beginnt das Drama von Neuem.«

»Danke für dein Vertrauen.« Linna rollte mit den Augen, griff aber nach Astrids Arm und zog sie mit sich. »Komm, wir haben doch wohl Besseres zu tun, als über meine Liebesprobleme zu philosophieren. Wir sollten die Läufer anfeuern.«

Linna und Astrid schlängelten sich durch die Menge, bis sie direkt an der Laufstrecke standen, wo die Teilnehmer nun in einem beständigen Rhythmus vorbeirannten. Unter ihnen erspähte Linna auch Frau Beckmann, die konzentriert und entschlossen wirkte.

»Schau mal, die Frau da vorne läuft, als ginge es um Leben und Tod«, meinte Astrid kopfschüttelnd und deutete auf sie. »Wie kann man nur so verbissen sein? Wo bleibt denn da der Spaß an der Sache?«

Linna nickte bloß, sagte aber nichts. Sie wollte Astrid nicht erklären, wer Frau Beckmann war, warum sie so lief oder warum überhaupt. »Lass uns doch zum Ziel an der Seebrücke gehen. Miko ist bei meinem Vater, ich kann mich hier gerade loseisen.«

»Okay«, stimmte Astrid mit einem Blick auf die Zeitanzeige ihres Handys zu. »Ich muss erst in zwei Stunden wieder im Laden sein.«

An der gesamten Laufstrecke standen jubelnde Zuschauer. Sie klatschten, die Läufer erreichten die erste Zwischenmarke.

Als Linna und Astrid an der Seebrücke ankamen, war die Spannung förmlich greifbar. Am Zielbereich drängten sich die Leute dicht an dicht. Helfer hielten Wasserflaschen bereit, Zuschauer feuerten unermüdlich an, und ein Sprecher kündigte über ein Mikrofon die führenden Läufer an.

»Da ist er!«, rief Astrid plötzlich und zeigte auf einen Läufer im schwarzen Sportoutfit, der sich den letzten Metern näherte.

»Tatsächlich.« Linna musste schmunzeln, als sie Jörn erkannte, der offensichtlich alles aus sich herausholte, aber weit davon entfernt war, an der Spitze mitzulaufen. »Nicht gerade ein Siegertyp«, murmelte sie amüsiert, ohne es wirklich ernst zu meinen.

»Vielleicht hat er ja noch einen Wahnsinnsendspurt parat«, erwiderte Astrid grinsend.

»Bestimmt ist das sein Trick, und er überholt kurz vor dem Ziel noch alle«, scherzte Linna.

Letztlich erreichte Jörn die Zielmarke und belegte einen respektablen siebenundzwanzigsten Platz. Er wirkte erschöpft, aber zufrieden, als er sich eine Wasserflasche schnappte und sich gegen das hölzerne Brückengeländer lehnte, um durchzuatmen.

Kurz darauf tauchte Frau Beckmann unter tosendem Applaus am Ziel auf. Sie schaffte es bei den Frauen auf den fünfzehnten Platz – ein beeindruckendes Ergebnis, das Linna bewunderte. Sie sah, wie Clara ihrer Mutter entgegenrannte und sie überschwänglich umarmte. Frau Beckmanns Mann folgte seiner Tochter und reichte seiner Frau eine Wasserflasche. Was er sagte, konnte Linna nicht hören. Zu ihrem Erstaunen entspannte sich Frau Beckmanns Haltung dadurch plötzlich, und ein seltenes, fast glückliches Lächeln huschte über ihr Gesicht.

Ein paar Minuten später kam Jörn zu ihnen, er wirkte noch immer etwas außer Atem. »Na, war ich nicht großartig?«, fragte er mit einem schiefen Grinsen.

»Du warst jedenfalls besser, als ich es gewesen wäre«, zog Linna ihn auf.

»Ich erinnere mich daran, dass du gesagt hast, ich bekomme einen Kuss von einer schönen Frau«, meinte er. »Ich wäre dann bereit.«

Linna hob lachend den Zeigefinger. »Das war auf den Gewinner bezogen. Und soweit ich es mitbekommen habe, hast du nicht gewonnen.«

»Details, Details«, winkte Jörn ab. »Ich finde, ich habe trotzdem einen kleinen Belohnungskuss verdient, oder nicht?«

Astrid verschluckte sich fast vor Lachen.

Linna schüttelte zwar den Kopf, trat aber einen Schritt näher und drückte Jörn einen kurzen, freundschaftlichen Kuss auf die Wange. »Da hast du deinen Belohnungskuss. Bist du nun zufrieden?«

»Schon nicht schlecht«, erwiderte Jörn breit grinsend und wirkte trotz seiner verschwitzt-roten Wangen sehr charmant.

»Du bist echt unmöglich«, meinte Linna, doch sie konnte ein Lächeln nicht unterdrücken.

»Das sagen sie alle«, antwortete Jörn augenzwinkernd und ließ die beiden Frauen schließlich zurück, um sich etwas zu essen zu besorgen.

»Also, Linna«, setzte Astrid mit funkelnden Augen an. »Wenn Jörn dich nicht ein bisschen mehr mag als gewöhnlich, dann fresse ich einen Besen.«

»Hör auf, Asti«, wehrte Linna verlegen ab. Ihre warmen Wangen verrieten vermutlich mehr, als sie zugeben wollte. Schnell wechselte sie das Thema. »Lass uns lieber schauen, wer noch alles ins Ziel kommt. Zwei unserer Gäste habe ich noch nicht gesehen.«

Seitlich der Seebrücke beobachteten sie, wie die restlichen Läufer über die Promenade dem Ziel entgegenliefen. Die Sonne stand schon etwas tiefer, und das Licht tanzte golden über die sanft rauschenden Ostseewellen.

Linna sog tief die salzige Luft in sich ein. Es war ein herrlicher Sommertag in Himmelsee. Sie fühlte sich unendlich dankbar, dass sie genau an diesem Ort zu Hause war. Trotz aller Herausforderungen, denen sie sich stellen musste, gehörte sie genau hierher.

Kapitel 12

Es war bereits nachmittags, und die letzten Läufer hatten das Marathonziel an der Seebrücke erreicht, als Linna mit Astrid langsam in Richtung Ortskern von Himmelsee spazierte.

»Also, wie fühlt es sich an, deinen ersten Marathon als Zuschauerin erlebt zu haben?«, fragte Astrid schmunzelnd, während sie aus ihrer Umhängetasche ein Päckchen Papiertaschentücher zog, um sich damit ein paar Schweißperlen von der Stirn zu tupfen.

»Für manche Zuschauer scheint das ja eine schweißtreibende Angelegenheit zu sein.« Linna lachte leise. »Nein, im Ernst: Ich fand es toll. Es hat Spaß gemacht, die Läufer anzufeuern. Vor allem Miko und die anderen Kinder. Aber ich glaube, für mich wäre das nichts.«

Astrid zog eine Augenbraue hoch. »Warum eigentlich nicht? Du warst doch sonst jedes Mal die Erste, wenn es darum ging, etwas Neues auszuprobieren. Das habe ich insgeheim immer an dir bewundert. Hat inzwischen deine Lust auf Experimente nachgelassen?«

»Ich weiß nicht«, erwiderte Linna unschlüssig. Sie hatte selbst nicht mehr daran gedacht, aber es stimmte. Früher als junges Mädchen hatte sie tatsächlich immer Mut gezeigt und war gern vorausgegangen. Nach allem, was inzwischen geschehen war, jedoch ... »Vielleicht ist mir seit Mikos Geburt einfach meine Spontanität etwas abhandengekommen.«

»Du könntest sie ja in Himmelsee wiederentdecken«, schlug Astrid vor.

»Schauen wir mal«, erwiderte Linna. »Zuallererst möchte ich irgendwie das Personalproblem des Hotels lösen. Da käme mir ein Geistesblitz durchaus gelegen.« Sie berichtete ihrer Freundin von den Gesprächen mit ihrer Schwester und auch davon, wie angespannt die finanzielle Lage des Hotels derzeit war.

Astrid hörte mit gedankenvoller Miene zu.

Sie erreichten nun den Marktplatz, auf dem die letzten Absperrungen der Marathonstrecke von Männern in orangen Westen abgebaut und auf die Ladefläche eines Transporters gehievt wurden. Vor dem kleinem Buchladen blieben sie stehen.

»Kommst du noch kurz mit rein?«, fragte Astrid. Sie schloss die Ladentür auf und drehte das Schild am Eingang um, sodass der Schriftzug »Geöffnet« von außen sichtbar war.

»Ein paar Minuten habe ich noch Zeit«, stimmte Linna zu und folgte ihr ins Innere der Buchhandlung.

Astrid stellte ihre Tasche hinter der Kassentheke ab und zog ein Notizbuch aus der Schublade hervor, das sie neben die Tastatur eines Computers legte. »Also, noch mal wegen eurer Personalprobleme im Hotel«, begann sie. »Mir ist da gerade eine Idee gekommen.«

»Oh, wirklich? Da bin ich gespannt.« Linna schaute sie neugierig an.

»Als du mir davon erzählt hast, musste ich an meine Nichte Merle denken. Sie hat gerade die Schule abgeschlossen, will aber trotz ihres guten Abiturs partout nicht studieren – und aus Himmelsee will sie schon gar nicht weg. Ich hatte ihr einen Ausbildungsplatz hier im Laden angeboten, aber sie meinte, die Arbeit im Buchhandel wäre ihr zu dröge. Sie sucht etwas mit mehr Action, mehr Abwechslung.«

Linna lehnte sich gegen die Theke, ahnte allerdings noch nicht, worauf Astrid hinauswollte.

»Vielleicht wäre ja ein Praktikum in eurem Hotel etwas für sie«, schlug Astrid vor. »Sie könnte unverbindlich reinschnuppern und schauen, ob es ihr gefällt. Und wenn ja, wer weiß? Vielleicht könnte sie sich sogar vorstellen, eine Ausbildung bei euch zu machen. Einen Führerschein hat sie auch.« Astrid hob die Schultern, als Linna nicht reagierte. »Ist nur so eine Idee … Aktuell jobbt sie als Bedienung im Fischrestaurant an der Promenade.«

Linna überlegte einen Moment und spürte, wie ein Funken Hoffnung in ihr aufstieg. »Das klingt wirklich vielversprechend. Eine junge Kraft wie Merle, die vermutlich auch frischen Wind ins *Kranichglück* bringt, könnten wir wirklich gebrauchen. Ich muss das natürlich mit meinen Eltern und Jule besprechen, aber ich würde es ihnen sehr gern vorschlagen. Glaubst du denn, Merle hätte Lust?«

Astrid nickte. »Warum nicht? Ich frage sie nachher einfach. Merle ist spontan – wenn sie es sich vorstellen kann, sagt sie wahrscheinlich gleich Ja. Ewig hat sie jedenfalls nicht vor, im Fischrestaurant zu arbeiten.«

»Ach, das wäre wirklich großartig.« Linnas Lächeln wurde breiter. »Danke, Astrid. Das könnte uns allen eine riesige Last abnehmen.«

Nachdem sie sich verabschiedet hatten, trat Linna wieder hinaus auf den Marktplatz. Das Gespräch mit Astrid hatte sie positiv gestimmt. Mit beschwingten Schritten überquerte sie den Platz. Sie hoffte sehr, die Personalmisere des Hotels doch irgendwie lösen zu können. Und alles andere, ihre persönlichen Probleme, würde sie dann in Ruhe angehen können.

Als sie an dem Sportgeschäft vorbeikam, in dem sie kürzlich Mikos neue Laufschuhe gekauft hatte, blieb sie stehen. In dem Schaufenster war alles ausgestellt, was das Herz eines Läufers begehrte. Zwischen moderner Sportkleidung und Ausrüstung stach ihr ein Paar Laufschuhe ins Auge – leuchtend blau und so leicht, dass sie fast schwerelos wirkten. Linna riskierte einen zweiten Blick und betrachtete die Schuhe durch das Glas.

Sie dachte an Jörn, an Frau Beckmann und an all die anderen, die sie heute beim Laufen beobachtet hatte. Es schien, als hätte jeder von ihnen seinen eigenen persönlichen Grund, warum er lief. Ein Ventil vielleicht, um mit etwas fertigzuwerden – sei es mit Trauer, Unruhe oder einfach mit dem Wunsch nach Freiheit.

Vielleicht sollte ich es doch mal versuchen, überlegte sie und dachte an Astrids Worte. Schließlich siegte die Neugier, und Linna gab sich einen Ruck. Entschlossen schob sie die Ladentür auf. Es fühlte sich gut an, ein bisschen mehr wie damals einfach einem Impuls zu folgen.

Mit einer Tüte in der Hand verließ sie eine Viertelstunde später das Geschäft. Außer Laufschuhen befanden sich auch zwei neue T-Shirts und eine Trainingshose darin. Keine halben Sachen, hatte Linna sich gesagt.

Sie schaute zum Himmel, der weiterhin schönes Wetter versprach. Über den Dächern der Häuser zogen ein paar weiße Wolken langsam dahin, während die Sonne hell auf das Kopfsteinpflaster schien.

Am Ende könnte ihr das Laufen vielleicht tatsächlich helfen.

Noch wusste sie nicht, wohin ihr Weg sie führen würde. Aber sie würde einfach einen Schritt nach dem anderen machen. Alles andere würde sich dann von allein ergeben.

Linna war guter Dinge, als sie die Hotellobby betrat. Sie freute sich, ihre Familie wiederzusehen, und wollte nur kurz ihre Einkäufe in die Suite bringen, bevor sie schaute, was Miko machte. Vermutlich war er mit seinem Großvater im Garten oder mit seiner Oma in der Küche. Hoffentlich Ersteres.

In der rechten Hand ließ sie die Tüte aus dem Sportgeschäft vor und zurück schwingen. Neben der Rezeption stand ein mit leeren silbernen Pumpthermoskannen beladener Servierwagen, die sicherlich vom mobilen Café stammten. Die Nachwirkungen des erst wenige Stunden zurückliegenden Marathons waren allgegenwärtig – Gäste in Sportkleidung saßen erschöpft, aber zufrieden auf den bequemen Sofas der Empfangshalle oder stärkten sich mit Getränken an der kleinen Bar in dem hübschen Erker, den ihre Eltern vor Jahren zu diesem Zweck hergerichtet hatten.

Unter den Gästen entdeckte sie Frau Beckmann. Ein Glas Wasser in der Hand, stand sie neben der Bar. Sie schien gerade mit jemandem gesprochen zu haben, denn sie blickte einer davonschlendernden Frau hinterher und hob kurz die Hand, als wollte sie sich verabschieden. Doch dann ließ sie sie wieder sinken, strich sich über die Stirn und sah für einen Moment nachdenklich zu Boden.

Linna entschied sich spontan, auf sie zuzugehen. »Hallo, Frau Beckmann!«

Die Angesprochene blickte auf und lächelte, wenn auch etwas zaghaft. »Ach, hallo!«

»Ich wollte Ihnen noch gratulieren«, sagte Linna und blieb vor ihr stehen. »Es war wirklich ein toller Lauf heute. Einen Halbmarathon durchzuhalten ist eine beeindruckende Leistung.«

Frau Beckmann nickte. »Vielen Dank. Es hat gutgetan, mal wieder etwas für sich selbst zu tun. Und die Unterstützung der Leute an der Strecke war wirklich motivierend. Immer wenn ich dachte, ich schaff es nicht, haben mich das Klatschen und die Anfeuerungsrufe weiter nach vorne gebracht.«

Linna bemerkte, dass Frau Beckmann weniger angespannt wirkte als sonst. Ihre Miene, die sie sonst oft als verschlossen wahrgenommen hatte, wirkte nun offener.

»Es sah wirklich so aus, als hätten alle ihren Spaß gehabt – Läufer und Zuschauer«, pflichtete Linna bei und deutete auf die Tasche in ihrer Hand. »Das hat mich dazu inspiriert, mir auch Laufschuhe zu kaufen. Ich dachte, ich probiere es mal aus. Außer dass ich nach ein paar Metern Seitenstiche bekomme, kann mir ja eigentlich nichts Schlimmes passieren, nicht wahr?«

Ein fröhliches Lächeln huschte nun über Frau Beckmanns Gesicht. »Dabei wünsche ich Ihnen viel Erfolg. Ich kann nur von mir sprechen, und für mich war es die beste Entscheidung, damit anzufangen. Es hilft, die Gedanken zu sortieren – und manchmal sieht die Welt schon nach ein paar Kilometern ganz anders aus.«

Linna nickte. »So etwas Ähnliches habe ich heute schon mal gehört. Ich bin gespannt, wie sich das Training bei mir niederschlagen wird.«

»Nochmals viel Glück beim Starten«, sagte Frau Beckmann und machte eine leichte Handbewegung in Richtung Garten. »Jetzt entschuldigen Sie mich bitte. Ich setze mich noch ein bisschen zu meiner Familie.«

»Natürlich.« Linna beobachtete, wie die junge Frau hinausging. Durch die offenen Türen des Wintergartens sah sie, dass Clara und ihr Vater an einem der Tische saßen. Dann trat die Mutter zu ihnen, beugte sich zu ihrer Tochter hinunter und küsste sie auf die Wange. Linna lächelte. Sie hoffte, dass Frau Beckmann trotz aller Widrigkeiten den Mut finden würde, sich ihrer Familie zu öffnen.

»Oh, du bist zurück!« Ihre Schwester Jule kam ihr aus der Küche entgegen, eine dunkle Schürze umgebunden und ein Tablett voller Gläser in der Hand. »Kannst du mir vielleicht beim Abbau des mobilen Cafés helfen? Die meisten Gäste sind jetzt weg, deshalb können wir langsam zusammenräumen.«

»Klar«, versprach Linna und stellte die Tasche mit den Laufschuhen hinter der Theke ab, um ihrer Schwester kurz zu helfen. »Ich wollte dir sowieso noch etwas erzählen. Astrid hatte vorhin nämlich eine interessante Idee.«

»Echt? Was denn für eine?«, fragte Jule, nachdem sie das Tablett auf dem Tresen platziert hatte und nun gemeinsam mit Linna die Gläser ins Regal räumte.

»Ihre Nichte Merle sucht eventuell einen Praktikumsplatz – oder vielleicht eine Lehrstelle. Sie hat das Abi gerade in der Tasche, möchte aber nicht an die Uni. Astrid meinte, dass Merle doch mal bei uns reinschnuppern könnte, weil Hotelarbeit vielleicht genau das Richtige für sie sein könnte.«

Jule hielt inne und nickte dann. »Warum nicht? Das klingt gar nicht schlecht. Ich habe tatsächlich auch schon darüber nachgedacht, ob wir einen neuen Auszubildenden einstellen sollten. Früher hatten wir immer ein bis zwei Lehrlinge. Auch wenn sie am Anfang natürlich immer eng betreut werden müsste, wäre es mit der Zeit sicher eine riesige Entlastung – für uns alle. Und obendrein noch bezahlbar!«

Linna nickte. »Das habe ich auch gedacht. Vielleicht findet Merle Gefallen daran. Astrid will sie jedenfalls fragen, ob sie Lust hat, es zumindest auszuprobieren.«

»Also, ich wäre dafür, auch wenn es mit Merle nichts wird«, sagte Jule und lächelte. »Es fühlt sich ein bisschen so an, als könnten sich dadurch langsam ein paar Dinge fügen, oder?«

»Ja«, stimmte Linna zu und stellte abschließend eine benutzte Tasse, die auf dem Tresen stand, aufs Tablett. »Aber jetzt ist erst mal das Café dran. Danach können wir uns um die nächsten Schritte kümmern.«

Jule lachte und nickte. »Abgemacht.«

Nachdem alles abgebaut und die gemieteten Möbel wieder abgeholt worden waren, ging Linna zuerst nach Miko sehen. Sie fand ihn im Hotelgarten, wo er zusammen mit Anton auf einer Decke saß und mit kleinen Autos spielte. Jemand hatte ihnen einen Teller voller Kekse hingestellt. Die beiden Jungs waren so vertieft in ihr Spiel, dass sie Linnas Anwesenheit kaum bemerkten. Beruhigt darüber, dass ihr Sohn beschäftigt war, ging Linna in ihre Suite. Dort zog sie die neuen Sportklamotten aus der Tüte, streifte eins der Shirts über und schlüpfte in die eng anliegende Laufhose. Vor dem Spiegel im Zimmer band sie sich die kastanienbraunen Haare zum Zopf und betrachtete ihr Spiegelbild.

Ihre Optik war ungewohnt sportlich, aber irgendwie gefiel sie sich auch darin. Nun musste sie ihrem Erscheinungsbild nur noch gerecht werden. Motiviert schlüpfte sie in die neuen Laufschuhe und band die Schnürsenkel zu einer festen Doppelschleife.

Bevor sie die Suite verließ, steckte sie noch ihr Handy und die Ohrstöpsel ein. Dann machte sie einen kurzen Abstecher in die Hotelküche, um sicherzugehen, dass Jule sie wirklich nicht für irgendwas brauchte. Nachdem ihre Schwester ihr versichert hatte, dass sie erst mal alles im

Griff hatte und Linna sich eine Pause gönnen konnte, trat sie hinaus auf die Terrasse.

Ihre Eltern und Miko saßen inzwischen an einem großen Tisch. Für Familie und Gäste grillte ein Koch unter freiem Himmel Fleisch und Gemüse, und an der Außenbar wurden Cocktails gemixt und alkoholfreie Getränke serviert.

»Mama, die Bratwurst ist voll lecker«, verkündete Miko mit vollem Mund und Senfspur am Kinn. »Du musst unbedingt probieren.«

Linna lächelte. »Später, mein Großer. Mit vollem Magen soll man nicht laufen gehen.«

»Läufst du jetzt in echt? So wie beim Marathon?«, fragte er mit großen Augen.

»Nicht so weit, keine Sorge«, erwiderte sie schmunzelnd. »Ich probiere es erst mal aus.«

»Dann verlauf dich mal nicht«, merkte ihr Vater mit einem Augenzwinkern an.

Linna lachte. »Ich werde mich bemühen.«

»Wie lange wirst du denn weg sein?«, fragte ihre Mutter mit Blick auf Miko.

»Maximal eine Stunde. Ich wollte nur eine kleine Runde drehen«, antwortete Linna und fügte dann hinzu: »Ich hoffe, es ist okay, wenn Miko solange noch bei euch bleibt?«

»Klar, mach dir keine Sorgen«, sagte ihre Mutter lächelnd.

»Wir kümmern uns doch gern um unseren Lieblingsenkel. Viel Spaß!« Ihr Vater zwinkerte ihr zu.

»Ihr seid die Besten, vielen Dank! Dann bis später!«

»Viel Spaß, mein Schatz«, rief ihre Mutter ihr nach, als sie sich umwandte, um die Terrasse zu verlassen.

Vor dem Hotel steckte Linna sich die Ohrstöpsel ins Ohr und wählte auf ihrem Handy eine Playlist aus, die viele ihrer Lieblingslieder enthielt, und startete den ersten Song.

Ihr Weg führte sie über die kleine Straße vor dem Hotel und dann nach zehn Minuten hinunter zum Strand. Die Melodien ihrer Lieblingssongs beflügelten sie, während sie einen gleichmäßigen Laufrhythmus fand.

Der Wind spielte in ihrem Zopf, während sanfte Wellen an Land perlten. Der Strand war um diese Zeit fast menschenleer. Nur ein paar Spaziergänger waren mit ihren Hunden unterwegs, die Möwen zogen ihre Kreise über der Seebrücke und auch weiter draußen über dem Inselhafen von Himmelsee, der erst kürzlich am Kopf der Seebrücke errichtet worden war und Platz für Wasserfahrzeuge bot. Linna spürte, wie sich langsam eine angenehme Wärme in ihrem Körper ausbreitete. Der Rhythmus ihrer Schritte wurde mit jedem Atemzug gleichmäßiger. Ihre Muskeln brannten ein wenig, besonders in den Oberschenkeln. Trotz der Anstrengung genoss sie die Bewegung. Es war eine erleichternde Abwechslung zum ständigen Grübeln und eine Möglichkeit, ihre Gedanken zu ordnen und den Kopf freizubekommen.

Nach einer Weile kam sie in die Nähe der Seemannskirche, die etwas abseits des lebendigen Ortskerns lag. Das historische Gebäude erhob sich still und mächtig vor dem

Hintergrund des dämmernden Himmels. Von Weitem fiel ihr auf, dass die schwere Holztür einen Spaltbreit offen stand.

Sie verlangsamte ihre Schritte und blieb schließlich vor dem Kiesweg stehen, der zur Kirche führte. Einen Moment zögerte sie, dann schaltete sie die Musik aus, zog die Ohrstöpsel heraus und begab sich Richtung Gotteshaus.

Die Kühle des Innenraums fühlte sich gut auf ihren erhitzten Wangen an. Es war ganz still in der Kirche, bis auf das leise Geräusch ihrer Schritte auf dem Steinfußboden. Sie blieb stehen und ließ den Blick durch das Kirchenschiff schweifen.

Der barocke Kanzelaltar zog wie früher ihre Aufmerksamkeit auf sich, ebenso wie die filigranen Kronleuchter, die von der Decke hingen. Votivschiffe schwebten wie stumme Wächter des Meeres über den Bänken, und der imposante Orgelprospekt schimmerte im blassen Licht, das durch die Bleiglasfenster fiel.

Linna ließ sich in einer der hinteren Bänke nieder und verschnaufte kurz. Ihre Brust hob und senkte sich noch schnell, aber allmählich beruhigte sich ihr Atem. Die Ruhe in der Kirche umfing sie, und es fühlte sich an wie eine sanfte Umarmung.

Ihre Gedanken ließ sie schweifen. Zu Ilja. Zu Anika, Jörn und zu Nik. Und zu dem Wissen, dass das Leben, wie sie es einmal gekannt hatte, unwiederbringlich verändert war. Der Schmerz dieser Erkenntnis brannte aufs Neue in ihrem Herzen, auch wenn sie glaubte, sich längst daran gewöhnt zu haben.

Nach einer Weile stand sie auf und trat hinaus in das Sonnenlicht, gegen das sie blinzeln musste. Einem inneren Impuls nachgebend, folgte sie dem schmalen Weg hinunter zum Friedhof.

Die Grabsteine standen schon halb im Schatten der aufziehenden Abenddämmerung. Sie fand Anikas Grab ohne Mühe. Wie schon beim letzten Mal hatte sie nichts mitgebracht. Keine Blumen, keine Kerze. Nur sich. Ein schlechtes Gewissen regte sich in ihr, aber sie schob es beiseite.

Neben dem Grabstein flackerte wieder das kleine Windlicht, wie bei ihrem letzten Besuch. Irgendjemand hatte eine neue Kerze hineingestellt, deren Flamme zart im Wind tanzte.

Ihr Blick wanderte weiter über das Grab und blieb an etwas hängen, das sie beim letzten Besuch nicht wahrgenommen hatte. Eine kleine Holzfigur stand am Rand des Grabsteins auf der Erde.

Linna beugte sich vor und erkannte, dass es ein geschnitzter Kranich war. Das schlichte, aber detailreiche Kunstwerk wirkte beinahe lebendig. Ein leichtes Schaudern durchlief sie, als sie die Figur vorsichtig berührte. Das Holz fühlte sich glatt und kühl an.

Wer hatte diesen Kranich hierhingestellt? Und warum? Ihr Herz klopfte schneller, während sie das kleine Kunstwerk betrachtete. Der Kranich war nicht einfach irgendein Vogel. Er hatte eine Bedeutung – für sie, für Himmelsee und auch für Anika.

Linna konnte sich der starken Emotionen, die in ihr

aufstiegen, nicht erwehren. Doch sie schluckte sie hinunter und konzentrierte sich auf die Stille des Friedhofs.

Der Wind trug das leise Rascheln der Bäume wie ein Flüstern zu ihr, während die Kerze weiterflackerte und der Kranich an seinem Platz verharrte, als ob er über Anikas Ruhe wachte.

Kapitel 13

Linna schob die Ärmel ihrer Bluse hoch, band sich die Haare mit einem Gummi zu einem festen Pferdeschwanz und marschierte mit energischen Schritten in den Flur des ersten Stocks. Vor einer der Zimmertüren traf sie Jule, die gerade einen Stapel frisch gewaschener Handtücher im Arm hielt und nicht gerade entspannt wirkte.

»Auf geht's! Drei Zimmer in Rekordzeit, Schwesterchen«, murmelte Jule mit einem Anflug von Galgenhumor. »Uta hat sich krankgemeldet, und die Gäste stehen quasi schon in den Startlöchern – ich liebe es!«

»Ach, das ist doch für uns kein Problem.« Linna schnappte sich eine Wäschewanne, die am Flurende stand, und warf einen Blick in das erste Zimmer. »Komm, wir geben Vollgas, dann sind wir im Nullkommanix fertig.«

Jule seufzte, trotzdem nickte sie und folgte Linna bereitwillig. »Du bist ein wahrer Engel, weißt du das?«

»Ein ziemlich realistischer Engel«, konterte Linna grinsend, während sie schwungvoll das Laken von einem der Betten zog. »Aber erzähl mir lieber, was du vorhin für einen Eindruck am Telefon von Astrids Nichte hattest. Will sie wirklich heute Mittag vorbeikommen?«

»Merle, ja.« Jule begann, die Handtücher in einem

sauberen Stapel auf die Kommode zu legen. »Am Telefon war sie sehr sympathisch, und ich finde es super, dass sie so spontan ist. Das ist selten bei den jungen Leuten heutzutage. Die meisten zögern ja ewig, und am Ende wissen sie immer noch nicht, was sie wollen.«

Linna schüttelte lachend den Kopf. »Jule, du klingst wie unsere Mutter damals.«

»Ach, hör auf.« Ihre Schwester winkte ab und schnappte sich als Nächstes ein Kissen, das sie energisch aufschüttelte. »Aber im Ernst – wenn Merle wirklich Interesse hat, wäre das ein Segen. Wir brauchen so dringend Unterstützung, und Mama darf nicht wieder in ihren alten Trott verfallen.«

»Genau deswegen bin ich doch auch noch hier«, bemerkte Linna und griff nach einem frischen Laken, um das Bett zu beziehen. »Es muss absolut sichergestellt sein, dass sie zukünftig nichts mehr allein stemmen muss. Und wenn Merle auch nur ein bisschen Schwung mitbringt, wäre das schon eine riesige Hilfe.«

Jule nickte und warf ihr einen dankbaren Blick zu.

In diesem Moment vibrierte Linnas Handy in ihrer Hosentasche. Sie zog es hervor, warf einen Blick auf das Display und seufzte leise. »Es ist Ilja.«

»Geh ruhig nach nebenan, das Zimmer ist frei. Da kannst du ungestört telefonieren«, meinte Jule.

»Danke.« Linna eilte in den Nachbarraum, bevor sie den Anruf annahm. »Hallo?«

»Hey, Linna.« Iljas Stimme klang gewohnt freundlich. »Störe ich dich gerade?«

»Jule und ich machen ein paar Zimmer startklar«, antwortete sie wahrheitsgemäß.

»Oh! Ich wollte auch nur fragen, wie der Stand der Dinge ist. Wie geht's deiner Mutter?«, erkundigte er sich.

Linna ließ sich auf die Bettkante sinken und drückte das Handy fester ans Ohr. »Ihr geht's besser. Viel besser sogar. Aber hier ist trotzdem noch einiges zu tun, und es ist schwer, sie von der Arbeit abzuhalten. Schwer bis unmöglich.«

»Freut mich zu hören, dass sie auf dem Weg der Besserung ist.« Ilja zögerte einen Moment. »Hast du inzwischen eine Ahnung, wann ihr zurückkommt?«

Linna überlegte und kaute auf ihrer Unterlippe, bevor sie wahrheitsgemäß antwortete: »Nein, ehrlich gesagt nicht. Es hängt unter anderem davon ab, wie schnell wir fürs Hotel Personal finden. Ich will nicht einfach abhauen, bevor das nicht geklärt ist. Sonst landet meine Mutter bald wieder im Krankenhaus, und das Spiel geht von vorne los.«

Am anderen Ende der Leitung herrschte kurz Stille. »Ich verstehe das, nur … Hattest du mir nicht gesagt, dass du zurückkommst, sobald sich die Lage beruhigt hat? Und wenn es deiner Mutter besser geht – warum noch bleiben? Die Personalprobleme könnten sich ja theoretisch noch ewig hinziehen …«, wandte er ein.

Linna spürte, wie sich ein unangenehmes Ziehen in ihrem Magen ausbreitete. Sie zog die Knie an die Brust und versuchte, ruhig zu bleiben. »Es ist alles nicht so leicht, wie du meinst, Ilja. Es geht nicht nur darum, wie es meiner

Mutter jetzt gerade geht. Vor allem geht es darum, dass sie nicht wieder rückfällig wird, wenn ich gehe. Und die Gefahr besteht. Um das abzuwenden, brauchen wir Personal. Astrids Nichte Merle kommt heute zum Gespräch. Mal sehen, vielleicht klappt es ja mit ihr.«

Ilja seufzte hörbar. »Okay, das klingt vernünftig. Ich verstehe dich ja, Linna. Aber …«

»Aber?«

»Glaubst du, dass wir dieses Jahr noch zusammen Urlaub machen können? Oder fällt das komplett flach?«

Sie fühlte sich erschöpft und schloss kurz die Augen. »Ich weiß es nicht, Ilja. Ehrlich, ich kann dir nichts versprechen. Aber ich gebe mein Bestes, das weißt du doch.«

»Ja, ich weiß.« Er klang verständnisvoll, aber auch müde.

»Miko vermisst dich übrigens«, fügte sie hinzu.

»Ich vermisse euch auch«, erwiderte er, wobei er das Wort *euch* betonte.

»Ich weiß«, murmelte Linna nun ihrerseits und spürte, wie ihr der Hals eng wurde. »Ich melde mich später noch mal bei dir, okay?«

»Mach das. Bis nachher dann.«

»Bis später.« Sie legte auf und blieb einen Moment reglos sitzen. Die Vorstellung, nach Düsseldorf zurückzukehren, löste in ihr keinen Funken von Freude aus. Eher eine Art von Widerwillen, den sie nicht ganz einordnen konnte.

»Alles gut bei dir?« Jule lugte ins Zimmer und musterte Linna neugierig.

»Ja, alles okay.« Linna schüttelte die schweren Gedanken ab, erhob sich vom Bett und zwang sich zu lächeln.

»Lass uns weitermachen, damit wir pünktlich fertig werden und die Gäste nicht warten müssen.«

Jule zögerte kurz, sagte dann allerdings nichts. Gemeinsam machten sie sich an die Arbeit, und nach einer weiteren Stunde waren die Zimmer fertig.

Mittags saßen Linna und Jule am großen Holztisch im Büro, an dem sonst die Buchhaltung gemacht wurde, und warteten auf Astrids Nichte Merle. Auf dem Tisch standen eine Kanne Kaffee, drei kleine Wasserflaschen sowie Tassen und Gläser. Daneben ein Notizblock mit Kugelschreiber.

»Ich hoffe, sie kommt pünktlich«, meinte Jule, während sie nervös mit dem Fuß gegen das Tischbein klopfte.

»Immer mit der Ruhe, Jule. Astrid hat sie uns wärmstens empfohlen«, entgegnete Linna, um ihre Schwester zu beruhigen. »Merle wird sich bestimmt von ihrer besten Seite zeigen.«

Kaum hatte sie ausgesprochen, klopfte es bereits an der Tür. Jule richtete sich auf ihrem Stuhl auf, während Linna mit lauter Stimme »Herein!« rief.

Die Tür öffnete sich, und Merle trat ein. Die junge Frau war eine wahre Erscheinung. Rote Locken fielen ihr wild ins Gesicht, und ihre grünen Augen blitzten neugierig. In den Händen hielt sie eine Mappe, die sie fast schützend an ihre Brust drückte.

»Guten Tag! Vielen Dank, dass ich heute hier sein darf«, sagte sie, während sie Linna und Jule anlächelte. »Ich hoffe, ich bin nicht zu spät.«

»Nein, nein. Sogar auf die Minute pünktlich.« Linna erwiderte ihr Lächeln.

»Schön, dass du da bist«, begrüßte Jule sie und erhob sich, um Merle die Hand zu schütteln. »Ich bin Jule, und das ist meine Schwester Linna.«

»Hallo«, setzte Linna freundlich nach.

Merle nahm auf dem angebotenen Stuhl Platz und legte die Mappe vor sich auf den Tisch. Die junge Frau wirkte angenehm aufgeregt, aber nicht unsicher.

»Ich habe das Gefühl, dass ich dich schon mal irgendwo gesehen habe«, meinte Jule, während sie Merle aufmerksam musterte. »Kann es sein, dass du im letzten Jahr beim Weihnachtskonzert in der Seemannskirche Geige gespielt hast?«

Merle nickte, ein leichtes Lächeln umspielte ihre Lippen. »Ja, das stimmt. Ich spiele schon seit meiner Kindheit Geige. Der Pastor hat mich gefragt, ob ich beim Konzert mitmachen möchte. Es war eine so schöne Erfahrung. Das Geigespielen ist meine große Leidenschaft.«

»Das war wirklich ein wunderbarer Abend«, erinnerte sich Jule. »Du scheinst sehr talentiert zu sein. Hast du denn nie Pläne gehabt, das zum Beruf zu machen?«

»Danke.« Merle wurde ein wenig rot, bevor sie hinzufügte: »Ich liebe das Geigespielen zwar, aber es ist eher ein Hobby. Ich wollte immer etwas Praktisches machen, bei dem ich mit Menschen in Kontakt komme. Deswegen bin ich ja hier.«

»Erzähl uns doch ein bisschen von dir«, schlug Linna vor und lehnte sich entspannt zurück, während sie Astrids Nichte aufmerksam zuhörte.

Merle legte die Hände neben die Mappe und sprach mit einer Mischung aus Aufregung und Selbstbewusstsein. »Ich habe dieses Jahr mein Abitur gemacht und schon während der Schulzeit gemerkt, dass ich mich für kein Studium begeistern kann. Ich möchte lieber direkt arbeiten und nicht nur die Theorie lernen. Etwas zu tun, bei dem ich verschiedene Menschen treffen kann, das würde ich mir wünschen. Astrid hat mir erzählt, dass es im *Kranichglück* ein tolles Team gibt und wie viel Spaß die Arbeit hier macht. Das hat mein Interesse geweckt, und da dachte ich, dass ich das schon gern mal ausprobieren würde.«

»Was genau reizt dich an der Hotellerie?«, hakte Jule nun konkreter nach und warf dabei einen Blick auf Merles Unterlagen.

»Es ist die Abwechslung«, antwortete Merle prompt. »Jeder Tag ist anders, es wird nie langweilig. In einem Hotel hätte ich Kontakt zu Menschen aus aller Welt, kann ihnen den Aufenthalt verschönern und dabei selbst immer Neues lernen. Ich mag es, wenn es um einen herum lebendig ist und es auch Herausforderungen gibt. Eintönige Arbeiten sind mir eher ein Graus.«

»Das klingt, als wüsstest du, worauf du dich einlässt«, bemerkte Linna mit einem Lächeln. »Hast du schon Erfahrungen im Kundenservice gesammelt? Astrid erwähnte, dass du gerade in einem Fischrestaurant arbeitest.«

»Ja, ich bediene pro Tag für ein paar Stunden in dem Restaurant an der Promenade«, erklärte Merle. »Davor habe ich mal bei einer großen Familienfeier im Service ausgeholfen, und während der Schulzeit habe ich ab und zu in einem

Café gekellnert. Außerdem habe ich meiner Mutter oft in ihrem Blumenladen geholfen, Kunden beraten, Bestellungen aufgenommen und die Kasse gemacht. Ich weiß, wie wichtig es ist, immer freundlich und gut organisiert zu sein.«

Linna und Jule tauschten einen kurzen Blick. Merle machte wirklich einen vielversprechenden Eindruck.

»Hier im Hotel gibt es oft stressige Tage«, erzählte Jule. »Manchmal muss man mehrere Dinge gleichzeitig erledigen, und nicht immer läuft alles glatt. Daher würde mich interessieren, wie du mit Stress umgehst.«

»Ich bleibe ruhig«, erklärte Merle. »Wenn es hektisch wird, mache ich eins nach dem anderen. Und wenn ich nicht weiterkomme, frage ich nach Hilfe. Dafür ist ein Team ja da, oder?«

»Ganz genau«, stimmte Linna zu.

Nach weiteren Fragen zu ihren Vorstellungen und Verfügbarkeit war das Gespräch fast zu Ende. Linna war beeindruckt von Merles tatkräftiger Erscheinung und Gesprächigkeit. Jule schien genauso angetan zu sein.

»Also, wie wäre es, wenn du nächste Woche für ein paar Tage bei uns reinschnupperst?«, schlug Jule vor. »Wenn es dir gefällt, können wir gerne über eine mögliche Ausbildungsstelle sprechen.«

Merle strahlte über das ganze Gesicht. »Das würde mich riesig freuen! Vielen Dank für die Chance!«

»Wir freuen uns auf dich«, sagte Linna und schüttelte Merle die Hand.

Nachdem die junge Frau gegangen war, lehnte sich Jule zurück und seufzte zufrieden. »Wenn sie hält, was sie verspricht, haben wir endlich jemanden, der uns entlasten kann. Das wäre ja wie ein Sechser im Lotto.«

»Ich habe gleich ein gutes Gefühl bei ihr gehabt«, stimmte Linna zu. »Es scheint, als wäre sie genau die Mitarbeiterin, nach der wir gesucht haben.«

Am frühen Abend schnürte sich Linna ihre Laufschuhe. Der Muskelkater in den Waden erinnerte sie an die ungewohnte Aktivität vom Vortag, doch sie wollte sich davon nicht abhalten lassen. Der Tag war trubelig gewesen, und sie sehnte sich nach Entspannung. Von ihrem Sohn, der mit ihrem Vater ein Brettspiel spielte, verabschiedete sie sich mit einem Kuss. Mit einem tiefen Atemzug verließ sie dann wenig später das Hotel *Kranichglück* und bog im lockeren Lauftempo eine Viertelstunde später auf den Weg ein, der entlang des Himmelsee-Stroms verlief.

Dort schien die Luft klarer zu sein und noch intensiver nach Salz, feuchtem Holz und blühenden Sommerkräutern zu riechen. Der Himmelsee-Strom schlängelte sich durch die Boddenlandschaft wie ein schimmerndes Band. Links und rechts des Weges erstreckten sich sanfte Wiesen und Schilfgürtel, dessen Halme sich harmonisch im Abendwind wiegten. Hin und wieder huschte eine Ente über das Wasser, und irgendwo in der Ferne krächzte ein Reiher. Die Landschaft lag wie ein lebendiges Gemälde vor ihr, eingefangen im weichen Licht der untergehenden Sonne, die den Himmel in Rosa, Orange und Violett tauchte.

Linna hatte Stöpsel in ihren Ohren und genoss die Klänge des Trance-Tracks, der ihre rhythmischen Schritte untermalte und sie langsam in einen meditativen Zustand versetzte. Sie passierte knorrige Weiden, die sich über den schmalen Strom beugten, und ein paar einsame Fischerboote, die an kleinen Stegen vertäut lagen. Der Wind spielte mit den losen Strähnen ihres Zopfes, und sie spürte, wie langsam die Anspannung des Tages von ihr abfiel.

Bald sah sie das alte Fischerhaus vor sich, ein kleines, charmantes Gebäude aus rotem Backstein mit einem schiefen Reetdach. Es wirkte, als hätte es die Zeit verschluckt, denn seit Jahren schien es unverändert. Nik hatte einst große Pläne für das Haus gehabt, hatte es renovieren und hier für sich ein neues Heim erschaffen wollen. Doch dieser Traum war mit Anikas Tod sicherlich verblasst. Das alte Fischerhaus war nur noch ein stiller Zeuge vergangener Hoffnungen.

Linna war schon fast daran vorbeigelaufen, als etwas in ihrem Augenwinkel ihre Aufmerksamkeit erregte. Sie blieb abrupt stehen. Ein Lichtschein drang durch eines der staubigen Fenster, dahinter bewegte sich eine Silhouette.

Ungläubig blinzelte sie. War da wirklich jemand? Ihr Herz schlug schneller. Sie trat näher an den Zaun heran, der das Grundstück umgab.

Offensichtlich war das alte Fischerhaus nicht mehr verlassen. Irgendjemand hatte die Renovierungsarbeiten aufgenommen. Sie erkannte frisch gestrichene Fensterrahmen, bei näherem Hinsehen machte sie auch ein paar Werkzeuge aus, die auf der Veranda lagen.

Ein Stich durchfuhr Linnas Herz. Dieses Haus hatte immer zu Nik gehört, zumindest in ihrer Vorstellung. Es war sein Traum gewesen, seine Vision. Jetzt, da jemand anders es sich zu eigen gemacht hatte, fühlte es sich an, als wäre ein Teil von Nik unwiederbringlich verloren.

Linna seufzte schwer. Der Lauf, der sie eigentlich von derartigen Gedanken befreien sollte, hatte sie nur tiefer in sie hineingeführt. Sie machte abrupt kehrt und lief zurück, ihre Schritte schneller und härter als zuvor.

Als sie den Marktplatz erreichte, über den sie zuvor nicht gelaufen war, dämmerte es bereits. Die Straßenlaternen warfen warmes Licht auf das Kopfsteinpflaster und die liebevoll dekorierten Schaufenster. Gerade als sie an Astrids Buchladen vorbeikam, trat ihre Freundin mit einem Schlüsselbund in der Hand aus der Tür.

»Ach, Linna! Was machst du denn hier? Oh, du joggst«, bemerkte Astrid überrascht.

»Ja, ich war laufen«, erklärte Linna außer Atem. »Aber …« Sie schnaufte kurz durch und deutete vage in die Richtung, aus der sie gekommen war.

»Aber? Was ist passiert?« Astrid schloss die Tür ab und sah Linna aufmerksam an.

»Das alte Fischerhaus«, begann Linna und fuhr sich mit der Hand durch den Zopf. »Da war Licht. Und eine Person war drin. Es sieht so aus, als ob sich jemand der Renovierung angenommen hätte.«

»Oh, wirklich?« Astrid wirkte verblüfft. »Ich wusste gar nicht, dass es jemanden gibt, der sich darum kümmert. Es war so lange verlassen.«

»Es fühlt sich irgendwie … seltsam an«, gab Linna zu und schüttelte den Kopf. »Für mich war das immer

Niks Haus. Sein Traum. Und jetzt gehört es jemand anderem?«

»Das kann schon sein.« Astrid legte ihr eine Hand auf den Arm. »Vielleicht ist das gar nicht so schlecht, Linna. Es ist doch besser, dass sich jemand darum kümmert, als wenn es verfällt und abgerissen werden muss. Und wer weiß? Eventuell wird es am Ende ein richtig schönes Haus.«

Linna zwang sich zu einem Nicken, doch in ihr blieb ein nagender Widerstand. »Du hast wahrscheinlich recht«, sagte sie leise.

»Komm, ich begleite dich ein Stück«, schlug Astrid vor. »Und übrigens, Merle war total begeistert von dem Gespräch heute. Sie kann es kaum erwarten, nächste Woche im Hotel anzufangen.«

Linna lächelte bei diesen Neuigkeiten. »Das ist wirklich schön zu hören. Jule und ich fanden sie auch ganz entzückend. Mein Gefühl sagt mir, dass sie genau die Richtige für das *Kranichglück* ist.«

»Wunderbar!« Astrid hakte sich mit einem zufriedenen Lächeln bei ihr unter. »Ach, das würde mich so freuen!«

Trotz des angenehmen Gesprächs mit ihrer Freundin blieb der Gedanke an das alte Fischerhaus in Linnas Kopf. Dass sich dort jemand anstelle Niks der Renovierung angenommen hatte, schmerzte sie mehr, als sie erwartet hatte.

In ihr wuchs die Erkenntnis, dass manche Träume vielleicht besser in der Vergangenheit ruhen sollten.

Kapitel 14

Der Morgen im Hotel *Kranichglück* hatte wie so oft in den letzten Tagen hektisch begonnen. Seit Uta mit einer schweren Sommergrippe zu Hause flachlag, hatten Linna und Jule alle Hände voll zu tun, die personelle Lücke zu füllen. Frühstücksservice, Zimmerreinigung, Rezeption – es war ein kräftezehrender Balanceakt. Die Schwestern waren froh, dass an diesem Tag endlich Verstärkung nahte.

Pünktlich um neun Uhr kam Merle durch die Eingangstür des Hotels. Mit einem breiten Lächeln betrat sie die Lobby. Sie trug ein sommerliches Kleid, eine runde Sonnenbrille im rot gelockten Haar, über ihrer Schulter hing der Gurt eines Rucksacks. Ihre offensichtliche gute Laune war fast ansteckend.

»Guten Morgen!«, rief sie fröhlich und steuerte auf die Rezeption zu.

»Guten Morgen, Merle.« Linna trat hinter dem Empfang hervor und bedachte sie ebenfalls mit einem Lächeln, obwohl sie sich ziemlich abgekämpft fühlte. Ihr Arbeitstag hatte bereits um fünf Uhr früh in der Küche begonnen und sich dann ans Frühstücksbüfett verlagert.

Jule stieß ebenfalls zu ihnen. »Schön, dass du da bist.«

Sie reichte Merle die Hand und musterte sie kurz. »Wahrscheinlich möchtest du dich umziehen, bevor du anfängst?«

Merle nickte. »Ja, natürlich. Ich habe Kleidung zum Wechseln dabei.« Sie deutete auf ihren Rucksack. »Ich freue mich wirklich darauf, im Hotel mit anzupacken. Hoffentlich schaffe ich alles.«

»Ach, mach dir keine Sorgen! Immerhin bist du ja keine Anfängerin und hast schon einiges an Erfahrung vorzuweisen. Ich bin mir sicher, dass du den Aufgaben im *Kranichglück* gewachsen sein wirst«, ermutigte Jule sie.

Linna führte Merle in den kleinen Aufenthaltsraum hinter der Rezeption, wo sie ihr eine hellblaue Weste und ein Namensschild reichte, nachdem die junge Frau eine weiße Bluse und eine schlichte dunkle Hose angezogen hatte. »Hier ist erst mal deine Grundausstattung. Wir zeigen dir dann nach und nach alles, was du wissen musst. Wenn du Fragen hast, frag einfach.«

»Ich bin gespannt«, sagte Merle, zog sich die Weste über ihre weiße Bluse und knöpfte sie vorne zu. »Ich wäre dann so weit!«

»Wunderbar! Deine erste Aufgabe des Tages wartet im Speisesaal. Folge mir.« Linna lotste Merle in den lichtdurchfluteten Raum.

Es war noch früh am Morgen, und die Gäste waren mit ihrem Frühstück beschäftigt. Doch gegen elf Uhr mussten die Tische für das Mittagessen vorbereitet werden. Linna erklärte Merle, wie die Servietten gefaltet, das Besteck arrangiert und die Gläser poliert wurden.

»Du bist ziemlich flott«, bemerkte Linna später, als sie sah, wie routiniert Merle die Tische eindeckte.

»Ich kenne es von meinem Sommerjob im Restaurant an der Promenade«, erklärte Merle und strich eine Serviette glatt. »Dort musste ich auch zackig arbeiten.«

Linna schmunzelte und ließ sie gewähren. Es schien, als hätte Merle nie etwas anderes gemacht. Noch bemerkenswerter war aber, wie sie mit den Gästen umging. Mit ihrem offenen Wesen und ihrer liebenswürdigen Art zauberte sie den Menschen ein Lächeln ins Gesicht.

In der Küche half sie später, das benutzte Geschirr in die Spülmaschine zu räumen. Auch dabei arbeitete Merle konzentriert. Als sie fertig war, blickte sie plötzlich auf.

»Vielleicht ist es etwas verfrüht, aber nach meinem Vorstellungstermin ist mir eine Idee gekommen«, begann sie zögernd.

»Erzähl mal«, forderte Linna sie auf.

»Wie wäre es, wenn die Gastronomie des *Kranichglücks* ein bisschen mobiler werden würde? Zum Beispiel mit einem Foodtruck am Strand. Wir könnten kleine Snacks oder Drinks anbieten, vielleicht auch Kuchen und Kaffee. Die Leute nehmen doch gerne etwas auf die Hand mit an den Strand.«

Linna sah sie überrascht an. »Ein mobiles *Kranichglück*?«

»Genau«, fuhr Merle fort. »Gerade bei so heißem Wetter würden sich die Badegäste über kühle Getränke oder ein Stück Kuchen freuen, ohne erst den Weg zur Promenade antreten zu müssen. Außerdem wäre es auch eine tolle Werbung für das Hotel.«

Jule, die kurz zuvor hereingekommen war, um sich ein Glas Wasser zu holen, hob die Augenbrauen. »Ein Foodtruck? Das wäre tatsächlich eine gute Idee. Vor allem, weil es direkt am Strand kaum Verpflegung gibt.«

»Wir könnten das Hotel-Logo auf den Truck anbringen lassen und Flyer mit der aktuellen Speisekarte des Restaurants auslegen«, schlug Merle vor.

»Das klingt spannend und ist womöglich eine richtig gute Idee für die Zukunft«, meinte Linna. »Wir sollten auf jeden Fall in Ruhe darüber nachdenken.«

Später am Vormittag trat Herr Graf, ein Mann mittleren Alters mit strengem Blick, an die Rezeption und beschwerte sich lautstark bei Linna. »Das Kopfkissen ist viel zu hart, und durch das Fenster zieht es wie Hechtsuppe. So kann ich unmöglich schlafen!«

Merle, die zufällig neben Linna stand, warf ihr ein Lächeln zu und wandte sich dann mit beruhigenden Worten an den Gast. »Es tut mir wirklich außerordentlich leid, dass Sie unzufrieden sind. Ich kümmere mich sofort darum. Einen Moment bitte.« Sie verschwand kurz in der Wäschekammer und kehrte mit einem weicheren Kissen zurück. »Wegen des Fensters können wir Ihnen sicherlich ein anderes Zimmer anbieten«, erklärte sie höflich und blickte Linna fragend an.

Linna nickte. »Das ist überhaupt kein Problem, Herr Graf. Oder wir lassen jemanden kommen, der Ihr Fenster abdichtet. Was wäre Ihnen lieber?«

Der Mann sah sie überrascht an, dann nickte er und

nahm das weichere Kissen von Merle entgegen. »Ein anderes Zimmer wäre mir recht.«

Merle nahm Linna die Arbeit ab und organisierte den Zimmerwechsel. Sie half Herrn Graf beim Umzug und stellte sicher, dass alles zu seiner Zufriedenheit war. Als er später die Rezeption passierte, nickte er ihr anerkennend zu.

»Gefällt Ihnen Ihr neues Zimmer, Herr Graf?«, erkundigte sich Linna.

»Es ist alles bestens. Nun habe ich sogar Meerblick«, sagte er mit einem zufriedenen Gesichtsausdruck.

»Das war wirklich großartig von dir, Merle«, lobte Linna, nachdem Herr Graf das Hotel verlassen hatte. »Wie du mit der schwierigen Situation umgegangen bist und eine gute Lösung gefunden hast ... Das hätte ich nicht besser machen können.«

Merle freute sich über die Anerkennung. »Danke! Mir hat es echt Spaß gemacht.«

Linna nickte zustimmend. »Ich glaube, du bist genau die Art von Verstärkung, die uns gefehlt hat. Von meiner Seite kann ich nur sagen: Herzlich willkommen im Team, Merle.«

Merles Augen leuchteten. »Ich freue mich auf alles, was noch kommt.«

Ihre positive Einstellung zeigte auch auf sie Wirkung, wie Linna feststellte. Merle erwies sich zumindest am ersten Tag bereits als echte Bereicherung für das Hotel.

Der Nachmittag versprach wunderschön zu werden. Die Sonne schien warm vom blauen Himmel, und eine leichte

Brise wehte vom Meer herüber, die das sommerliche Treiben am Strand von Himmelsee trotz hoher Temperaturen angenehm machte.

Gemächlich ging Linna mit Miko und dessen Freund Anton den sandigen Weg hinunter, der zum Strand führte. Beide Jungs waren voller Vorfreude und redeten aufgeregt durcheinander. In den Händen hielten sie ihre mitgebrachten Eimer und Schaufeln fest umklammert.

»Macht mal etwas langsamer, Jungs. Wie haben noch alle Zeit der Welt, bis das Kindersommerprogramm beginnt«, rief Linna ihnen hinterher, aber ihre Worte gingen im Möwengekreisch und dem Geschrei spielender Kinder unter.

Am Strand angekommen, stellte sie ihre große Korbtasche in einen gemieteten Strandkorb, der in der Nähe des Bereichs aufgestellt worden war, in dem die Kinderspiele stattfinden sollten. Zahlreiche Familien hatten sich dort versammelt, Kinder jeden Alters liefen barfuß durch den Sand.

Eine Gruppe von Animateuren bereitete die Spiele vor. Ein kleines gelbes Zelt diente als Anlaufstelle, um sich anzumelden. Dort standen sogar verschiedene Preise für die Gewinner der Spiele aufgereiht in einem Regal.

»Ich will beim Eierlauf mitmachen!«, verkündete Miko und deutete mit leuchtenden Augen auf die Strecke, die bereits mit kleinen Hütchen abgesteckt war.

»Und ich beim Sandburgenwettbewerb!«, fügte Anton begeistert hinzu.

»Ich auch! Wir machen das zusammen!« Miko rieb sich voller Eifer die Hände.

Linna lächelte. »Ihr könnt an allem teilnehmen, aber passt auch ein bisschen auf, ja? Ich bleibe hier und schaue euch zu.«

Die beiden Jungs nickten und rannten los, um sich bei einem Mann mit einer runden Brille und blauer Schirmmütze anzumelden. Linna setzte sich in den Strandkorb, zog die Schuhe aus und versenkte die Füße im kühlen Sand. Es fühlte sich gut an, nach den zurückliegenden, anstrengenden Tagen im Hotel einfach mal durchzuatmen. Heute konnte sie sich zwischendurch eine kleine Auszeit gönnen.

Ihre Eltern hatten ihr Freiraum gegeben, damit sie Zeit mit ihrem Sohn verbringen konnte. Ihr Vater war seit dem Morgen im Garten zugange, wo er sich um die Gestaltung und Pflege kümmerte. Ihre Mutter hingegen managte den täglichen Ablauf, wenngleich Jule darauf achtete, dass sie ihre Arbeit vorsichtshalber noch auf Sparflamme hielt.

Während sie den Kindern dabei zusah, wie sie ihre Geschicklichkeit beim Eierlauf erprobten, fiel ihr Blick zufällig auf eine vertraute Gestalt in der Ferne. Jörn. Er stand in einer kleinen Gruppe Erwachsener, alle sportlich gekleidet, und sprach lebhaft mit ihnen. Scheinbar waren sie einander bekannt.

Als Jörns Blick zufällig in ihre Richtung ging, entdeckte er Linna und winkte ihr zu. Sie erwiderte den Gruß. Sogleich verabschiedete er sich von der Gruppe, um zu ihr hinüberzugehen.

»Na, Linna«, sagte er mit einem breiten Lächeln im Näherkommen. »Genießt du deinen Tag am Strand?«

»Könnte man so sagen. Miko und Anton nehmen an den Kinderspielen teil«, erklärte sie und deutete auf die beiden Jungen, die gerade konzentriert Eier auf Löffeln balancierten.

Er blickte zum Eierlauf und runzelte die Stirn. »Deine Söhne?«

»Nur Miko«, antwortete Linna lächelnd. »Anton ist sein Freund.«

Jörn sah sie belustigt an. »Dass du auch verheiratet bist, hast du mir nicht zufällig auch vergessen zu erzählen?«

»Hab ich nicht. Ich lebe in wilder Ehe. Allerdings ist es gerade ein wenig kompliziert.«

»Verstehe.« Jörn vergrub seine Hände in den Taschen seiner kurzen Shorts.

»Und was treibt dich an den Strand? Eierlaufen?«

Er lächelte. »Laufen stimmt sogar. Ich habe mich gerade mit ein paar Leuten für einen Lauf verabredet. Eine lockere Runde abends am Strand entlang«, erklärte er. »Aber ohne Eier auf den Löffeln.«

»Du und deine Läufe«, neckte sie ihn und lachte.

»Apropos Laufen«, begann er und schaute sie neugierig an. »Kommst du gut voran? Ich habe von Astrid gehört, du hast auch angefangen.«

»Stimmt«, gab Linna zu und spürte, wie sich ihre Wangen leicht röteten. »Ich probiere es zumindest. Es ist gar nicht so schlimm, wie ich zuerst dachte.«

»Das freut mich zu hören. Und wo läufst du lang?«

Schulterzuckend erzählte sie: »Ganz unterschiedlich. Mal an der Küstenlinie entlang, ein anderes Mal quer durch den Darßwald. Neulich war ich am Himmelsee-Strom unterwegs. Eine wirklich wunderschöne Strecke.«

»Oh ja, die mag ich auch sehr.«

Linna zögerte einen Moment, bevor sie fortfuhr. »Dabei bin ich am alten Fischerhaus vorbeigekommen. Wusstest du, dass es renoviert wird? Ich habe dort abends Licht gesehen.«

Jörn hob überrascht die Augenbrauen. »Ehrlich? Nein, das war mir nicht bekannt. Nik hat mir jedenfalls nichts davon erzählt.«

»Er wollte das Haus doch ursprünglich umbauen. Hat er es etwa verkauft?« Linna schaute ihn fragend an.

»Ich weiß es nicht.« Jörn hob die Hände und ließ sie wieder fallen. »Dass wir das letzte Mal voneinander gehört haben, ist ewig her. Er hat mir damals nichts vom Verkauf gesagt. Aber wer weiß? Vielleicht hat er es in der Zwischenzeit entschieden. Könnte sein, dass er in Kanada bleiben will und das Haus verkauft hat«, vermutete er.

Linnas Herz zog sich zusammen, als sie die Worte hörte. Die Möglichkeit, dass Nik Himmelsee für immer den Rücken kehren könnte, ließ sie seltsam leer zurück. Absurd eigentlich, dachte sie, schließlich bin ich ja zuerst fortgegangen.

»Meinst du wirklich?«, fragte sie leise.

Jörn nickte. »Es würde doch irgendwie Sinn machen, oder? In Kanada scheint er Fuß gefasst zu haben. Vielleicht hat er dort jetzt ein neues Zuhause.«

Linna schwieg. Der Gedanke war bitter, und sie wusste nicht genau, warum.

Jörn warf einen Blick auf seine Uhr. »Oh! So spät schon! Ich muss leider los. Ich habe gleich einen Termin mit einem Getränkelieferanten. War schön, dich zu sehen, Linna.«

»Ja, dich auch«, murmelte sie.

Mit einem freundlichen Winken verabschiedete er sich und verschwand in Richtung Promenade. Linna blieb verwirrt zurück, sie hatte den Blick auf die Wellen gerichtet und zuckte kurz zusammen, als Miko und Anton jubelnd auf sie zustürmten.

»Mama, ich habe gewonnen!«, rief Miko stolz und hielt eine kleine silberne Blechmedaille hoch.

»Ich auch!« Anton zeigte ihr seine.

Linna zwang sich zu einem Lächeln und umarmte die beiden. »Das ist großartig, Jungs. Wolltet ihr jetzt noch beim Sandburgenbauen mitmachen?«

»Ja!«, riefen die Kinder und warfen dabei begeistert die Arme in die Luft.

Während Linna den Burgenwettbewerb vom Strandkorb aus beobachtete, kehrten ihre Gedanken immer wieder zu Niks ehemaligem Fischerhaus zurück – und zu der Möglichkeit, dass er Himmelsee für immer den Rücken gekehrt hatte. Die Vorstellung, ihn womöglich nie wieder zu sehen, raubte ihr den Atem.

Kapitel 15

»Frische Erdbeeren! Süße Erdbeeren direkt vom Feld!«, rief ein Marktschreier mit kräftiger Stimme und hob dabei einen prall gefüllten Korb hoch. Ein paar Leute blieben neugierig stehen und begutachteten die angebotenen Waren. Andere schlenderten lachend vorbei und ließen sich von der lebendigen Geschäftigkeit anstecken, die den Wochenmarkt auf dem Marktplatz von Himmelsee wie jeden Samstagvormittag erfüllte.

Linna drückte ihren Einkaufskorb enger an sich, um einer älteren Dame Platz zu machen, die mit einem kleinen Hund an der Leine an ihr vorbeischlenderte. Es roch nach den verschiedensten Düften – frisches Brot, knackige Äpfel, ein Hauch von geräuchertem Fisch, diverse Gewürze und Kräuter, irgendwo in der Nähe brutzelte etwas auf einem Grill.

»Die sehen gut aus, findest du nicht, Linna?«, fragte ihre Mutter und hielt eine tiefrote, perfekt geformte Tomate hoch, als ob sie sie gerade erst selbst vom Strauch gepflückt hätte.

Linna nickte lächelnd. »Ja, Mama, die sehen super aus. Nimm doch ein paar mit, dann können wir weiterziehen.«

Es blieb beim guten Vorsatz. Nachdem ihre Mutter die Tomaten sorgfältig ausgewählt und bezahlt hatte, traf sie prompt auf eine Bekannte, und ein angeregtes Gespräch entspann sich. Linna wusste aus Erfahrung, dass es jetzt dauern würde. Ihre Mutter war eine Meisterin darin, sich auf dem Markt festzuquatschen.

Während sie wartete, ließ Linna den Blick schweifen und entdeckte schließlich Astrid, die gerade vor ihrem Buchladen stand und einen Drehständer mit Postkarten bestückte.

Sie nutzte die Gelegenheit und ging hinüber. »Hallo, Asti!«, rief sie, als sie näher kam.

Astrid schaute auf und lächelte, eine Postkarte in der Hand. Die kleinen Karten zeigten idyllische Motive der Ostsee – von Möwen über Leuchttürme bis hin zu Sonnenuntergängen über dem Meer, die wie gemalt aussahen.

»Linna! Schön, dich zu sehen. Treibt dich etwa auch der Markt hierher?«

»Nennen wir es mal Einkaufen mit meiner Mutter«, antwortete Linna grinsend und zeigte über die Schulter auf das Getümmel. »Sie hat mal wieder jemanden getroffen und quatscht sich fest. Da dachte ich, ich komme mal rüber zu dir und sage Hallo.«

»Na, das nenne ich doch Prioritäten setzen«, meinte Astrid mit einem Augenzwinkern. Sie steckte die Postkarte in den Ständer und wischte sich die Hände an einem feuchten Lappen ab, den sie an ihrem Gürtel befestigt hatte. »Und? Wie läuft's bei euch im Hotel? Hat sich Merle schon gut eingelebt?«

»Oh ja, absolut«, sagte Linna begeistert. »Sie ist eine riesige Hilfe, Asti. Deine Nichte bringt so viel Energie und

Ideen mit, dass Jule und ich uns sicher sind: Wir wollen ihr auf jeden Fall einen Ausbildungsvertrag anbieten.«

Astrids Augen leuchteten voller Stolz. »Das freut mich so sehr, das kannst du dir gar nicht vorstellen! Merle ist ein tolles Mädchen! Es wäre wirklich jammerschade gewesen, wenn sie in dem Fischrestaurant hängen geblieben wäre. Sie ist nämlich sehr loyal, musst du wissen. Aber nun hat sie einen Ausbildungsvertrag bei euch in der Tasche oder so gut wie. Ach, was freue ich mich!«

»Ja, und wir freuen uns ebenso«, bestätigte Linna. »Gestern hat sie uns sogar eine Sache vorgeschlagen: einen mobilen Foodtruck, der einen Teil unserer Gerichte direkt an den Strand bringt. Jule und ich fanden das ziemlich spannend. Wir müssten nur schauen, woher wir dafür das benötigte Personal bekommen.«

»Das klingt ganz nach Merle.« Astrid lachte. »Immer ein bisschen kreativer als andere und voller Tatendrang obendrein. Ich bin wirklich froh, dass sie bei euch gut aufgehoben ist.«

Linna lächelte, fühlte aber, wie ihre Gedanken zu einem anderen Thema wanderten. »Ich habe übrigens Jörn am Strand getroffen«, begann sie zögerlich. »Er wusste nichts davon, dass das alte Fischerhaus renoviert wird. Nik hat ihm nicht erzählt, dass er es verkaufen wollte.«

Astrid runzelte die Stirn. »Und? Was denkt Jörn darüber?«

»Er meint, es könnte sein, dass Nik vorhat, ganz in Kanada zu bleiben«, sagte Linna leise.

Astrid winkte sofort ab. »Ach, das glaube ich nicht! Ich kenne Nik. Er hat vielleicht manchmal verrückte Ideen, aber ich bin mir sicher, dass er Himmelsee nie für immer aufgeben würde. Erinnerst du dich noch an das Jahr in der Oberstufe, als er in Florida war? Damals hat er dir doch diese Briefe geschrieben, in denen er behauptete, nie wieder zurückkommen zu wollen. Und nach ein paar Monaten war er heilfroh, wieder hier zu sein.«

Linna zögerte, dann schüttelte sie den Kopf. »Das war damals, Asti. Als Anika noch gelebt hat, da war alles anders. Heute ist …« Sie brach ab, weil sie den Gedanken nicht laut aussprechen wollte.

Astrid nickte schweigend und legte ihr kurz die Hand auf die Schulter.

In diesem Moment kam Linnas Mutter auf sie zu. Mit einem freudigen Gesichtsausdruck trug sie den Einkaufskorb, als würde er nichts wiegen. »Da bist du ja, Linna! Ich habe mich wohl ein bisschen verquatscht, was?«

Linna nickte schmunzelnd. »Nur ein bisschen, Mama.«

Dann wandte sich ihre Mutter an Astrid. »Hallo, Astrid! Ich brauche dringend Nachschub für meinen Lesestoff. Können Sie mir ein paar spannende Bücher empfehlen?«

Astrid lachte. »Aber natürlich, Frau Franke. Kommen Sie nur rein, ich habe da genau das Richtige für Sie.«

Linna folgte ihnen in den Laden. Sie besah mit ihrer Mutter ein paar Bücher, die ihre Freundin ihr empfahl. Doch ihre Gedanken kehrten immer wieder zu Nik und dem Fischerhaus zurück. Dass Nik Himmelsee vielleicht nie mehr betreten würde, ließ sie einfach nicht los.

Die Nachmittagssonne fiel in schrägen Strahlen durch die kleinen Dachbodenfenster, als Linna vorsichtig die knarrende Holztreppe hinaufstieg. Der vertraute Geruch von altem Holz und eingelagerten Erinnerungen empfing sie, dazu kam ein Hauch von Staub, der bei jedem ihrer Schritte in der Luft wirbelte. Es war viele Jahre her, dass sie das letzte Mal hier oben gewesen war.

Linna hatte kaum darüber nachgedacht, was aus ihren alten Sachen geworden war, seit sie damals ausgezogen war. Doch Astrids Bemerkung über die Briefe, die Nik ihr einst aus Florida geschrieben hatte, hatte etwas in ihr wach gerüttelt. Die Erinnerung an seine Worte war etwas verblasst, aber sie war sich sicher, dass sie seine Briefe nie weggeworfen hatte. Vielleicht schlummerten sie irgendwo hier oben, in einer der vielen Kisten, die über die Jahre vergessen worden waren.

»Deine Sachen müssten alle auf dem Dachboden sein«, hatte ihre Mutter gesagt, als Linna sie danach gefragt hatte. »Ich habe sie nicht angerührt, Papa auch nicht. Es sind ein paar Kisten von dir oben, ziemlich weit hinten, glaube ich.«

Mit einem tiefen Atemzug machte Linna sich an die Arbeit. Sie schob eine alte Stehlampe beiseite und kramte in Kartons, die mit »Weihnachtsdeko« und »Küchenutensilien« beschriftet waren. Schließlich entdeckte sie eine Reihe unbeschrifteter Kisten, die rein von der Optik noch aus ihrer Schulzeit stammen mussten.

Einen Deckel nach dem anderen hob sie hoch, und ihre Vergangenheit entfaltete sich vor ihr wie ein längst vergessenes Buch. Ein altes Tagebuch mit einem zerfledderten Einband, Fotos von Klassenfahrten, selbst gebrannte CDs, ein verstaubtes Notizbuch mit unfertigen Skizzen – alles kleine Fragmente ihres früheren Lebens, das sich gleichzeitig vertraut und doch so fern anfühlte.

Und dann, ganz unten in einer der Kisten, fand sie sie: ein Bündel Briefe, sorgfältig von einer Schnur zusammengehalten. Die Umschläge waren leicht vergilbt, aber sie erkannte sofort Niks Handschrift auf den Kuverts.

Linna setzte sich auf eine alte Holzkiste und löste vorsichtig die Schnur. Ihre Finger zitterten leicht, als sie den ersten Umschlag öffnete. Der Brief war datiert auf einen Tag im Herbst vor so vielen Jahren. Sie atmete tief ein und begann zu lesen:

Liebe Linna,

Florida ist der Hit, aber irgendwie auch nicht. Du weißt, was ich meine, oder? Alles hier scheint so perfekt zu sein – die Strände, die Sonne, die Leute. Aber manchmal ist Perfektion einfach nur noch nervig. Ich vermisse Himmelsee.

Ich denke oft an das Fischerhaus von meinem Opa Udo. Er sagt, dass er es gerne noch einmal renovieren will, und falls er es nicht mehr schafft, soll ich es später für ihn tun. Das habe ich ihm auch versprochen. Ich weiß, es klingt verrückt, aber ich habe diese genaue Vorstellung von dem, was ich daraus machen könnte. Stell dir vor: ein Zuhause, das ganz aus Holz und aus einer großen Glasfront besteht, durch die man den

Himmelsee-Strom und die Kraniche sehen kann. Ich würde den alten Bootssteg reparieren, vielleicht sogar ein kleines Segelboot kaufen. Die Überdachung der Veranda gehört ganz erneuert.

Das Haus könnte ein Ort sein, der nicht nur mir gehört, sondern uns allen. Ein Ort, an dem wir zusammenkommen können, wo wir unser Ding machen können und nur das Wasser und die Vögel uns Gesellschaft leisten.

Vielleicht ist das naiv, aber ich glaube, dass Träume uns zeigen, wohin wir gehören. Und egal, wo ich gerade bin, Linna – ich glaube, mein Herz gehört einfach nach Himmelsee.

Ich hoffe, du glaubst das auch.

Dein Nik

PS: Vergiss einfach, was ich am Anfang über Florida geschrieben habe. Ich kann keine frittierten Garnelen mehr riechen.

Linna ließ den Brief sinken und spürte, wie ihre Kehle sich zuschnürte. Sie hatte vergessen, wie intensiv Niks Worte sein konnten, wie ehrlich und ungeschönt er seine Gedanken mit ihr geteilt hatte. Das Fischerhaus war nicht nur ein Projekt für ihn gewesen – es war ein Symbol für seine Verbindung zu seinem Opa und zu Himmelsee. Und, auf eine gewisse Weise, auch zu ihr.

Seine Worte »mein Herz gehört nach Himmelsee« hallten in ihr nach. War das noch wahr? Oder hatte Nik den

Traum tatsächlich aufgegeben? Vielleicht wusste er ja gar nicht, dass jemand das Fischerhaus übernommen hatte? Hatten seine Eltern es womöglich zum Verkauf freigegeben? Soweit sie sich erinnerte, war das Erbe von Niks Opa damals an seine Mutter gegangen ... Ganz sicher war sie nicht.

Linna legte den Brief behutsam zurück in den Umschlag und starrte eine Weile auf die Kiste vor sich. Die Sonne war inzwischen weitergewandert, sodass der Dachboden nun teilweise im Schatten lag.

Der Brief versetzte sie in einen Zwiespalt. Theoretisch könnte sie Nik schreiben, ihn fragen, ob er wisse, was mit dem Fischerhaus geschehe – Jörn würde ihr garantiert seine Handynummer geben, wenn sie danach fragte. Doch was, wenn er ihr nicht antwortete? Oder wenn er tatsächlich beschlossen hatte, Himmelsee für immer hinter sich zu lassen? Dann würde er ihr erst recht nicht antworten.

Ihre Gedanken überschlugen sich, während sie die restlichen Briefe vorsichtig in die Kiste zurücklegte. Eine innere Unruhe erfasste sie. Vielleicht war es doch Zeit, letztlich Antworten zu finden.

Als sie den Deckel der Kiste schloss, war sie sich noch nicht darüber im Klaren, was sie tun würde. Eines wusste sie jedoch: Niks Worte, mochten sie vor noch so vielen Jahren geschrieben worden sein, hatten etwas in ihr in Bewegung gebracht, das sie nun nicht mehr ignorieren konnte.

Kapitel 16

»Linna! Moment mal!«

Sie wollte gerade durch die Lobby gehen, die Sportschuhe fest geschnürt und die Kopfhörer in der Hand, als Jule hinter der Rezeption hervortrat.

»Ja?« Linna blieb stehen und drehte sich zu ihrer Schwester.

»Hast du eine Minute?«

Ihr entfuhr ein leises Seufzen. »Jule, ich wollte gerade los. Was ist denn noch?«

Jule schob sich eine Strähne aus dem Gesicht und hielt einen kleinen Notizblock hoch. »Ich brauche noch deine Meinung. Die Anfrage für die Familienfeier nächste Woche – sollen wir das Frühstücksbüfett draußen auf der Terrasse machen oder doch lieber im Wintergarten? Die Gäste sind da ein bisschen unschlüssig.«

Linna runzelte die Stirn. »Draußen ist es schöner, wenn das Wetter mitspielt. Aber ehrlich gesagt, ich denke, wir sollten flexibel bleiben. Sag ihnen doch, dass wir es spontan entscheiden können, je nachdem, wie die Witterung ist.«

Jule nickte, aber ein leicht nachdenklicher Ausdruck trat auf ihr Gesicht. »Du hast recht, das klingt vernünftig. Ich wollte bloß sicherstellen, dass wir nichts übersehen. Manchmal ist es schwer, sich in den Vorstellungen der Gäste zurechtzufinden, vor allem bei so einer besonderen Feier. Danke dir!«

Linna lächelte ihr zu. »Gern geschehen.«

»Und …« Sie musterte Linna und grinste. »Gehst du wieder auf die Laufstrecke?«

Linna nickte. »Ja, ich brauche dringend etwas Bewegung, um das Hotel aus meinem Kopf zu bekommen.« Sie zwinkerte ihr zu.

»Na, dann viel Spaß dabei.« Jule hob den Notizblock zum Abschied und verschwand wieder hinter die Rezeption.

Linna steckte sich einen Stöpsel ins Ohr und zog ihr Laufshirt noch einmal glatt, dann atmete sie tief durch und trat aus der Eingangstür des Hotels *Kranichglück*.

Der Abend war angenehm mild, die Luft roch nach Salz, und ein Hauch von Kiefernharz schwebte in der Brise, die vom Wald herüberwehte. Der Tag war anstrengend gewesen, aber sie freute sich nun auf ihren Lauf. Sie hatte es sich in den letzten Tagen angewöhnt, laufen zu gehen, während Miko noch eine Runde Kniffeln spielen durfte mit ihrem Vater. Es war ein Zeitfenster nur für sie, um die vielen Gedanken, die in ihrem Kopf herumspukten, in der rhythmischen Bewegung hinter sich zu lassen.

Als sie den gewohnten Weg entlangging, fiel ihr Blick auf Frau Beckmann. Mit einem kleinen Rollkoffer in der Hand schritt diese auf ein Auto zu, das am Rand der Auffahrt parkte. Linna zögerte kurz. Frau Beckmann sah – zu Linnas Überraschung – ungewohnt entspannt aus. Ihre Schultern hatten sonst stets etwas verspannt gewirkt, jetzt wirkte sie gelöster. »Guten Abend, Frau Beckmann! Reisen Sie ab?«

»Ah, Frau Franke! Ja, in der Tat«, rief sie ihr lächelnd entgegen und blieb stehen. »Ich sehe, das Lauf-Fieber hat Sie jetzt auch gepackt!«

Linna grinste und nickte. »Ja, irgendwie schon. Es tut mir gut. Und ich muss sagen, Sie haben mich auch ein bisschen dazu inspiriert.«

Frau Beckmann lachte leise. »Das höre ich gern. Bewegung hilft – nicht nur dem Körper, sondern auch dem Geist und der Seele.«

Linna fiel auf, wie gelassen sie klang. »Es scheint, als würde es Ihnen besser gehen. Sie wirken irgendwie … verändert, viel positiver als noch vor Kurzem.«

Frau Beckmann nickte und ließ den Griff ihres Rollkoffers los, um sich ganz Linna zuzuwenden. »Das stimmt. Ich habe in den letzten Tagen viel nachgedacht. Und dann habe ich mich durchgerungen, endlich mit meinem Mann zu sprechen. Über den Gentest und … alles andere auch.«

»Oh!« Linna spürte, dass ihr kurz der Mund offen stehen blieb. Das war unerwartet. »Und? Wie hat Ihr Mann reagiert? Wenn ich das fragen darf …«

»Aber natürlich.« Ein sanftes Lächeln legte sich auf ihr Gesicht. »Er hat ganz anders reagiert, als ich befürchtet hatte. Viel besser. Er hat mich umarmt und gesagt, dass er es die ganze Zeit schon vermutet hatte – dass Clara vielleicht nicht seine leibliche Tochter ist.«

»Das hat er wirklich gesagt?« Linna konnte die Überraschung in ihrer Stimme nicht verbergen.

Frau Beckmann nickte. »Ja. Er meinte, es hätte für ihn nie einen Unterschied gemacht. Er liebt Clara, egal, ob sie seine leibliche Tochter ist oder eben nicht. Und das Wichtigste für ihn ist, dass sie gesund ist. Als ich ihm erzählt habe, dass ihr Gentest unauffällig war, war er so erleichtert. Und ich … ich war es auch.«

Linna lächelte. Sie konnte sich gut vorstellen, wie schwer es Frau Beckmann gefallen sein musste, das Gespräch mit ihrem Mann zu führen. »Das muss wirklich eine große Entlastung für Sie gewesen sein.«

»Das ist es. Vor allem hat es mir gezeigt, wie sehr ich ihn unterschätzt habe. Ich hätte ihm schon viel früher vertrauen sollen.« Sie seufzte und fuhr fort: »Ich habe mir vorgenommen, nie wieder Geheimnisse vor ihm zu haben. Diese Sache hat mir vor Augen geführt, dass Offenheit manchmal der einzige Weg ist, wirklich frei zu sein.«

Linna nickte langsam, während sie die Worte auf sich wirken ließ. »Das klingt sowohl nach einem guten Vorsatz als auch nach einer wahren Erkenntnis.«

Frau Beckmann hob wieder den Griff ihres Rollkoffers und schaute Linna noch einmal an. »Genießen Sie Ihren Lauf, Frau Franke. Ich hoffe, er bringt Ihnen ebenso viel Klarheit wie mir.«

»Danke, Frau Beckmann«, antwortete Linna. »Und ich wünsche Ihnen eine gute Reise – wo auch immer Sie hinfahren.«

Frau Beckmann nickte dankend. »Wir fahren nun endlich nach Hause – alle zusammen.« Sie ging wenige Schritte, öffnete den Kofferraum, um ihr Gepäck zu verstauen, und wandte sich Linna ein letztes Mal zu. »Vielleicht bis nächstes Jahr zum Marathon. Ich hoffe, dann laufen Sie auch mit!«

»Mal sehen!«, rief Linna und hob die Hand für einen Abschiedsgruß. Dann atmete sie einmal tief ein und machte sich auf den Weg zu ihrer Laufstrecke. Frau Beckmanns Worte wollte sie sich merken. Manchmal brauchte es Mut, um die Wahrheit auszusprechen – und dieser Mut wurde oft belohnt.

Das Abendlicht legte sich wie ein zarter Schleier aus Bernstein über die Boddenlandschaft, ließ das Schilfrohr am Himmelsee-Strom in warmen Tönen leuchten und tauchte den Himmel in Pastellfarben. Die tief stehende Sonne malte goldene Reflexe auf die leicht gekräuselte Wasseroberfläche.

Vor Linna schlängelte sich der schmale Weg entlang des Ufers, flankiert von vereinzelten Bäumen. Auf dem Wasser zog das Ausflugsschiff *Störtebeker* seine Runden, seine Silhouette von der untergehenden Sonne golden eingefärbt. Auf dem Deck konnte Linna Menschen sehen, die lachend und fotografierend an der Reling standen.

Sie zog einen ihrer Ohrstöpsel heraus und konnte das leise tuckernde Geräusch des Schiffsmotors hören, das sich mit dem Rufen der Möwen, die in der Ferne kreisten, vermischte.

Linna ließ die friedliche Szenerie auf sich wirken und spürte, wie ihr Atem und ihre Gedanken allmählich ruhiger wurden. Der Alltag im Hotel, die Herausforderungen mit Miko und die Fragen, die sie in letzter Zeit beschäftigten, schienen mit jedem Schritt ein Stück weiter von ihr abzufallen.

Doch als sie das alte Fischerhaus in der Ferne erblickte, kehrte mit einem Schlag die Unruhe zurück. Der halb verfallene Bau, der direkt am Strom lag, hatte schon immer etwas Melancholisches ausgestrahlt. Es war ein Ort voller Erinnerungen, voller Geschichten – voll von Niks Geschichten.

Als sie näher kam, bemerkte sie wieder einen Lichtschein hinter einem der Fenster. Sie blieb stehen und starrte auf das Haus. Wer auch immer hier war, hatte sich offensichtlich häuslich niedergelassen. Doch wer konnte es sein?

Ein Impuls trieb sie voran. Mit klopfendem Herzen bog sie vom Weg ab und schlug den schmalen Pfad zum Fischerhaus ein. Die Abendsonne hatte sich inzwischen fast hinter den Horizont zurückgezogen, und das Haus lag halb im Schatten, halb im warmen Glühen des letzten Tageslichts.

Je näher sie kam, desto deutlicher konnte sie Klopfgeräusche vernehmen, sie hörte ein rhythmisches Hämmern, das von Handwerkerarbeiten zeugte. Als sie schließlich die Veranda erreichte, blieb sie abrupt stehen.

Vor ihr hing ein Windspiel, dessen Anblick sie wie ein Schlag traf. Es bestand aus verschiedenen Holzstücken, die leise im Wind klangen. Doch in der Mitte des Windspiels war eine hölzerne Figur eingearbeitet – ein Kranich, fein geschnitzt, mit weit ausgebreiteten Flügeln.

Linna stockte der Atem. Es war genauso ein Kranich wie der auf Anikas Grab. Ihre Hände zitterten, als sie ihn betrachtete, und ihr Herz raste. Konnte es wirklich sein? War Nik zurückgekehrt? Gerade als sie sich zu sammeln versuchte, wurde die Tür des Fischerhauses geöffnet.

Dort stand er. Nik.

Er hatte sich optisch verändert, und doch war er es, unverkennbar. Sein blondes Haar war länger, fast schulterlang, und fiel ihm in leichten Wellen ins Gesicht, das von einem markanten Bart umrahmt wurde. Sein Kiefer war kantig, die Wangenknochen hoch und ausgeprägt, und in seinen eisblauen Augen lag ein Ausdruck, der gleichzeitig Härte und Wärme ausstrahlte. Seine breite Statur und die muskulösen Schultern zeugten davon, dass er körperlich hart arbeitete, und seine abgenutzte Handwerkermontur – eine Jeans mit Farbflecken, ein graues T-Shirt und eine Lederweste, die ihm einen rebellischen Touch verlieh – unterstrich diesen Eindruck. Auf seinen Unterarmen zogen sich dunkle Tätowierungen entlang der Sehnen, Linna konnte die Motive nicht im Detail erkennen, sie wirkten kantig und wild. Der Farbkontrast zu seiner sonnengebräunten Haut ließ die Tattoos noch markanter erscheinen. Auch unter den Ärmeln des T-Shirts blitzte eine Tätowierung hervor. Zeichen einer Vergangenheit, über die er vermutlich nicht viel sprach – so schätzte Linna ihn jedenfalls ein.

In seiner rechten Hand hielt er einen Hammer, während seine linke am Türrahmen ruhte. »Linna?« Seine Stimme war tiefer als in ihrer Erinnerung, rauer. Er klang wie ein Mann, der mehr erlebt hatte, als er erzählen würde.

»Nik.« Sein Name auf ihren Lippen klang fremd. Sie schluckte und versuchte, die Flut an Gefühlen zu ordnen, die sie überkam.

»Was … machst du hier?«, fragte er schließlich und ließ den Hammer sinken.

»Ich könnte dich dasselbe fragen«, erwiderte Linna mit schwacher Stimme.

Nik lächelte, es war ein schiefes, fast unsicheres Lächeln, das sie an früher erinnerte. »Na ja, ich bin zurück«, sprach er das Offensichtliche aus.

»Seit wann?«

Er zog eine Schulter hoch. »Eine Weile.«

»Jörn hat mir nichts gesagt …«

»Jörn …« Er schüttelte den Kopf. »Ich wollte erst in Ruhe ankommen, bevor ich mich bei allen melde.«

Sie zog die Brauen hoch. »Niemand weiß, dass du hier bist?«

»Jetzt schon.« Er blickte ihr direkt in die Augen.

Linna sah ihn an, und ein Teil von ihr wollte einfach davonlaufen. Der andere Teil hielt sie zurück. Sie wollte endlich Antworten. »Renovierst du das Haus deines Opas?«

Nik nickte. »Es wird Zeit, dass es wieder ein richtiges Zuhause wird.« Er legte den Kopf schräg. »Aber was machst du in Himmelsee?«

»Meine Mutter war ziemlich krank. Ich bin mit meinem Sohn hier und helfe im Hotel aus.«

»Und dein Mann?«, fragte Nik zögernd.

Linna schüttelte den Kopf. »Es gibt keinen Ehemann.«

Nik nickte wieder langsam, seine Augen suchten ihren Blick. Dann sagte er: »Es wird ein bisschen kühl hier draußen. Willst du sehen, was ich bisher geschafft habe?«

Linna zögerte, doch dann nickte sie. »Ja, gerne.«

Er trat zur Seite und ließ sie herein. Das alte Fischerhaus, das ihr einst so vertraut gewesen war, hatte sich verändert. Und doch war es, als würde sie ein Stück Vergangenheit betreten, das nun mit der Gegenwart verschmolz.

Kapitel 17

Nik führte Linna durch das Fischerhaus, dessen alte Balken und knarrende Dielen noch immer den Charme vergangener Zeiten ausstrahlten. Doch es war deutlich zu erkennen, wie viel Arbeit Nik bereits in die Renovierung gesteckt hatte.

In der kleinen Küche, die jetzt in warmen Creme- und Holztönen erstrahlte, erklärte er: »Ich habe die alten Schränke aufgearbeitet. Sie waren voller Termitenlöcher, aber zu schade zum Wegwerfen.« Er klopfte auf eine robuste Holzplatte, die den kleinen Raum fast vollständig beherrschte. »Und die Arbeitsplatte hier habe ich aus alten Bohlen vom Bootssteg gemacht.«

Linna fuhr mit den Fingern über das glatte Holz und ahnte, mit wie viel Mühe und Sorgfalt Nik es aufgearbeitet hatte. Dann gingen sie einige Schritte weiter in den Wohnbereich.

Der Geruch von frischem Holz und die Wärme des kleinen Raumes schufen eine Behaglichkeit, die Linna sofort einfing.

Im Wohnzimmer stand ein alter Kamin. »Schau, den habe ich komplett neu verkleidet«, erklärte Nik und begann dann, ein kleines Feuer darin zu entfachen. »Er funktioniert jetzt wieder. Im Winter wird es hier richtig gemütlich.«

Linna beobachtete, wie die Flammen aufloderten und bald ein tanzendes Licht in den Raum warfen.

»Setz dich doch«, bot er an und deutete auf ein einfaches Sofa, über das weiche karierte Decken gelegt worden waren. »Ich mach uns einen Kaffee.«

»Gern.« Linna ließ sich nieder, während Nik mit ruhigen, geübten Bewegungen Wasser in einen Kessel füllte und es aufkochte. Er griff nach einem altmodischen Kaffeefilter und brühte den Kaffee von Hand auf.

»Hier«, sagte er und reichte Linna schließlich eine Tasse.

Sie nahm sie dankend entgegen, ihre Finger genossen die Wärme des Porzellans. Einen Moment lang sagte niemand von ihnen ein Wort. Das Knistern des Feuers und das leise Ticken einer Wanduhr waren die einzigen Geräusche im Raum.

Irgendwann konnte sie die drängenden Fragen nicht mehr zurückhalten. »Nik …«, setzte sie zögerlich an. »Hast du den Kranich auf Anikas Grab gelegt?«

Ein Schatten zog über sein Gesicht, und sein Blick wurde leer. Langsam nickte er. »Ja«, antwortete er fast tonlos. »Es war mein Geschenk an sie. Ich …« Er räusperte sich, als kämpfte er mit den Worten. »Ich habe ihr am Grab gesagt, dass ich wieder da bin. Und dass ich bleibe.«

Linna spürte, wie sich ihr Herzschlag beschleunigte. Sie selbst hatte ja genauso das Bedürfnis verspürt, zu Anika zu gehen. »Sie hat dir viel bedeutet, oder?«, fragte sie und ärgerte sich im selben Moment über die Frage. Anika war seine Schwester, sie wusste, wie wichtig sie ihm war – gewesen war.

»Alles. Mehr, als ich es je in Worte fassen könnte«, antwortete Nik mit rauer Stimme. »Wir haben früher so oft über das Fischerhaus gesprochen, weißt du? Sie hatte so viele Ideen, wie man es umgestalten könnte.«

Er stand auf und ging zum Schrank an der seitlichen Wand. Mit Bedacht holte er eine große Skizze hervor, die er auf dem Tisch vor Linna ausrollte. Die Linien waren mit zarten Bleistiftstrichen gezeichnet, hier und da ergänzt mit Notizen in Anikas schwungvoller Handschrift. »Das haben wir zusammen skizziert.«

Linna beugte sich vor und betrachtete die Zeichnung. »Das ist beeindruckend«, sagte sie leise. »Davon hat sie mir nie etwas erzählt.«

Nik lächelte bitter. »Das war doch typisch für sie, oder? Sie hat nie viel Aufhebens um ihre Träume gemacht. Ich wusste, wie viel ihr das hier bedeutete. Und es ist auch das, was mein Opa sich immer gewünscht hat. Ich habe erkannt, dass ich es beiden schulde, dieses Haus wieder in einen bewohnbaren Zustand zu versetzen.«

Linna betrachtete Niks Gesicht im flackernden Licht des Kamins. Der Ausdruck in seinen Augen verriet Entschlossenheit, aber auch Schmerz erkannte sie darin. Sie konnte es so gut verstehen, weil sie sich mit ähnlichen Gefühlen trug. Andererseits spürte sie auch, dass es nicht dasselbe war, bei Nik schien alles viel klarer zu sein als bei ihr. Zum Beispiel ließ er nicht den geringsten Zweifel daran zu, dass er tatsächlich bleiben würde.

Eine unerwartete Erleichterung breitete sich in ihr aus. Und damit noch etwas anderes, ein Gefühl, das sie jahrelang tief in sich vergraben hatte. Nun loderte es wieder wie ein wildes Feuer, heiß und unkontrollierbar. All die alten Gefühle, die sie so lange unterdrückt hatte, waren plötzlich wieder da, so lebendig und kraftvoll wie eh und je. Linna stockte der Atem.

Nik sah sie an, sein Blick suchte den ihren, als entginge ihm die Veränderung in ihr nicht.

Bevor einer von ihnen etwas dazu sagen konnte, nahm Linna einen Schluck aus ihrer Tasse und blickte wieder auf die Skizze. »Das hier«, sagte sie leise, »wird ein wunderschönes Zuhause.«

Nik nickte nur, sein Blick ruhte noch immer auf ihr.

Nik hatte ihr noch von einigen Erlebnissen in Kanada erzählt, bevor sie sich verabschiedet hatten. Kaum hatte Linna das alte Fischerhaus verlassen, griff sie nach ihrem Handy und tippte eine Nachricht an Astrid.

Asti!
Nik ist zurück!!! Ich war gerade bei ihm im Fischerhaus. Kann ich zu dir kommen?
Linna

Die Antwort ihrer Freundin kam fast augenblicklich.

Klar, komm rum. Bin auf der Terrasse. Dünenweg 7.
Asti

Linna war sich bewusst, dass Miko und ihre Eltern im Hotel bestimmt schon auf sie warteten. Da die Zeit mittlerweile schon etwas fortgeschritten war, schrieb sie ihrem Vater eine kurze Nachricht.

Hallo, Papa!
Ich gehe noch kurz bei Astrid vorbei. Miko darf so lange aufbleiben, bis ich wieder da bin. ☺ Bis später!
Linna

Sie steckte das Handy wieder ein und beeilte sich, zu ihrer Freundin zu kommen.

Nicht viel später saß Linna dann mit Astrid auf der gemütlichen Terrasse ihrer kleinen Haushälfte. Die Luft roch nach Sommerabend, ein zarter Wind strich durch die Blätter der Obstbäume. Linna lauschte auf das leise Klirren von Eiswürfeln in dem Glas hausgemachter Zitronenlimonade, das Astrid ihr eingeschenkt hatte.

»Also?« Astrid blickte Linna erwartungsvoll an, die nervös an ihrem Glas nippte. »Erzähl mir alles.«

Linna atmete tief durch. »Er ist tatsächlich zurück, Asti. Er renoviert das Fischerhaus. Hat schon einiges geschafft – es sieht wirklich schön aus. Und …« Sie zögerte. »Es scheint, als würde er wirklich in Himmelsee bleiben wollen.«

Astrid verzog ihren Mund. »Bleiben?« Ihre Skepsis war nicht zu überhören. »Ob das eine verlässliche Aussage von ihm ist?«

»Ja.« Linna erzählte von dem Kranich-Windspiel und vom Versprechen, das er seinem Opa und auch Anika gegeben hatte. Sie beschrieb, wie er ihr das Haus gezeigt hatte, die Skizzen, die er und Anika damals zusammen entworfen hatten, und dass er sich entschlossen hatte, den Traum seines Großvaters und seiner Schwester zu erfüllen.

Astrid hörte aufmerksam zu, aber je länger Linna sprach, desto tiefer wurde die Falte auf ihrer Stirn. Als Linna geendet hatte, nahm Astrid einen Schluck aus ihrem Glas und lehnte sich zurück. »Ich weiß, wie viel dir das alles bedeutet, Linna«, sagte sie ruhig. »Aber ich muss ehrlich zu dir sein. In meinen Ohren klingt es wie das alte Spiel in einer neuen Verpackung.«

»Was meinst du damit?« Linna sah ihre Freundin fragend an.

Seufzend zuckte Astrid die Schulter. »Nik taucht plötzlich auf, macht große Pläne, spielt den charmanten Heimkehrer … und dann? Was passiert, wenn er sich wieder überfordert fühlt oder das Leben in Himmelsee ihm zu eng wird? Er hat dein Herz schon einmal gebrochen, Linna. Warum sollte es diesmal anders sein?«

Linna wollte schon widersprechen, doch Astrid fuhr unbeirrt fort: »Und was ist mit Jörn? Glaubst du, er hat nicht gemerkt, dass er trotz der langen Zeit mehr für dich empfindet, als er zugeben will? Und jetzt, wo Nik wieder da ist, stehst du zwischen den beiden – mal wieder.«

Linna fühlte sich unbehaglich. »Es ist viel Zeit vergangen. Und es gibt immer noch Ilja«, versuchte sie sich wenig überzeugend zu verteidigen.

»Wo ist Ilja denn?«, fragte Astrid.

Linna seufzte. »Ich weiß, dass das alles ein wenig kompliziert ist, aber …«

»Aber?« Astrid sah sie ernst an. »Linna, ich sag dir das nur, weil ich deine Freundin bin. Ich will nicht, dass du wieder verletzt wirst. Und ich will auch nicht, dass du Jörns Herz brichst, ohne es zu merken. Du musst dir darüber klar werden, was du willst – und was du bereit bist, zu riskieren. Du kannst nicht auf mehreren Hochzeiten gleichzeitig tanzen.«

Linna starrte in ihr Glas und versuchte, eine Antwort auf die Frage zu finden. »Ach, ich weiß es doch auch nicht, Asti. Ich weiß einfach nicht, was ich tun soll. Als ich Nik heute gesehen habe … Es war, als wäre alles wieder da – wie früher. Diese Gefühle, die ich so lange verdrängt habe … Aber natürlich hast du auch recht – und ich habe auch Angst.«

Astrid legte ihr eine Hand auf den Arm. »Es ist okay, Angst zu haben. Geh nur bitte diesmal mit offenen Augen an die Sache ran, ja? Du bist nicht mehr das Mädchen von damals. Du bist eine gestandene Frau mit einem tollen Kind. Du verdienst endlich jemanden, auf den du dich absolut verlassen kannst, und keinen, der dir ständig den Boden unter den Füßen wegzieht.«

Linna nickte langsam und schaute ihrer Freundin in die Augen. »Danke, Asti.«

»Wofür?«

»Dass du so gnadenlos ehrlich zu mir bist.«

Astrid lächelte schwach. »Das bin ich immer. Auch wenn du mich manchmal dafür hasst.«

Beide lachten leise, doch die Leichtigkeit kehrte nicht zurück. Natürlich wusste Linna, dass jedes Wort ihrer Freundin wahr war. Dennoch war es ihr ein Rätsel, wie sie sich aus dem emotionalen Knäuel befreien sollte.

Kapitel 18

Die Morgendämmerung lag noch über Himmelsee, als Linna über die stillen Hotelflure huschte und sich im Gehen eine Schürze umband.

In der Hotelküche trank der Küchenchef gerade seinen frisch gebrühten Morgenkaffee. »Moin!«, begrüßte er sie knapp, ohne weitere Fragen zu ihrem frühzeitigen Erscheinen zu stellen.

Linna erwiderte den Gruß und schaltete das kleine Digitalradio ein, aus dem die Melodie eines Schlagers aus den Achtzigerjahren erklang. Trotz der noch sehr frühen Stunde war sie schon seit einer Weile wach. Die halbe Nacht hatte sie sich unruhig im Bett hin und her geworfen, bis sie schließlich doch noch kurz eingeschlafen war, nur um danach zu beschließen, aufzustehen und sich nützlich zu machen.

Mit routinierten Handgriffen richtete sie das Frühstücksbüfett her. Die Brotkörbe füllte sie mit duftenden Brötchen und Croissants, arrangierte Aufschnittplatten und stellte kleine Schalen mit Marmelade auf die lange Holztheke im Speisesaal.

Die angenehme Stille um sich herum half ihr kaum, sich von den quälenden Gedanken abzulenken. Immer wieder tauchte Niks Gesicht vor ihrem inneren Auge auf, sein ernsthafter Blick, der von einer schweren Last erzählte, die er allein trug.

Linna seufzte leise und wischte mit einem feuchten Tuch die Durchreiche sauber. Ungewollt hatte sie sich in einen Zwiespalt manövriert, aus dem sie keinen Ausweg sah.

»Nanu! Du bist aber früh dran heute.«

Erschrocken fuhr sie zusammen. Jule war in die Küche gekommen, noch mit verschlafenem Blick, aber wie gewohnt perfekt frisiert und gekleidet. Sie goss sich eine Tasse Kaffee ein.

»Ach, ich konnte nicht schlafen«, antwortete Linna und legte ein Lächeln auf, das ihre innere Zerrissenheit offenbar nicht ganz verbergen konnte.

Jule musterte sie argwöhnisch, bevor sie sich auf einen der Küchenhocker setzte. »Du hast ganz dunkle Augenringe, als hättest du letzte Nacht durchgemacht. Geht es dir gut?«

Linna druckste zunächst noch herum, dann beschloss sie, ihrer Schwester anzuvertrauen, was sie belastete. »Nik ist wieder da.«

Jule stockte mitten in der Bewegung, ihre Tasse auf halbem Weg zu den Lippen. »Was? Nik? In Himmelsee? Seit wann das denn?«

»Seit ein paar Tagen, schätze ich«, sagte Linna und hob ein Tablett voller Schälchen mit frischem Obst hoch, um es zum Frühstückbüfett zu tragen. Jule folgte ihr. »Ich habe ihn am alten Fischerhaus gesehen, als ich gestern joggen war.«

»Das ist ja unglaublich!« Jule stellte ihre Kaffeetasse ab und half Linna dabei, die Obstschalen auf einem Tisch im Speisesaal zu arrangieren. »Hat er Jörn und seinen Eltern wenigstens Bescheid gesagt?«

Sie schüttelte den Kopf. »Nein. Niemand weiß, dass er wieder da ist. Er wollte zunächst zur Ruhe kommen, bevor er es seiner Familie oder jemand anders erzählt. Reiner Zufall, dass ich ihn zuerst entdeckt habe.«

»Das klingt original wie Nik«, kommentierte Jule trocken und griff wieder nach ihrer halb vollen Tasse. »Behält immer erst alles für sich. Das könnte ich mir bei uns zum Beispiel nie vorstellen. Mama und Papa würden eine Krise kriegen, wenn ich aus Kanada zurückkäme, dann wochenlang hier eigenbrötlerisch vor mich hin wurschtle und ihnen nicht gleich Bescheid sage, dass ich wieder da bin.«

»Ich weiß«, murmelte Linna. »Deshalb bin ich ja so hin- und hergerissen, was ich tun soll – oder eben besser lassen sollte. Natürlich hat Jörn ein Recht darauf zu erfahren, dass sein Bruder zurück ist. Auf der anderen Seite hat Nik genauso das Recht, selbst zu entscheiden, wann, wem und wie er seine Rückkehr mitteilt.«

Jule schwieg einen Moment stirnrunzelnd. »Das ist echt eine blöde Situation«, sagte sie schließlich. »Egal, was du machst, einer der Friedrich-Brüder wird am Ende enttäuscht sein.«

Linna nickte stumm.

Schließlich klopfte ihre Schwester mit der Hand auf die Theke. »Weißt du was? Das ist aber allein Niks Problem, nicht deins. Du hast doch auch so genug um die Ohren.

Zum Beispiel unsere Frühstücksgäste, die vermutlich bald hier reinmarschieren werden – zumindest die Frühaufsteher unter ihnen.«

Linna lächelte schwach. Es stimmte natürlich, was Jule sagte – zumindest für den Moment sollte sie das Thema ruhen lassen und sich auf die Arbeit konzentrieren.

»Apropos Frühaufsteher«, fuhr Jule fort, ihre Augen funkelten plötzlich. »Merle scheint jetzt auch Mama und Papa mit ihrer Foodtruck-Idee angesteckt zu haben.«

Sie zog überrascht die Augenbrauen hoch. »Tatsächlich?«

»Oh ja«, bekräftigte ihre Schwester grinsend. »Papa will sich sogar bei der Gemeinde nach einer Genehmigung erkundigen. Und er hat wohl einen alten Bekannten, der so einen Wagen verkaufen könnte, der sich dafür eignen würde.«

»Das klingt ja, als würde Merles Vorschlag wirklich langsam Gestalt annehmen.«

»Allerdings! Astrids Nichte bringt echt frischen Wind ins Hotel.« Jule nickte begeistert. »Ich glaube, wenn wir das durchziehen, könnte es am Ende richtig gut laufen. Und ehrlich, Linna, sie ist dank deiner Initiative im *Kranichglück* gelandet. Ich hätte nicht zu hoffen gewagt, dass so ein junges Mädchen so viel Potenzial mitbringt.«

Ein Hauch von Stolz ergriff sie, als sie zustimmte: »Sie hat wirklich ein gutes Gespür.«

»Das hat sie«, bekräftigte Jule und sprang vom Hocker. »So, jetzt aber genug von Nik und Foodtrucks. Lass uns den Rest vom Büfett schnell fertig machen.«

Energiegeladen arbeiteten sie weiter. Und eine Weile gelang es Linna dadurch, die innere Zerrissenheit zu vergessen. Auch wenn sie tief in sich spürte, dass die Sache mit Nik und Jörn sie so schnell nicht loslassen würde.

»Linna, gehst du zufällig heute noch in den Ort?«, rief ihre Mutter gegen Mittag, als Linna am Büro vorbeiging.

»Zufällig ja«, antwortete sie und spähte in den Raum.

Ihre Mutter saß in dem schweren Ledersessel mit einer Tasse Tee und einem Buch in der Hand. »Das trifft sich gut, du könntest mir vielleicht einen Gefallen tun.«

»Klar, Mama. Was denn?« Linna zog ihr Halstuch zurecht und ging zu ihr.

»Ich habe ein Paar Sommerschuhe, die ich schon längst zum Schuster gebracht haben wollte. Die Sohlen sind abgelaufen, aber die Schuhe sind viel zu schade zum Wegwerfen. Könntest du sie für mich abgeben?« Sie deutete mit einer Hand auf eine Papiertüte, die auf einem kleinen Tisch neben dem Fenster thronte.

»Kein Problem, ich nehme sie mit«, sagte Linna und griff nach der Tüte.

»Du bist ein Schatz.« Ihre Mutter lächelte dankbar. »Es sieht ein bisschen nach Regen aus, nimm lieber eine Regenjacke mit.«

Linna nickte. »Ich überlege, ob Miko schon zu Mittag gegessen hat.«

»Längst«, winkte ihre Mutter ab. »Zusammen mit deinem Vater. Spaghetti bolognese.« Sie zwinkerte ihr zu.

Linna musste lachen, war ihr doch die gemeinsame Vorliebe für Nudelgerichte bekannt. »Das hat Miko eindeutig von Papa.«

»Höchstwahrscheinlich«, stimmte ihre Mutter zu.

»Ich muss nur schauen, wo Miko gerade ist, bevor ich losgehe.«

»Mit Papa im Wintergarten. Bilderbücher gucken«, kam es sofort von ihrer Mutter.

Bevor Linna mit den Schuhen ihrer Mutter Richtung Marktplatz aufbrach, ging sie kurz in den Wintergarten, um sich zu verabschieden.

»Ich bin bald wieder da«, sagte sie und strich ihrem Sohn sanft über den Kopf, bevor sie sich auf den Weg machte.

Wenig später trat Linna hinaus in den frischen Wind. Die blaue Regenjacke hatte sie sich locker über einen Arm gelegt. Der Himmel war an diesem Sommertag von grauen Wolken verhangen, die bereits tief über Himmelsee hingen. Es roch sogar schon ein bisschen nach Regen, und die teils kräftigen Böen wirbelten die ersten Blätter über die Kopfsteinpflasterstraße.

Mit zügigen Schritten machte sie sich auf den Weg zum Marktplatz. Der Wind spielte mit ihrem Halstuch und ihrem Haar. Nachdem sie Kleinigkeiten in der Drogerie gekauft hatte, ging sie die wenigen Schritte weiter zum Schusterladen, der unweit von Astrids Buchladen und dem kleinen Kino *Seelicht* lag. Das vertraute Geräusch von hämmerndem Werkzeug empfing Linna, als sie eintrat.

»Ach, guten Tag, Frau Franke. Ich habe schon gehört, dass Sie wieder im Lande sind«, grüßte der ältere Schuster hinter der Theke freundlich.

»Hallo, Herr Meinhardt. Ja, am schönsten ist es doch zu Hause, oder wie sagt man?«, erwiderte Linna. Es war schön, den alten Mann wiederzusehen. Sie hatte schon früher Schuhe zum Reparieren hergebracht und freute sich darüber, dass er das Geschäft noch führte. »Ich habe ein Paar Schuhe von meiner Mutter mitgebracht. Beide brauchen neue Sohlen.«

»Selbstverständlich, lassen Sie mal sehen.« Er nahm die Tüte entgegen, begutachtete die Schuhe kurz und nickte schließlich. »Das sind schöne italienische Sandalen. Gut, dass Ihre Mutter sie nicht wegwirft, sie wären viel zu schade dafür.« Er lächelte sie an. »Die kriege ich wieder hin. Ich melde mich im Hotel, sobald sie fertig sind.«

»Vielen Dank«, sagte Linna lächelnd und verabschiedete sich.

Draußen wehte der Wind nun stärker, und erste Tropfen fielen auf den Asphalt. Linna zog die Regenjacke an und überquerte die Straße, um sich schnell auf den Rückweg zu begeben. Auf einmal hörte sie eine vertraute Stimme.

»Hallo, Linna!«

Sofort drehte sie sich um und sah Jörn, der unter dem Vordach eines Cafés stand. In der Hand hielt er eine Serviette mit einem Puddingplunder. Er schien sich zu freuen, sie wiederzusehen.

»Hey, Jörn!«, rief sie und ging zu ihm auf die andere Straßenseite. Sollte sie ihm von Nik erzählen? Gezwungen lächelte sie ihn an.

»Na, warst du einkaufen?«, fragte er mit Blick auf ihre Einkaufstüte.

»Ein bisschen. Ich brauchte etwas aus der Drogerie und

hab die Sandalen meiner Mutter zum Schuster gebracht.« Linna wusste, dass unweigerlich der Moment nahte, in dem sie ihm die Wahrheit sagen musste. Sie konnte es ihm nicht verschweigen.

»Hör mal, Jörn«, begann sie unsicher. »Ich glaube, ich muss dir etwas sagen.«

Er sah sie an, seine Stirn leicht gerunzelt. »Das klingt aber wichtig.«

»Nik ist wieder da«, sagte sie schnell, weil ihr keine gute Vorbereitung auf die Nachricht einfiel.

Jörn blieb für einen Moment still, seine Miene veränderte sich. »Wie bitte?«

»Er ist im Fischerhaus«, fügte sie schnell hinzu. »Ich bin ihm gestern Abend dort zufällig begegnet.«

Jörn starrte einen Moment nur zu Boden. Seine Schultern sanken, und er atmete tief ein. »Und du sagst mir das erst jetzt?«

Linna sah ihm nicht in die Augen. »Er wollte erst einmal wieder in aller Ruhe in Himmelsee ankommen, bevor er jemandem Bescheid gibt«, verteidigte sie sich – und auch Nik. »Ich finde eigentlich, wir sollten seinen Wunsch respektieren.«

Jörn nickte langsam, aber sein Blick blieb dabei leer. »Mein Bruder ist zurück, und du wartest bis jetzt, um mir davon zu erzählen?« Es klang nicht wie ein Vorwurf, eher wie ein stiller Ausdruck von Enttäuschung.

»Es tut mir leid«, murmelte Linna.

Er sah auf den inzwischen regennassen Boden, die Niedergeschlagenheit war deutlich in seinem Blick zu erkennen. Dann zog er die Kapuze seines Pullis über den Kopf. »Ich geh dann mal«, sagte er schließlich tonlos. »Bis bald.«

»Bis dann«, erwiderte Linna hastig und hoffte, dass er noch etwas hinzufügen würde. Doch Jörn drehte sich schon um und ging, ohne sich noch einmal nach ihr umzusehen.

Linna zog nun ebenfalls die Kapuze ihrer Jacke über den Kopf, da der Niederschlag stärker wurde, und begab sich auf den Rückweg. Die Kühle des Regens kroch ihr durch die Kleidung, doch sie war viel mehr von der Kälte in Jörns Stimme getroffen. Ihr war schmerzlich bewusst, dass sie ihn enttäuscht hatte. Bekümmert schaute sie zu den grauen Wolken, die über Himmelsee aufgezogen waren, und hastete zum Hotel.

Der Wind peitschte ihr die kalten Regentropfen mit aller Macht ins Gesicht, als sie zur Straße des *Kranichglücks* gelangte. Sie war froh, eine Regenjacke und nicht nur einen Schirm dabeizuhaben, den sie in einer der heftigen Böen vermutlich verloren hätte. Dennoch war ihre Hose ab den Oberschenkeln innerhalb kürzester Zeit völlig durchnässt. Das Wasser rann ihr über das Gesicht und in den Nacken, Haarsträhnen klebten ihr an der Stirn, und ihre Stoffturnschuhe samt der Söckchen waren durchweicht.

Sie verspürte eine Woge der Erleichterung, als sie die erleuchtete Lobby durch die gläserne Eingangstür erblickte.

Im Hotel war es warm und trocken. Linna entdeckte Miko und Anton an einem der Tische in der Ecke. Die beiden Jungen waren in ein Brettspiel vertieft und schienen den Sturm draußen überhaupt nicht wahrzunehmen.

»Mama!«, rief Miko, als sie vor ihm stand. »Du bist ja ganz nass!«

»Ja, der Sturm hat mich tüchtig erwischt«, antwortete Linna, noch ein wenig atemlos, und wischte sich eine nasse Haarsträhne aus dem Gesicht. »Ihr bleibt aber schön im Trockenen, okay? Ich geh mich schnell umziehen.«

Sie eilte die Treppe hinauf in ihr Zimmer, wo sie die durchnässten Sachen abstreifte und sich in bequeme Jeans und ein warmes Sweatshirt hüllte. Danach föhnte sie sich das Haar trocken. Der Regen prasselte inzwischen so heftig gegen das große Fenster der Suite, dass Linna sich fragte, ob die Fensterscheibe nachgeben könnte.

Als sie wieder in die Empfangshalle hinunterging, nahm sie eine gewisse Anspannung bei den Menschen im Raum wahr.

»Linna, ein Glück bist du wieder zurück. Deine Mutter und ich haben uns schon Sorgen gemacht«, begrüßte ihr Vater sie. Er wischte gerade die nassen Fußspuren auf, die die Gäste auf den Steinfliesen hinterlassen hatten. »Hast du gesehen, dass das Meer fast über die Dünen schlägt? Der halbe Strand ist überspült!«

»Oje … nein! Aber dafür hat mich der Regen komplett durchnässt. Ich dachte schon fast, ich müsste die letzten Meter zurückschwimmen«, entgegnete Linna mit einem schwachen Lächeln. »Dann ist es ja ein richtiges Unwetter.«

»Ein paar Gäste sind noch nicht wieder hier«, fuhr ihr Vater fort. »Ich nehme an, sie sitzen irgendwo in Cafés oder Restaurants fest.«

»Wir sollten besser die Stühle und Tische reinholen, bevor der Sturm sie wegweht«, schlug Linna vor.

Ihr Vater nickte. Gemeinsam begannen sie, die Gartenmöbel, Blumenkübel und andere Gegenstände ins Hotel zu tragen. Der Wind rüttelte an allem, und Linna hatte Mühe, einen großen Pflanzkübel über die Terrasse zu hieven, ohne dass er ihr aus den Händen glitt. Als endlich alles gesichert war, trockneten sie und ihr Vater sich im Hotel ab.

Drinnen kümmerte sich Linnas Mutter mit Jule um die Gäste, die sich mit Kaffee und heißem Kakao in der Lobby versammelt hatten und das stürmische Treiben mit einer gewissen Faszination bestaunten. Ein paar Erwachsene lasen Zeitungen oder unterhielten sich unbeschwert. Der Sturm war das Hauptgesprächsthema, und einige Hotelgäste berichteten von umgestürzten Bäumen und überfluteten Straßen in der Umgebung.

»Merles Vater holt sie gleich mit dem Auto ab«, informierte Jule Linna, als diese eine Kanne mit heißem Kakao nachfüllte. »Bei dem Wetter kann sie ja auch unmöglich mit dem Fahrrad zurückfahren.«

Linna nickte und blickte zu Astrids Nichte, die ihren Rucksack auf dem Rücken hatte und neben der Lobbytür nach draußen blickte. »Gut, dass ihr Vater kommt.«

Einige Zeit später, als der Sturm weiter an Intensität zunahm, hörte Linna ein lautes Krachen von der Terrasse her. Ein Schauer lief ihr über den Rücken, und sie eilte mit ihrem Vater zum Fenster.

»Oh nein!«, rief ihr Vater, als er den Schaden sah. »So ein verdammtes Pech!«

Die Pergola, die einen Teil der Terrasse überdachte und mit Weinranken bewachsen war, war unter der Kraft des Sturms zusammengebrochen. Das Holz lag zersplittert auf einem Haufen, die Ranken hingen zerfetzt über den Überresten.

»Nicht auch noch das«, murmelte Linna und schüttelte den Kopf.

Am Abend, als der Sturm endlich nachließ, setzten sich Linna und ihr Vater zusammen, um eine Liste der Schäden zu erstellen. Während die Versicherungsangelegenheiten ein notwendiges Übel darstellten, war Linnas Vater vor allem wegen der Pergola besorgt.

»Selbst wenn die Versicherung zahlt, wird es schwierig, einen Schreiner zu finden, der das in nächster Zeit richten kann.« Er seufzte. »Die Handwerker haben doch ellenlange Wartelisten.«

Linna nickte nachdenklich und blickte aus dem Fenster. Der Sturm hatte sich gelegt, sodass das Chaos jetzt sichtbar war. Es würde einige Zeit in Anspruch nehmen, wieder Ordnung herzustellen. Ihre Gedanken wanderten unwillkürlich zu Nik. »Vielleicht muss es ja gar kein Schreiner sein«, sprach sie ihren Gedanken laut aus.

»Sondern?« Ihr Vater sah sie fragend an.

»Nik Friedrich ist seit Kurzem wieder in Himmelsee«, erklärte sie. »Er renoviert das alte Fischerhaus seines Opas am Himmelsee-Strom und hat handwerklich wirklich einiges drauf. Ich könnte ihn fragen, ob er uns mit der Pergola hilft.«

Ihr Vater runzelte zunächst die Stirn, doch dann nickte er langsam. »Wenn er bereit ist, sich der Sache anzunehmen, wäre das natürlich großartig. Aber meinst du, er macht das überhaupt, wenn er doch selbst in großen Renovierungen steckt?«

»Ich denke schon.« Sie nickte zuversichtlich. »Ich werde ihn morgen fragen.«

Als Linna später Miko ins Bett gebracht hatte, lag sie noch länger wach und dachte nach. Sie ließ die Ereignisse des Tages Revue passieren – und natürlich dachte sie auch an ihr Vorhaben, Nik um Hilfe zu bitten. Als sie schließlich einschlief, träumte sie von einem warmen Sommertag, an dem die Terrasse des Hotels wieder von einer blühenden Pergola beschattet wurde – und von Nik, der sie mit diesem Lächeln ansah, das sie immer wieder schwach werden ließ.

Kapitel 19

Nach dem Frühstück am nächsten Tag hatte Linna es eilig. Während ihr Vater draußen mit Miko die Sturmschäden für die Versicherung fotografierte, zog sie ihre leichte Sommerjacke an, um ihrem Vorsatz Taten folgen zu lassen. Sie wollte Nik persönlich um Hilfe bitten. Ohne seine Nummer blieb ihr ohnehin keine andere Wahl, als persönlich vorbeizuschauen. Allein die Vorstellung, ihn wiederzusehen, ließ ihr Herz schneller schlagen – es war eine Mischung aus Vorfreude und auch ein wenig Nervosität. Sie war froh, dass Miko und ihr Vater beschäftigt waren und sie kein schlechtes Gewissen haben musste, wenn sie sich für eine halbe Stunde im Hotelbetrieb ausklinkte.

Der Himmel war wieder klar, und die Luft roch herrlich frisch, als Linna zu Fuß zum alten Fischerhaus lief. Die Ereignisse der letzten Tage klangen in ihr nach, als sie einen umgestürzten Baum passierte, und sie fragte sich, ob das Fischerhaus Schaden genommen hatte. Wie Nik wohl auf ihr Erscheinen reagieren würde? Je näher sie dem Haus kam, desto stärker spürte sie das Klopfen ihres Herzens.

Als sie die vertraute Stelle am Himmelsee-Strom erreichte, hörte Linna zuerst das Kreischen einer Kreissäge. Das Geräusch war rhythmisch und kraftvoll. Sie näherte sich der Veranda des Fischerhauses, da stockte ihr der Atem.

Nik stand an der Säge, nur in Jeans und Arbeitsschuhen, sein Oberkörper entblößt. Die Muskeln an seinen Armen spannten sich, während er ein Brett mit geübter Präzision durch die Säge führte. Schweiß glitzerte auf seiner Haut, die von der Sonne leicht gebräunt war, und die blonden Haare fielen ihm lässig ins Gesicht. Er wirkte wie eine Verkörperung purer Stärke und Selbstsicherheit, doch es war der konzentrierte Ausdruck seines Gesichts, der Linna am meisten fesselte. Seine Bewegungen waren ruhig und kontrolliert. Sie blieb einen Moment stehen, unfähig, den Blick abzuwenden.

Plötzlich hob Nik den Kopf, als hätte er ihre Anwesenheit gespürt. Seine blauen Augen trafen ihren Blick, und ein Hauch von Überraschung flackerte in ihnen auf, bevor er die Kreissäge ausschaltete.

»Der Kontrolltrupp ist schon da gewesen«, sagte er trocken, ein leicht ironisches Lächeln auf den Lippen.

Linna schluckte und trat näher. »Nik, ich …«

Er hob die Hand, wie um sie zum Schweigen zu bringen. »Danke dafür, dass du bei Jörn Meldung gemacht hast.« Seine Stimme klang weder wütend noch vorwurfsvoll, aber genervt.

»Ich wollte das nicht hinter deinem Rücken tun«, sagte sie. »Aber ich dachte, dass ich ihm nicht verschweigen sollte, dass sein Bruder wieder in Himmelsee ist.«

Nik zuckte mit den Schultern, griff nach einem Tuch und wischte sich den Schweiß von der Stirn. »Na ja, ich bin ja nicht hier, um mich zu verstecken, oder?« Als er sie ansah, lag für einen Moment etwas Weiches in seinem Blick, bevor er in gewohnt lässigem Tonfall fragte: »Bist du auch hergekommen, um mich zu kontrollieren?«

Linna schüttelte hastig den Kopf. »Nein … Ich … Ich brauche deine Hilfe.«

Sofort veränderte sich sein Gesichtsausdruck, und er legte das Tuch zur Seite. »Meine Hilfe? Worum geht es denn?«

Sie erklärte ihm die Situation – vom Sturm, der den Hotelgarten verwüstet hatte, und der zusammengebrochenen Pergola. Sie erzählte ihm, wie schwer es sei, einen Handwerker zu finden, der den Schaden zeitnah beheben könnte. »Mein Vater meint, dass wir ewig auf einen Termin warten müssen. Doch ich dachte, dass du vielleicht …« Sie zögerte, dann sah sie ihm direkt in die Augen. »Nik, könntest du uns helfen? Könntest du die Pergola wieder instand setzen?«

Nik sah sie eine Weile an, ohne etwas zu sagen. Sein Blick wanderte suchend über ihr Gesicht, als wollte er die Wichtigkeit ihrer Bitte abwägen. Sie hielt den Atem an, während sie auf seine Antwort wartete.

Schließlich lehnte er sich gegen die Werkbank und verschränkte die Arme vor der Brust. »Das ist aber eine Menge Arbeit«, erklärte er nachdenklich. »An einem Tag ist das nicht getan.«

»Ich weiß«, erwiderte sie schnell. »Aber du bist der Einzige, dem ich die Instandsetzung zutraue.«

Ein kleines Lächeln umspielte seine Lippen. »Schmeichelst du mir gerade, Linna?«

Sie konnte nicht verhindern, dass sie rot wurde. »Vielleicht ein bisschen«, gab sie schulterzuckend zu.

Nik schüttelte den Kopf und lachte leise, bevor er nickte. »Okay. Ich komme mittags vorbei und sehe mir das Desaster an.«

Erleichterung durchflutete sie, sie konnte ein frohes Lächeln nicht unterdrücken. »Danke, Nik. Wirklich.«

»Kein Problem.« Er griff nach seinem Tuch und wandte sich wieder seiner Arbeit zu. »Aber sag deinem Vater, dass auch ich keine Wunder vollbringen kann und es eine gewisse Zeit in Anspruch nehmen wird.«

»Das werde ich«, versprach sie und machte sich mit leichterem Herzen auf den Rückweg.

»Der Sturm hat hier ganz schön gewütet«, meinte Nik, als er mit Linna und ihrem Vater auf der Hotelterrasse stand. Gemeinsam begutachteten sie die Überreste der Pergola, die vom Unwetter umgerissen worden war. Nik ließ einen prüfenden Blick über die verstreuten Holzteile gleiten, während Linnas Vater die Arme vor der Brust verschränkt hielt und die Stirn runzelte.

»Es tut mir wirklich leid, dass wir dir damit zusätzliche Arbeit aufhalsen, Nik«, sagte er und rieb sich das Kinn. »Doch ich weiß nicht, was wir ohne dich machen würden. Danke, dass du dir die Zeit nimmst – obwohl du ja mit dem Fischerhaus eigentlich mehr als genug zu tun hast.«

Nik zuckte mit den Schultern und hob einen der gebrochenen Holzbalken an, um ihn genauer zu betrachten. »Kein Problem, Herr Franke. Es wird allerdings einige

Zeit in Anspruch nehmen, bis die neue Pergola steht. Aber ich denke, wir kriegen das hin.«

Linnas Vater nickte dankbar. »Es muss auch gar nicht so aussehen wie vorher. Hauptsache, es ist wieder stabil und die Gäste haben einen geschützten Platz.«

»Ich habe dazu ein paar Ideen«, meinte Nik und erklärte kurz, welche Materialien er verwenden wollte und wie er die Pergola gestalten könnte.

Linnas Vater hörte aufmerksam zu, stellte hier und da eine Frage, doch die meiste Zeit nickte er zustimmend.

Nachdem sie die Details besprochen hatten, holte Nik einen Zollstock hervor und nahm ein paar Messungen vor. »Okay, dann fange ich mal an, den Teil zu beseitigen, der nicht mehr zu verwenden ist.«

Er ging zu seinem großen Pick-up, den er seitlich der Terrasse geparkt hatte, öffnete die Ladefläche und bereitete alles für den Abtransport der kaputten Holzteile vor. Linna beobachtete, wie er scheinbar mühelos die schweren Balken und Planken aufhob und verlud.

Miko und Anton, die in der Nähe gespielt hatten, liefen neugierig zu ihnen. »Können wir helfen?«, fragte Miko, seine Augen glänzten interessiert.

Nik warf ihnen einen Blick zu und grinste. »Klar, Jungs. Aber nur die kleinen Sachen, okay? Keine schweren Balken.«

Die beiden nickten eifrig und begannen, kleinere Holzstücke aufzusammeln und auf die Ladefläche zu legen. Linna musste lächeln, als sie sah, wie ernsthaft die Kinder bei der Sache waren.

Als es nichts mehr für sie zu tragen gab, klopfte Nik den Jungen auf die Schultern. »Gute Arbeit, ihr zwei. Ich sage euch Bescheid, wenn ich wieder was für euch habe.«

»Okay!« Die Jungen liefen in den hinteren Teil des Gartens zum alten Kirschbaum.

Linna sah ihnen lächelnd nach, bevor sie sich wieder auf Nik konzentrierte, der weiter die Terrasse von den Überresten der Pergola befreite. Weil sie nicht helfen konnte, riss sie sich von dem Anblick los und ging ins Hotel, um sich um die Gäste zu kümmern.

Just in dem Moment, als sie in der Lobby angekommen war, hörte sie einen lauten Schrei. Es war ein schriller, schmerzvoller Schrei, der ihr durch Mark und Bein ging. Linna drehte sich ruckartig um und rannte zurück nach draußen. Der Schrei war aus dem hinteren Teil des Gartens gekommen.

Ihr Herz raste, als sie um die Ecke bog und Miko neben dem Kirschbaum auf dem Rücken liegen sah. Anton stand bleich daneben und zitterte.

»Miko!« Linna kniete sich sofort neben ihren Sohn, der keuchend nach Luft schnappte. Sein Gesicht war vor Schmerz verzerrt, sein linker Arm schien merkwürdig verdreht zu sein.

Nik war nur wenige Sekunden später neben ihr und handelte mit kühlem Verstand. »Linna, ganz ruhig bleiben«, sagte er fest, während er neben Miko kniete. »Miko, hör mir zu. Ich bin hier. Versuch, ruhig zu atmen, okay?«

Miko nickte schwach, und Nik sprach weiter beruhigend auf ihn ein, während er vorsichtig den verdrehten

Arm untersuchte. »Anton, was ist passiert?«, fragte er über die Schulter hinweg.

Anton schluckte schwer. »Wir … wir sind auf den Baum geklettert. Miko war auf einem Ast, aber der ist abgebrochen. Und dann ist er runtergefallen.«

Nik schüttelte den Kopf, blieb jedoch ruhig. »Okay. Das war ein Unfall. Anton, du hast nichts falsch gemacht.«

Linna fühlte, wie sich ihr die Kehle zuschnürte, als sie Miko ansah. Er hatte die Augen halb geschlossen und wimmerte leise. Panik stieg in ihr auf, doch sie zwang sich, äußerlich ruhig zu bleiben. Sie griff nach Mikos freier Hand und hielt sie fest.

»Was ist passiert?«, fragte ihr Vater außer Atem, als er nun auch bei ihnen ankam und sich gleich neben Miko kniete.

»Er ist vom Baum gefallen«, erklärte Nik und wandte sich wieder an den Jungen. »Tut dir was weh? Kannst du dich bewegen?«

Miko schüttelte mit angsterfülltem Blick leicht den Kopf.

»Ich rufe einen Krankenwagen.« Ihr Vater hatte inzwischen sein Handy gezückt und wählte den Notruf, während sein Blick sorgenvoll auf dem Kind lag.

Linna hielt Mikos Hand ganz fest, versuchte mit aller Macht, ruhig zu bleiben, aber das Gefühl von Hilflosigkeit ließ sie kaum atmen. Jede Sekunde, die sie auf den Krankenwagen warten musste, erschien ihr wie eine Ewigkeit.

Am Abend lag Miko erschöpft in seinem Bett, sein kleiner Körper schien trotz der Schmerzen endlich ein wenig Ruhe zu finden. Sein Arm war in einen leuchtend blauen Gips gehüllt, der fast ein bisschen zu groß für ihn wirkte. Auf seinem Nachttisch lagen zwei Filzstifte bereit, mit denen er morgen den Gips bemalen wollte.

Linna saß auf der Bettkante und strich sanft über sein Haar, während er langsam in den Schlaf glitt.

»Mama?« Miko öffnete noch einmal die Augen und schaute sie verschlafen an.

»Ja, mein Großer?«

»Kann Nik morgen wiederkommen?« Er lächelte schwach. »Er hat versprochen, mir einen Piraten auf den Gips zu malen.«

Linna lächelte ihn sanft an. »Natürlich, mein Liebling. Nik kommt bestimmt. Er muss doch sowieso noch draußen die Pergola bauen.«

Sie blieb noch eine Weile an seinem Bett sitzen, bis Mikos Atem ruhig wurde und sie sicher war, dass er schlief. Erst dann schloss sie leise die Tür seines Zimmers und lehnte sich mit dem Rücken gegen die Wand im Flur.

Ihr Herz war schwer, gleichzeitig war sie voller Dankbarkeit. Nik hatte nicht nur sofort besonnen gehandelt, sondern es auch geschafft, Miko die Angst zu nehmen. Er hatte ihn während der gesamten Fahrt ins Krankenhaus und auch danach immer wieder zum Lachen gebracht. Für ihn war es völlig selbstverständlich gewesen, dass er Miko begleitete. Ihr Vater war mit dem Auto hinterhergefahren. Als sie die Notaufnahme verließen, hatte Miko Nik ein breites Grinsen geschenkt, trotz des schmerzenden Arms.

Und jetzt lag die nächste Herausforderung vor Linna: Sie musste Ilja anrufen und ihm von dem Unfall erzählen.

Mit klopfendem Herzen nahm sie ihr Handy zur Hand und wählte seine Nummer. Es dauerte ein paar Sekunden, bis sie seine Stimme hörte.

»Hallo, Linna? Was gibt's?« Im Hintergrund war es laut, als wäre er in einem gut gefüllten Restaurant.

»Ilja, ich muss dir etwas Wichtiges sagen.« Linna versuchte, ihre Stimmlage ruhig zu halten. »Miko hatte heute einen Unfall. Er ist vom Kirschbaum im Garten meiner Eltern gefallen und hat sich den Arm gebrochen.«

Am anderen Ende der Leitung waren zunächst nur Hintergrundgeräusche zu hören, dann fragte Ilja plötzlich mit scharfer Stimme nach: »Er hat sich den Arm gebrochen? Wie konnte das passieren? Warum hast du nicht besser aufgepasst?«

Linna biss sich auf die Lippe, ihre Finger krallten sich in den Saum ihres T-Shirts. Genau mit dieser Reaktion von ihm hatte sie gerechnet. »Ilja, es war ein Unfall. Die Jungs haben im Garten gespielt, und Miko ist auf den Baum geklettert. Ein Ast ist abgebrochen.«

»Und du lässt ihn einfach auf Bäume klettern? Linna, wie oft habe ich dir gesagt, dass du besser aufpassen sollst?« Seine Worte trafen sie wie ein Schlag.

»Ilja, ich passe auf«, widersprach sie leise, aber bestimmt. Sie hatte mit einem Mal das Gefühl, wieder einen der alten Streits führen zu müssen, und bemühte sich, nicht die Beherrschung zu verlieren. »Ich war nicht einmal fünf Minuten drinnen. Und Nik war draußen, um sofort zu helfen. Niemand war unaufmerksam.«

»Nik?« Iljas Stimme wurde noch kühler. »Natürlich. Ich

hätte mir ja gleich denken können, dass der sagenumwobene Nik da seine Finger im Spiel hat.«

»Ilja, bitte«, presste sie hervor. Ilja kannte Nik nur aus ihren Erzählungen, daher empfand sie seine Reaktion als völlig überzogen. »Nik hat uns sehr geholfen. Während Miko ins Krankenhaus gebracht wurde, hat er ihn so weit beruhigt, dass er sogar wieder gelacht hat. Miko geht es gut, er schläft jetzt und wird wieder gesund. Das ist doch das Wichtigste.«

»Das ist nicht der Punkt, Linna!« Er klang richtig wütend. »Du bist seine Mutter. Es ist deine Aufgabe, dafür zu sorgen, dass ihm nichts passiert. Wie soll ich dir vertrauen, wenn du ihn auf Bäumen herumturnen lässt und er sich die Knochen bricht?«

Linna spürte, wie sich ihr der Magen zusammenzog. »Ilja, bitte«, wiederholte sie. »Mir wäre es auch lieber, dass es nicht passiert wäre, aber Miko ist doch ein Kind. Natürlich hat er Lust zu klettern und kleine Abenteuer zu erleben.«

»Ja, das hast du ja großartig hinbekommen«, versetzte er sarkastisch, bevor er aufseufzte. »Ich fliege morgen von Lanzarote zurück. Ich komme dann nach Himmelsee, sobald ich kann.«

»Das ist nicht nötig«, sagte Linna schnell. »Miko ist gut versorgt, und ich bin ja hier.«

»Doch, es ist nötig«, widersprach Ilja bestimmt. »Ich will meinen Sohn sehen und selbst sehen, dass es ihm gut geht.«

Bevor sie etwas erwidern konnte, legte er auf.

Linna ließ das Handy sinken und starrte für einen Moment auf das Bild an der Wand vor sich.

Ihr Herz raste, und sie fühlte sich irgendwie ausgebrannt. Sie hatte versucht, trotz der Vorwürfe ruhig zu bleiben, hatte sich bemüht, ihm zu erklären, was passiert war, aber es hatte ihm nicht gereicht. Egal, was sie tat, was schiefging, es schien immer ihre Schuld zu sein.

Sie griff nach einer Tasse und füllte sie im Bad mit Wasser. Während sie einen Schluck trank, hörte sie das leise Blätterrauschen vor dem Fenster. Der schwere Sommersturm war längst vorbei, in ihr allerdings zog ein ganz anderer auf.

Kapitel 20

Im Speisesaal war es am späten Vormittag ruhig. Die meisten Gäste waren bereits draußen an der Seeluft unterwegs, nur ein paar genossen noch eine Tasse Kaffee in einer der Sitzecken. Linna und Jule standen an einem der großen Fenster, das den besten Blick auf die Terrasse und den großen dahinterliegenden Garten bot. Dort arbeitete Nik konzentriert an der neuen Pergola.

Seine Bewegungen waren gleichmäßig und präzise. Trotz der offensichtlichen handwerklichen Anstrengung wirkte er völlig entspannt.

Miko und Anton schwirrten wie kleine Bienen um ihn herum, immer darauf bedacht, für einen Moment seine Aufmerksamkeit zu erhaschen. Nik lachte über ihre unermüdlichen Versuche, ihm zu helfen. Er erklärte ihnen geduldig, welche Werkzeuge sie benutzen durften und welche nicht, und schien darin aufzugehen, die kleinen Jungen zu unterhalten.

»Nik geht wirklich gut mit den Jungs um«, bemerkte Jule und verschränkte die Arme vor der Brust.

Linna nickte. »Ja, allerdings. Miko hat gestern Abend kaum aufgehört, von ihm zu erzählen. Er hat ihn trotz des Armbruchs beruhigen können. Sogar während der ganzen

Untersuchungen im Krankenhaus hat Miko kaum gejammert. Und vorhin hat er sich von Nik einen Piraten auf seinen Gipsarm malen lassen.« Sie lächelte, dann sprach sie die Wahrheit aus und wurde ernst. »Manchmal wünschte ich, Ilja hätte ein bisschen mehr von Nik. Vielleicht wäre dann vieles einfacher.«

Jule warf ihr einen vielsagenden Blick zu. »Alte Liebe rostet eben nicht, was?«

Linna schwieg und beobachtete stattdessen, wie Nik eine Latte mit seinen kräftigen Händen an ihrem Platz fixierte. Sie spürte den Blick ihrer Schwester, die auf eine Reaktion von ihr wartete, doch sie hatte keine Antwort auf Jules Frage. Stattdessen schluckte sie schwer, denn tief in sich ahnte sie, dass ihre Schwester mal wieder ins Schwarze getroffen haben könnte.

Jule ließ das Thema schließlich fallen und deutete mit einem Nicken nach draußen. »Sag mal, was hat Ilja denn eigentlich gesagt? Du wirkst schon die ganze Zeit irgendwie angespannt, als hätte er dir die Hölle heißgemacht.«

Linna seufzte und drehte sich zu ihrer Schwester. »Oh, er war tatsächlich außer sich. Hat mir Vorwürfe ohne Ende gemacht, warum ich Miko überhaupt auf Bäume klettern lasse und so was. Als ob ich nicht schon genug Schuldgefühle deswegen hätte.«

»Tja, was soll ich sagen? Passt zu meinem Bild von ihm, das ich durch deine Erzählungen bekommen habe.« Jule verzog das Gesicht. »Immer wenn was schiefgeht, bist du schuld, oder?«

»So fühlt es sich jedenfalls an«, murmelte Linna. »Ich habe versucht, ihm zu erklären, dass es ein Unfall war, aber er wollte darüber nichts hören. Er meinte, er kommt nach Himmelsee, um sich zu vergewissern, dass es Miko gut geht.«

Jule zog eine Augenbraue hoch. »Er kommt wirklich her?«, fragte sie. »Ilja schafft es doch laut deinen Erzählungen aus akutem Zeitmangel noch nicht mal, seinen Sohn vom Kindergarten abzuholen«, merkte sie wenig überzeugt an.

»Wem sagst du das?« Linna verschränkte die Arme vor der Brust. Sie war froh, dass sie in der Zwischenzeit ihre Schwester doch in die Details ihrer Beziehungsprobleme eingeweiht hatte.

»Na, das wird ja noch spannend. Glaubst du, er macht dann auch weiter Stress?«

»Wahrscheinlich. Er wird alles hinterfragen und mir wahrscheinlich wieder mal sagen, dass ich eine Rabenmutter bin.« Linna starrte zu Boden, ihre Hände verkrampften sich. »Ich weiß nicht, wie lange ich das aushalte.«

Jule legte eine Hand auf ihre Schulter. »Linna, du bist eine großartige Mutter. Lass dir von ihm bloß nichts anderes einreden, ja?«

Bevor Linna antworten konnte, kam ihr Vater durch die Flügeltür. »Hallo, ihr fleißigen Bienchen. Ich wollte euch Bescheid geben, dass ich gleich zum Strand gehe. Dort treffe ich mich mit jemandem vom Amt, wegen der Genehmigung für den Foodtruck. Die meisten anderen Genehmigungen und Lizenzen liegen ja bereits vor. Wir wollen uns nach einem geeigneten Platz umsehen.«

»Ich begleite dich gern, Papa«, sagte Linna kurz entschlossen. Sie hatte das Gefühl, einen kleinen Ortswechsel gut gebrauchen zu können. Bestenfalls würde der Ostseewind ihre trüben Gedanken verwehen.

Ihr Vater nickte. »Gut. Dann treffen wir uns draußen in zehn Minuten.«

Linna warf noch einen Blick auf Nik, der nun mit einem Schraubendreher hantierte. Dann öffnete sie die Terrassentür und trat hinaus. »Miko?«, rief sie.

Ihr Sohn hob den Kopf und kam mit einem kleinen Hammer in der Hand auf sie zugelaufen. »Ja, Mama?«

»Opa und ich gehen kurz zum Strand. Wir haben da einen Termin. Möchtest du mitkommen oder lieber hierbleiben?«

Miko überlegte kurz, dann schüttelte er den Kopf. »Ich will weiterbauen.«

Linna sah zu Nik rüber. »Ist es für dich okay, ein Auge auf ihn und Anton zu haben, solange wir weg sind?«

Nik richtete sich auf und warf ihr ein vergnügtes Lächeln zu. »Klar, die beiden helfen mir. Ich pass auf sie auf.«

»Danke.« Linna beugte sich zu Miko. »Bleib trotzdem vorsichtig, ja? Einen zweiten gebrochenen Arm brauchst du nicht.«

»Okay, Mama.« Er grinste kurz, und schon hatte er sich wieder umgedreht.

»Und nicht wieder auf Bäume klettern! Hörst du?!«, rief sie ihm hinterher.

Nik warf ihr einen forschenden Blick zu. »Ihr geht zum Strand?«, vergewisserte er sich.

»Ja. Mein Vater hat da ein Treffen wegen des Foodtrucks. Warum?«

»Falls du Jörn triffst, kannst du ihm sagen, dass ich später Hilfe brauche«, bat Nik und deutete auf die halb fertige Pergola.

»Jörn?« Linna runzelte die Stirn. »Was hat er denn am Strand zu tun?«

Nik richtete sich auf und wischte sich mit dem Handrücken über die Stirn. »Er organisiert den Open-Air-Kinoabend auf der Freilichtbühne. Wahrscheinlich ist er dort und kümmert sich um den Aufbau.«

Sie nickte. »Na, ob er überhaupt mit mir reden will? Er ist bestimmt immer noch sauer, weil ich ihm nicht sofort gesagt habe, dass du wieder in Himmelsee bist.«

Nik grinste schief. »Ach, mach dir mal keine Gedanken. Jörn ist zwar ein Sturkopf, aber er wird schon drüber hinwegkommen. Wenn er dir trotzdem die kalte Schulter zeigt, sag ihm einfach, dass ich ihm seinen Lieblingsfilm aus der Sammlung klaue, wenn er noch länger schmollt.«

Linna konnte nicht anders, als zu lächeln. Nik hatte eine unvergleichliche Art, die Schwere aus jeder Situation zu nehmen. »Ich werde es ihm ausrichten.«

Nik zwinkerte ihr zu und machte sich wieder an die Arbeit. Sie fühlte sich beschwingt, als sie sich mit ihrem Vater zum Strand aufmachte.

Linna lief neben ihrem Vater am Strand entlang, der Wind wirbelte kleine Sandkörner um ihre Füße, und die Sonne kämpfte sich mühsam durch die Wolken. Herr Hinz, ein älterer Herr mit leicht ergrauten Schläfen und einer freundlichen Ausstrahlung, begleitete sie. In der Nähe der DLRG-Station blieben sie schließlich stehen.

»Das wäre meines Erachtens ein idealer Platz für Ihren Imbisswagen«, sagte Herr Hinz und deutete auf eine kleine freie Fläche seitlich des Fußwegs zum Strandaufgang. »Gut sichtbar, nah an den Badegästen und trotzdem nicht im Weg, falls es einen Rettungseinsatz gibt.«

Linnas Vater nickte zustimmend. »Der Platz scheint zu passen. Ich kann mir vorstellen, dass unser Foodtruck von den Badegästen dankend angenommen werden wird.«

»Wenn auch noch die Preise stimmen.« Herr Hinz schmunzelte. »In der Hauptsaison wird das sicher ein Renner. Ein kaltes Getränk oder ein Snack direkt am Strand – wer sagt dazu schon Nein?«

Während sich die beiden Männer weiter über Genehmigungen und mögliche Betriebszeiten unterhielten, drifteten Linnas Gedanken ab, und sie ließ den Blick schweifen. In der Ferne entdeckte sie die Freilichtbühne. Die kleine Bühne war vom Strand aus gut sichtbar, und zwischen einigen Technikern, die mit Kabeln und Lautsprechern hantierten, erkannte sie eine vertraute Gestalt: Jörn.

Ihr Herz schlug schneller, als sie ihn beobachtete. Sie hatte lange überlegt, ob sie versuchen sollte, mit ihm zu reden. Ihre letzte Begegnung hatte Spuren hinterlassen. Nach einem tiefen Atemzug fasste sie sich ein Herz.

»Papa, ich bin gleich zurück«, sagte sie und marschierte dann entschlossen zur Freilichtbühne.

Jörn bemerkte sie erst, als sie näher kam. Seine Augen wurden für einen Moment größer, doch dann kehrte ein verschlossener Ausdruck in sein Gesicht zurück.

»Jörn«, begann Linna zögerlich.

Er stellte die Kabelrolle, die er gerade trug, ab und richtete sich auf. »Linna.«

Sein Ton war nicht unfreundlich, aber auch nicht herzlich. Linna schob die Hände in ihre Hosentaschen. Sie zögerte, wollte sich bei ihm entschuldigen, aber ihr fehlten die richtigen Worte. »Jörn … Ich wollte mit dir reden.«

Er nickte langsam und schien darauf zu warten, dass sie fortfuhr.

Linna holte tief Luft. »Es war nicht richtig, dir nicht sofort von Nik zu erzählen. Ich war einfach überfordert mit der ganzen Situation.«

Er ließ ihren Blick keinen Moment los. Dann verschränkte er die Arme vor der Brust. »Weißt du, es geht nicht nur darum, dass du mir nichts gesagt hast. Es ist das Gefühl, dass ich wieder mal der Letzte bin, der es erfährt. Und das nicht nur bei dieser Sache …«

Linna spürte einen Stich im Herzen. »Jörn …«

Er schüttelte den Kopf. »Ich habe darüber nachgedacht. Es geht nicht mal um Nik. Es fühlt sich an wie damals, bevor du gegangen bist. Plötzlich bist du weg gewesen, ohne dass ich wirklich wusste, warum. Und nun bin ich wieder derjenige, der im Dunkeln tappt.«

Betroffen sah sie zu Boden. Sie wusste, dass Jörn in gewisser Weise recht hatte. Er war damals an ihrer Seite gewesen, als sie versucht hatte, ihr Leben neu zu sortieren.

Doch sie hatte ihn zurückgelassen, ohne Erklärung, die dem wirklich gerecht geworden wäre. »Ich wollte dich nicht verletzen«, sagte sie leise.

Jörn seufzte und blickte zum Horizont, als würde er dort nach einer Antwort suchen. »Ich weiß, Linna. Es hat nur nicht geklappt.«

Einen Moment lang suchte sie nach den richtigen Worten, um ihm zu erklären, was damals in ihr vorgegangen war. Doch sie wusste nicht, ob er es überhaupt hören wollte. »Nik hat sich verändert«, sagte sie stattdessen. »Er ist nicht mehr derselbe wie damals. Ich glaube an ihn.«

Jörn sah sie einen Moment schweigend an, dann seufzte er. »Vielleicht stimmt das sogar. Vielleicht aber auch nicht. Und was dann? Ich will dir keine Vorschriften machen, Linna. Ich will nur, dass du glücklich bist.«

Seine Worte waren so leise und ehrlich, dass Linna nichts darauf zu erwidern wusste.

»Egal, was passiert«, fügte er nun hinzu. »Du wirst immer einen besonderen Platz in meinem Herzen haben.«

Sie sah, wie ein schwaches Lächeln über sein Gesicht huschte. Es war bittersüß, ein Ausdruck von Abschied und gleichzeitiger Akzeptanz. Nach den richtigen Worten ringend, senkte sie den Blick und trat einen Schritt zurück.

»Hey! Heute Abend ist Open-Air-Kino«, sagte Jörn plötzlich in fröhlichem Ton. »Wir zeigen *Die fabelhafte Welt der Amélie*. Das wäre doch was für dich, oder?«

Sie schenkte ihm ein kleines Lächeln. »Das klingt schön. Ich weiß nur nicht, ob ich mich im Hotel loseisen kann, aber … ich würde mich freuen.«

Er nickte. »Dann hoffe ich, dich dort zu sehen.« Damit drehte er sich zu einem der Techniker um und gab ihm eine Anweisung. »Es tut mir leid, aber wir müssen nun Tempo machen, wenn wir bis zum Abend fertig sein wollen«, entschuldigte er sich bei Linna über die Schulter.

»Ist gut, Jörn. Bis dann.« Sie drehte sich um und ging zurück zu ihrem Vater, der noch immer mit Herrn Hinz sprach. Doch ihre Gedanken blieben bei Jörn und bei seinen Worten. Hatte er recht? Hatte sie ihn wie die Nummer zwei behandelt?

Kapitel 21

Als Linna und ihr Vater ins Hotel *Kranichglück* zurückkehrten, wurden sie bereits in der Lobby erwartet. Merle saß auf einem der Sofas und blickte ihnen entgegen. Sofort sprang sie auf und ging auf sie zu. »Wie ist es gelaufen?«

Linnas Mutter und Jule gesellten sich aus dem angrenzenden Büro zu ihnen. Ihre Mutter hielt ein Notizbuch mit Backrezepten in der Hand und zwinkerte ihrer Auszubildenden zu. »Wir sind schon gespannt wie ein Flitzebogen. Was, Merle?«

Linnas Vater legte seine Mappe auf dem Tresen der Rezeption ab, bevor er zu sprechen begann. »Also, Herr Hinz ist zumindest genauso begeistert von der Idee wie wir. Zusammen haben wir uns einen möglichen Standort am Strand ausgeguckt. Am besten geeignet scheint der Platz in der Nähe der DLRG-Station und dem Strandaufgang zu sein. Es ist gut erreichbar, liegt nah an den Badegästen und wird vermutlich niemanden behindern.«

»Das hört sich toll an!«, rief Merle aus und strahlte über das ganze Gesicht. Sie klatschte begeistert in die Hände, ihre Wangen glühten vor Eifer.

»Es freut mich, dass von offizieller Seite die Idee so positiv aufgenommen wird«, sagte Linnas Mutter. »Das könnte wirklich eine Bereicherung für den Strandabschnitt und das Hotel werden.«

»Wissen Sie …«, begann Merle und konnte sich ein schelmisches Lächeln nicht verkneifen. »Gestern Abend habe ich mit meiner Clique am Strand gesessen, und wir haben über den Foodtruck diskutiert. Die meisten von uns sind Azubis in Hotels oder in der Gastronomie, und da ist uns eine geniale Idee gekommen.« Sie zuckte mit den Schultern. »Ich weiß natürlich nicht, ob es umsetzbar ist, aber wir wären sofort dabei.«

»Erzähl schon!«, drängte Jule mit einer auffordernden Handbewegung.

»Uns ist die Idee gekommen, dass wir den Foodtruck als Azubi-Projekt aufziehen könnten!« Merle sah von einem zum anderen und genoss sichtlich die Aufmerksamkeit, die ihr Vorschlag erhielt.

Linna zog fragend eine Augenbraue hoch. »Und was würde das genau bedeuten?«

»Ganz einfach: Die Azubis aus den verschiedenen Hotels und Restaurants arbeiten zusammen. Sie lernen nicht nur, wie man eine kleine Gastronomie organisiert, sondern auch, wie man Verantwortung übernimmt und einen Betrieb eigenständig führt.«

Linnas Vater nickte anerkennend. »Das ist mal eine richtig gute Idee! Damit wäre das Personalproblem gelöst und die jungen Leute könnten ihre Kreativität einbringen.«

»Genau das haben wir uns gedacht.« Merle grinste zufrieden. »Außerdem wäre das doch eine großartige Möglichkeit, den Teamgeist zwischen den Hotels und Restaurants hier in der Region zu fördern. Wenn wir alle an einem Strang ziehen, profitieren am Ende alle davon.«

Linnas Mutter nickte begeistert. »Eine wirklich innovative Geschäftsidee. Es wäre toll, den jungen Leuten so eine Plattform zu geben.«

»Ich bin beeindruckt, Merle«, lobte Linna und berührte die junge Frau sachte am Oberarm. »Das ist eine unglaublich kreative Lösung.«

»Danke«, erwiderte Merle mit einem Lächeln. »Wir hatten wirklich Spaß daran, das Projekt vorzuplanen. Und wenn es nun wirklich klappt, wäre das ein echtes Highlight.«

»Ich werde mich bald mit einigen meiner Kollegen in Hotellerie und Gastronomie in Verbindung setzen«, versprach Linnas Vater. »Wenn wir genügend Unterstützer finden, könnte das Azubi-Projekt ja tatsächlich umgesetzt werden.«

Die Begeisterung im Raum war förmlich greifbar, und Linna freute sich für Merle, die nicht nur einen großartigen Einfall gehabt hatte, sondern auch keinen Zweifel mehr daran zuließ, dass sie die ideale Auszubildende für das Hotel *Kranichglück* war.

Froh schaute Linna ihre Mutter an. »Alles wird gut, oder? Sag mal, wo steckt Miko eigentlich?«

»Wo wohl?« Ihre Mutter lächelte und machte eine Kopfbewegung Richtung Hotelgarten. »Natürlich ist er immer noch bei Nik auf der Terrasse. Da wird er sich vermutlich auch in den nächsten Tagen aufhalten, bis die neue Pergola steht. Anton wäre auch am liebsten hiergeblieben, aber seine Eltern haben darauf bestanden, dass er mit ihnen nach Zingst fährt.«

Linna lachte leise und stand auf. »Na, dann sehe ich mal nach, was die beiden so anstellen.«

Sie ging durch den Flur und öffnete dann die Terrassentür. Im Freien bot sich ihr ein vertrauter Anblick: Miko stand mit einem breiten Grinsen neben Nik, die Hand des gesunden Arms pechschwarz, und gestikulierte eifrig. »Mama, ich habe Nik geholfen! Guck mal, ich habe die Nägel gehalten, und ich habe auch die kleinen Holzstücke aufgeräumt! Alles mit einer Hand!«, rief er aufgeregt.

Linna musste lächeln. Die Begeisterung ihres Sohns war unüberhörbar. Er wirkte so unbeschwert und glücklich, dass allein das mitzuerleben ihr warm ums Herz werden ließ. »Dann bist du wohl heute sehr fleißig gewesen.«

»Das war er«, bestätigte Nik, legte ein Holzstück beiseite und drehte sich zu ihnen um. Sein ärmelloses Shirt war von der Arbeit leicht verschmutzt. Aber er lächelte entspannt. »Miko ist ein richtig guter Mitarbeiter. Vielleicht sollte ich ihn dauerhaft anstellen«, meinte er augenzwinkernd zu ihr.

Miko freute sich sichtlich über die Worte und schien prompt einen Zentimeter zu wachsen. Linna musste lachen. »Dann brauchtest du vermutlich keine weitere Hilfe?«

»Miko und ich hatten alles im Griff«, erwiderte Nik und zuckte mit den Schultern. »Du hast Jörn wohl vergessen auszurichten, dass er mir später zur Hand gehen soll, oder?«

Linna schlug sich mit der Hand gegen die Stirn. »Oh, stimmt, das habe ich wirklich.«

Abermals zuckte er mit den Schultern und grinste. »Ist nicht schlimm. Ich hatte ja Miko.«

Miko platzte nun fast vor Stolz und streckte die Brust heraus. »Nik sagt, ich bin ein guter Handwerker.«

Linna stemmte die Hände in die Hüften und schüttelte lächelnd den Kopf. »Ich sehe schon, ihr zwei gebt ein gutes Team ab.«

Nik wischte sich die Hände an einem Tuch ab und sah Linna an. »Also hat Jörn dir doch nicht den Kopf abgerissen? Oder hast du ihn gar nicht getroffen?«

»Doch, er war da. Und nein, mein Kopf ist noch da, wo er sein soll, wie du siehst. Glücklicherweise konnte ich ihm alles erklären, und wir sind im Guten auseinandergegangen«, erzählte sie erleichtert.

Nik zeigte auf die Pergola. »Na, ich habe auch ohne ihn heute einiges geschafft.«

Linna betrachtete die Konstruktion, die schon fast fertig aussah. »Man kann erkennen, was es werden soll. Du bist echt schnell vorangekommen.«

»Danke«, sagte Nik. »Mir fehlen jetzt noch zwei wichtige Holzbalken. Die besorge ich morgen.«

Linna nickte. »Dann machst du für heute Feierabend?«

»Ja, hier bin ich erst mal fertig.« Mit unergründlicher Miene sah er sie an. »Ich hätte allerdings noch eine Bitte an dich.«

Linna blickte ihn neugierig an. »Und die wäre?«

»Ich brauche dich heute Abend«, sagte er.

»So?«, fragte Linna erstaunt, ihr Herz schlug schneller.

Er nickte. »Komm gegen sieben zum Fischerhaus. Ich will dir etwas zeigen.«

»Was denn?« Bevor sie zusagte, wollte sie zumindest wissen, worum es ging. Sie verschränkte die Arme vor der Brust.

Nik grinste nur und schüttelte den Kopf. »Das siehst du dann. Aber keine Sorge, es ist nichts Schlimmes.«

Linna lachte und seufzte gespielt. »Na gut, ich vertraue dir und bin gespannt. Ich komme.«

»Perfekt.« Zufrieden lächelte er. »Ich räum dann noch hier zusammen.«

»Gut, dann gehe ich jetzt mit Miko rein. Er muss sich endlich mal die Hände waschen, bevor er das halbe Hotel mit dunklen Handabdrücken dekoriert«, meinte Linna.

»Macht das.«

Als sie sich auf halbem Weg umwandte, entdeckte sie, dass Nik ihnen nachsah.

Miko war ganz aufgedreht und plapperte aufgeregt vor sich hin, unterdessen schob Linna ihn sanft in Richtung WCs. Sie musste an Nik denken und daran, wie liebevoll er mit ihrem Sohn umging. Es war erstaunlich, dass Miko in seiner Nähe so stark aufblühte. Jedes Lächeln, jedes Lob, das Nik ihm schenkte, schien Miko wie ein Schwamm aufzusaugen. Seine Augen hatten geleuchtet wie schon seit Langem nicht mehr, sein fröhliches Lachen hatte sie schon gehört, bevor sie die Terrasse betreten hatte. Linna wusste nicht, wann sie ihn zuletzt so unbeschwert gesehen hatte.

Ein leichter Stich durchfuhr sie, als sie zu der Erkenntnis gelangte, dass Miko sehr dringend einen Mann in seinem Leben brauchte. Einen Vater. Ilja konnte ihm das einfach nicht bieten – nicht aus bösem Willen, sondern weil er ständig unterwegs war. Sein Beruf, das ständige Reisen, sein Leben ließ wenig Raum für echte, greifbare Nähe zwischen ihm und Miko – und genauso wenig zwischen ihm und ihr.

Nik hingegen war da. Er sah Miko. Er nahm sich die Zeit, ihm zuzuhören, gab ihm Aufgaben und bedachte ihn mit Anerkennung. Diese Aufmerksamkeit und Wertschätzung machten Miko sichtlich selbstbewusster; Nik gab ihm offenbar das Gefühl, wichtig zu sein. Es war nicht von der Hand zu weisen, wie gut Nik ihrem Sohn tat.

Andererseits … War es fair, diese Verbindung überhaupt zuzulassen? Sie wusste nicht, wie lange Nik da sein würde, und wollte ihrem Sohn die Enttäuschung ersparen. Und dennoch spürte sie, dass sie ihrem Sohn diesen kleinen Moment von Glück und Geborgenheit nicht nehmen wollte. Vielleicht dachte sie auch schon viel zu weit. Ich sollte mich mehr auf das Hier und Jetzt konzentrieren, sagte Linna sich.

Sie strich Miko zärtlich über das zerzauste Haar, als sie im WC ankamen. »Na los, Hände waschen, mein Großer«, sagte sie sanft und lächelte ihm aufmunternd zu.

»Eine Hand, Mama!«, korrigierte ihr Sohn sie und zeigte auf seinen blauen Gips.

»Richtig, nur eine Hand.« Sie nickte und drehte den Wasserhahn für ihn auf.

Während Miko sich über das Waschbecken beugte und sorgfältig seine kleine Hand einseifte, stahl sich ein Gedanke in Linnas Bewusstsein: Womöglich war es nicht nur Miko, der Niks Nähe brauchte. Vielleicht brauchte auch sie sie mehr, als sie sich bislang eingestanden hatte.

Linna stand vor dem großen Wandspiegel und zog bereits das dritte Oberteil wieder aus. Frustriert seufzend betrachtete sie erneut ihre Kleidungsauswahl. Warum konnte sie sich nicht entscheiden? Es war doch bloß Nik. Und doch … war es eben nicht bloß Nik. Nicht mehr.

Sie griff nach einem schlichten weißen T-Shirt, kombinierte es mit ihrer kurzen Jeans und betrachtete sich nochmals kritisch im Spiegel. Es war ein schlichter Basic-Look, der nicht zu viel, aber auch nicht zu wenig versprach. Genau richtig. Sie atmete tief durch und versuchte, ihre flatternde Nervosität unter Kontrolle zu bekommen. Dann zeichnete sie ihre Lippen mit einem Fettstift nach und warf einen letzten Blick auf ihr Handy.

Alles ruhig. Miko schlief bereits in der Hotelwohnung ihrer Eltern, geborgen in ihrem ehemaligen Kinderzimmer, das er schon seit seiner Ankunft lieb gewonnen hatte und wo er nun ab und zu schlief. Was sollte auch passieren? Ihre Eltern wussten Bescheid, und Linna würde später noch einmal nach ihrem Kind sehen.

Voller nervöser Vorfreude brach sie auf.

Der Himmelsee-Strom lag ruhig in der aufziehenden Abenddämmerung. Linna ging am Ufer entlang. Der leichte Abendwind strich zart über ihre Haut, und die Vögel der Boddenlandschaft stimmten immer wieder leise Gesänge an. Ihr Herz schlug schneller mit jedem Schritt, der sie dem Fischerhaus näher brachte. Schließlich kam es in Sicht, in das warme Licht der tief stehenden Sonne gehüllt. Und da war auch er: Nik.

Er stand entspannt an der kleinen Veranda, nur in Boardshorts, sein tätowierter Oberkörper leuchtete im letzten Licht des Tages. Sein blondes Haar fiel ihm ungebändigt ins Gesicht, und die Sonne schien sein Lächeln zu unterstreichen, als er sie sah.

Linna blieb kurz stehen und schluckte, bevor sie sich ebenfalls ein Lächeln abrang. »Na, hoffentlich hast du dir was Spannendes ausgedacht!«, rief sie ihm entgegen.

Nik deutete auf die beiden SUP-Boards, die neben ihm lagen. »Ich dachte, wir könnten uns den Strom mal aus einer anderen Perspektive anschauen – auf dem Wasser, im Sonnenuntergang.«

Linna blickte ihn überrascht an. »Was für eine geniale Idee! Das habe ich ja schon Ewigkeiten nicht mehr gemacht. Gut, dass ich keine weiße Hose angezogen habe.«

Nik grinste und reichte ihr eines der Paddel. »Zur Not hätte ich dir Shorts von mir geliehen.«

Kurze Zeit später glitten sie mit den Boards aufs Wasser hinaus. Der Strom lag ruhig da, die Oberfläche fast spiegelglatt, nur unterbrochen von den rhythmischen Bewegungen ihrer Paddel. Die untergehende Sonne färbte den Himmel in ein feuriges Orange, das sich auch im Wasser spiegelte.

»Es ist wunderschön!«, rief Linna ihm zu.

»Ich wusste, dass du es mögen würdest«, erwiderte er und warf ihr einen kurzen Blick zu.

Auf dem Wasser begegnete ihnen der Schaufelraddampfer, der langsam seinen Weg den Strom hinauf nahm. Die Wellen, die er hinterließ, ließen ihre Boards leicht schaukeln, doch Nik lachte nur und gab Linna Tipps, damit sie das Gleichgewicht halten konnte.

»Sieh mal, da vorne!« Nik deutete Richtung Ufer.

Als Linna seinem Blick folgte, entdeckte sie eine Gruppe Kegelrobben, die sich dort im Wasser tummelten und offenbar nach Fischen tauchten. Weiter oben am Himmel kreiste ein Seeadler, und in der Ferne huschte ein Hirsch durch das Schilf. Linna genoss es, sich auf dem Wasser zu bewegen, ihre Muskeln zu spüren und in dieser malerischen Szenerie sein zu dürfen. Fast konnte sie sich nicht entsinnen, wann sie sich das letzte Mal so frei und glücklich gefühlt hatte.

Nachdem sie eine Weile auf dem Strom unterwegs gewesen waren, kehrten sie zum Fischerhaus zurück. Nik half ihr beim Anlegen und lachte, als sie laut kreischte, weil sie beinahe das Gleichgewicht verlor.

Auf der Veranda bereitete er zwei einfache Sundowner-Drinks zu und stellte sie auf den kleinen Holztisch an der Seite. Sie genossen ihre Drinks, während sie in stillem Einvernehmen die Blicke über den einsamen Strom schweifen ließen.

»Das war ein toller Abend, den ich nicht so schnell vergessen werde«, sagte Linna und nahm einen Schluck von ihrem Drink.

»Das hoffe ich doch!« Nik sah sie an, und sein Gesicht wurde ernst. »Es gibt da etwas, das ich dir schon lange erzählen wollte.«

Linna spürte die Veränderung in seiner Stimme und stellte ihr Glas ab. »Ja?«

»Ich mache mir seit Jahren Vorwürfe, Linna«, begann er schließlich. »Anikas Tod verfolgt mich nicht nur in meinen Albträumen … Ich …« Er senkte den Blick, bevor er weitersprach. »Ich werde mir das alles nie verzeihen. Wären wir damals nicht mit dem Auto unterwegs gewesen, wäre sie vielleicht noch am Leben. Oder … wenn ich den Wagen in die andere Richtung gelenkt hätte, hätte es mich erwischt, nicht sie. Dieser verfluchte Geisterfahrer!« Seine Stimme brach, und er räusperte sich.

Linna legte ihre Hand sanft auf seine. »Nik, das war ein schrecklicher Unfall. Du kannst dir nicht für etwas die Schuld geben, worauf du keinen Einfluss hattest. Der Beifahrersitz ist oft der gefährlichste Platz, das ist kein Geheimnis. Und du hattest keine Zeit, lange darüber nachzudenken, wohin du das Auto am besten steuerst. Anika hätte nicht gewollt, dass du dein Leben lang darunter leidest.«

Er nickte langsam, auch wenn der Schmerz deutlich in seinem Blick zu lesen war. »Ich bin nach Himmelsee zurückgekommen, um mich dem zu stellen. Den Kranich habe ich an ihrem Grab aufgestellt, sobald ich zurück war. Nirgendwo auf der Welt kann ich vor meinen Gefühlen weglaufen, das weiß ich inzwischen.« Er machte eine Pause, bevor er weitersprach. »Und da ist noch etwas …« Jetzt sah er in ihre Augen. »Linna, es tut mir wahnsinnig leid, dass ich dir damals nicht geben konnte, was du gebraucht hast. Ich war so in meinem eigenen Chaos gefangen, dass ich nicht gesehen habe, was wirklich wichtig ist.«

Sie spürte, wie sich ein Kloß in ihrer Kehle bildete. Die Ehrlichkeit seiner Worte berührte sie zutiefst.

»Vielleicht ist es dir zu früh, aber ich bin mir sicher und will, dass du es weißt: Ich möchte einen Neuanfang, Linna. Mit allem. Mit dir. Und … mit Miko. Ich mag den kleinen Kerl wirklich. Er hat so viel von dir.«

Die Tränen brannten in ihren Augen, doch sie lächelte, als sie bewegt flüsterte: »Nik …«

Schon beugte er sich vor, und ihre Lippen fanden einander in einem langen, leidenschaftlichen Kuss. Für Linna fühlte es sich an, als würde die Welt um sie herum verschwinden. Alles, was zählte, war dieser Moment, ihre besondere Verbindung.

Als sie sich schließlich voneinander lösten, sah Nik sie an und lächelte. »Also, was sagst du? Bist du auch bereit für einen Neuanfang?«

Linna spürte, wie ihr Plan, Himmelsee nur vorübergehend zu ihrer Heimat zu machen, abermals ernsthaft ins Wanken geriet. Doch zu viele Emotionen strömten gleichzeitig auf sie ein, sie konnte nicht sicher sein. Womöglich musste sie es auch nicht, aber in einer Frage hatte sie keine Zweifel: Ihre Gefühle für Nik waren immer noch stark. Er zog sie an, und sie sehnte sich nach seiner Nähe.

Vielleicht war nach so langen Jahren doch noch der richtige Zeitpunkt gekommen – für sie und ihre große Liebe.

Kapitel 22

Die ersten Sonnenstrahlen des neuen Tages fielen durch die großen Küchenfenster des Hotels *Kranichglück*. Linna und Jule standen nebeneinander am langen Küchentresen und widmeten sich der morgendlichen Vorbereitung des Frühstücksbüfetts. Jule schnitt Obst, während Linna sich um die frischen Croissants und Brötchen kümmerte. Sie gähnte hinter vorgehaltener Hand.

Am letzten Abend war sie erst spät zurück zum Hotel gekommen. Miko war längst von ihrer Mutter ins Bett gebracht worden, als sie nach ihm gesehen hatte. Als sie versucht hatte, selbst Schlaf zu finden, hatten ihre Gedanken unaufhaltsam um Nik gekreist, um den schönen Abend, den Kuss und die Dinge, die er gesagt hatte. Es fühlte sich an, als hätte sich in ihrem Inneren endlich ein Knoten gelöst. Gleichzeitig wühlte die ganze Situation sie jedoch auf eine Weise auf, wie sie es nicht erwartet hatte.

»Du bist so schweigsam heute Morgen«, bemerkte Jule nach einer Weile, ohne von ihrer Arbeit aufzusehen. Sie arrangierte gerade Melonenscheiben auf einem Teller. »Ist alles in Ordnung?«

Linna schaute sie an und legte dann das Brotmesser beiseite. Sie atmete tief durch. »Jule … ich muss dir etwas erzählen. Aber versprich mir, dass du mich nicht verurteilst.«

»Nein. Warum sollte ich?« Ihre Schwester warf ihr einen neugierigen Blick zu und wischte sich die Hände an ihrem Küchentuch ab. »Na los, raus damit.«

Linna atmete tief ein, dann sprudelten die Worte förmlich aus ihr heraus. Sie erzählte Jule von dem Abend mit Nik, von der gemeinsamen SUP-Tour, dem Gespräch auf der Veranda und schließlich von dem Kuss, der alles in ihr verändert hatte.

Jule hörte zu, ohne sie zu unterbrechen. Dabei wurden ihre Augen immer größer, schließlich lächelte sie breit. »Ich hab's doch gesagt, alte Liebe rostet nicht.«

Linna seufzte und lächelte schief. »Das ist alles, was dir dazu einfällt?«

Jule zuckte die Achseln. »Na ja, ich hatte recht, oder?«

»Ja, hattest du. Aber was mache ich jetzt? Ich bin völlig durcheinander. Es fühlt sich alles so richtig mit Nik an, aber gleichzeitig … Miko ist ja auch noch da. Und dann wäre da noch Ilja.«

Jule legte ihr beruhigend die Hand auf den Arm. »Ganz ehrlich: Hör auf dein Herz, Linna. Es hat dich jetzt schon mal zurück nach Himmelsee geführt. Und vielleicht ist Nik tatsächlich genau derjenige, den du jetzt brauchst.«

Linna lächelte gequält. »Aber was ist mit Miko? Ich kann doch keine Entscheidung treffen, die ihn verletzen würde. Wenn ich mich für Nik entscheide, besiegelt das die Trennung von Ilja. Ich will Miko nicht den Vater wegnehmen.«

Jule schüttelte entschieden den Kopf. »Gerade wegen Miko solltest du auf dein Herz hören. Kinder leiden am meisten in unglücklichen Beziehungen. Glaubst du, er spürt nicht, dass du innerlich zerrissen bist? Und Miko liebt es hier in Himmelsee. Ich glaube, er hat Nik längst in sein Herz geschlossen, das sieht man doch, wenn er ihm draußen hilft. Außerdem ...« Sie zögerte einen Moment, bevor sie weitersprach. »Wie tief kann die Verbindung zu Ilja sein, wenn er immer unterwegs ist und nie Zeit für euch hat?«

Linna senkte den Blick, die Worte ihrer Schwester trafen ins Schwarze. Trotzdem war es eine weitreichende Entscheidung ... »Ich muss nachdenken«, murmelte sie und nahm wieder das Messer zur Hand.

»Ja, tu das. Und wie gesagt, hör auf dein Herz.« Jule lächelte sie aufmunternd an.

In diesem Moment kam ihre Mutter in die Küche, fröhlich wie immer und mit ihrem Rezeptbuch in der Hand. »Guten Morgen, ihr Lieben! Wisst ihr, was wir heute machen?«

Jule und Linna tauschten einen fragenden Blick.

»Ich schätze, du wirst es uns gleich verraten«, vermutete Jule.

Ihre Mutter strahlte. »Wir backen eine Sanddorntorte! Euer Vater und ich möchten nämlich ein kleines Familientreffen einberufen.«

»Ein Familientreffen?« Linna runzelte die Stirn. »Das gab es ja schon lange nicht mehr.«

»Dann ist es ja höchste Zeit, dass der Familienrat mal wieder tagt«, antwortete ihre Mutter geheimnisvoll. »Es wäre schön, wenn ihr euch heute Nachmittag in der Strandkorbecke vor dem Hotel einfindet. Sagen wir … um drei Uhr?«

»Willst du uns nicht verraten, was es zu besprechen gibt?«, fragte Jule neugierig, doch ihre Mutter hob nur vielsagend eine Augenbraue.

»Das macht euer Vater nachher«, murmelte sie und kramte schon in den Küchenschränken nach den Backzutaten.

Linna und Jule tauschten einen weiteren Blick.

Jule widmete sich wieder den Melonenscheiben, und Linna versuchte weiterhin, ihre Gedanken zu sortieren. Was auch immer der Tag noch bringen würde, ihr schwante, dass sie mit weiteren Veränderungen in ihrem Leben zurechtkommen musste.

Am Nachmittag sprang Miko aufgeregt ins Speisezimmer, wo Linna gerade die letzten Vorbereitungen für das Abendessen traf. »Mama, wo ist denn Nik? Anton und ich wollen ihm doch wieder helfen!«, fragte er voller Erwartung.

Linna schmunzelte und strich ihrem Sohn liebevoll über den Kopf. »Ach, Nik hat vorhin angerufen, Miko. Er hat gesagt, dass er das passende Holz nicht bekommen hat. Es musste bestellt werden. Wahrscheinlich kann er es erst morgen oder übermorgen abholen.«

Mikos Miene verdüsterte sich, und seine Schultern sanken. »Oh. Dann können wir ihm ja heute gar nicht helfen.«

»Nein, leider nicht. Nik ist deswegen bestimmt auch traurig«, tröstete Linna ihn. »Aber du kannst doch trotzdem einen schönen Nachmittag zusammen mit Anton haben. Vielleicht wollt ihr im Garten Fußball spielen?«

Miko überlegte kurz, dann nickte er. »Na gut.«

»Das wird euch bestimmt Spaß machen.« Linna lächelte. Gern hätte sie mehr mit ihm unternommen, doch meistens hatte sie im Hotel zu tun. Wenigstens schien Miko sich nicht zu langweilen. »Ich komme später mal und schaue, wie ihr spielt, ja?«

Miko rannte nach draußen, Linna sah ihm kurz durch das Fenster nach.

Ihre Eltern und Jule saßen bereits in den gemütlichen Strandkörben, die vom Hotel aus einen traumhaften Blick auf den Strand und das glitzernde Meer boten, als sie zu ihnen kam. Auf dem kleinen Tisch zwischen ihnen stand die Sanddorntorte, die ihre Mutter am Vormittag gebacken hatte, außerdem eine Kanne frisch aufgebrühter Kaffee.

»Ah, Linna! Dann wären wir ja nun vollzählig«, begrüßte ihr Vater sie und klopfte auf den freien Platz neben sich.

Linna ließ sich neben ihn nieder und war gespannt zu erfahren, warum ihre Eltern die Familie zusammengetrommelt hatten.

»Hier, probiere mal die Torte«, drängte ihre Mutter und schob ihr ein Stück auf einem kleinen Teller zu. »Ich habe ein neues Rezept ausprobiert und möchte wissen, was du davon hältst.«

Linna nahm eine Gabel voll und lächelte. »Ganz köstlich, Mama. Wirklich.«

»Na, das freut mich.« Ihre Mutter strahlte zufrieden, bevor sie sich zurücklehnte und den Blick Richtung Strand schweifen ließ.

Nach einer Weile räusperte sich ihr Vater. »Da wir uns nun alle ein bisschen mit Kuchen gestärkt haben, sollten wir zum eigentlichen Grund des Treffens kommen.« Er schaute einmal in die Runde. »Ich denke, es wird Zeit, dass wir Nägel mit Köpfen machen.«

Alle Blicke ruhten nun auf ihm.

»Ich habe mit ein paar Kollegen aus der Hotellerie und Gastronomie gesprochen«, fuhr er fort. »Einige wollen tatsächlich beim Azubi-Foodtruck mitmachen. Das könnte ein richtig tolles Projekt werden. Darüber sind wir uns alle einig.«

»Ach, wie schön! Merle wird jubeln!« Jule klatschte in die Hände.

»Ja, das wird sie wohl, und sie soll dann auch so oft wie möglich dort arbeiten.« Ihr Vater nickte, doch sein Gesichtsausdruck blieb ernst. »Aber wir müssen auch über das Hotel sprechen. Es steht noch immer die Frage im Raum, wie es hier eigentlich weitergehen soll.«

Linna wusste, worauf er hinauswollte, und versuchte, sich auf das, was nun folgen würde, so gut es ging vorzubereiten.

»Linna.« Sanft sah er sie an. »Du hast in den letzten Wochen fabelhafte Arbeit geleistet. Ohne dich wären wir in vielen Situationen ganz schön aufgeschmissen gewesen. Deine Mutter konnte sich dank deines Engagements ausruhen und neue Kraft tanken. Inzwischen sind wir uns einig, dass sie nicht wieder voll in den Hotelbetrieb zurückkehren wird. Deswegen brauchen wir dringend mindestens eine zuverlässige Vollzeitkraft, wenn wir das *Kranichglück* so weiterführen wollen.«

Linna nickte verständnisvoll. »Ich weiß, Papa.«

»Und die Wahrheit ist, ich würde mir wünschen, dass du und Miko hierbleibt«, verkündete er. »Aber die Entscheidung liegt natürlich bei dir.«

Linna war nun doch von ihren Gefühlen überrascht. Auch wenn sie geahnt hatte, was ihr Vater vorschlagen würde, stürzte die bevorstehende Frage sie in emotionale Nöte. Sie legte ihre Gabel auf den Teller und schaute erst Jule, dann ihre Mutter an, die ihr leicht zunickte. Dann wieder ihren Vater. »Papa … ich … Das ist eine große Entscheidung. Ich weiß es einfach noch nicht und kann das jetzt nicht versprechen«, gestand sie.

Ihr Vater nickte. »Das verstehe ich. Und ich möchte dich zu nichts drängen. Denk in Ruhe darüber nach, nimm dir ein paar Tage. Aber ich musste es ansprechen. Es geht ja nicht nur um uns – es geht auch um dich und Miko. Ihr beide müsst euch wohlfühlen.« Ilja ließ er unerwähnt, was Linna nicht weiter verwunderte. Sie wusste, dass er ihn nicht mochte.

Das Wohl seiner Familie stand für ihn über allem, das war Linna in diesem Moment klar. Ihr Vater wäre zweifellos glücklich, wenn sie in Himmelsee bliebe. Er wollte das Beste für sie. »Danke, Papa«, sagte sie und lächelte ihm zu. »Ich werde darüber nachdenken. Aber ich brauche wirklich ein bisschen Zeit.«

»Natürlich.« Ihr Vater tätschelte kurz ihren Oberschenkel. »Du musst ja auch nicht im Hotel arbeiten, mein Schatz, wir können jemand anders finden. Deine Mutter und ich wollen dir aber anbieten, dass du hier richtig einsteigst. Überlege es dir.«

Nachdem Linna versprochen hatte, darüber nachzudenken, mischte Jule sich in das Gespräch und lenkte es zurück auf das Azubi-Projekt, wodurch die Stimmung wieder etwas aufgelockert wurde. Linna war sich darüber klar, dass sie ihre Entscheidung nicht auf die lange Bank schieben konnte.

Nachdem das Familiengespräch beendet war, sammelte Linna das benutzte Geschirr ein. Jule und ihre Eltern wollten gerade ins Hotel zurückgehen, als plötzlich das tiefe Brummen eines Motors die Aufmerksamkeit aller vier auf sich zog.

Ein schnittiger schwarzer Mercedes fuhr langsam die Zufahrt entlang und hielt wenig später vor dem Hotel. Linna spürte, wie eine leichte Übelkeit in ihr aufstieg. Sie kannte den Wagen nur zu genau. Kurz darauf wurde die Fahrertür geöffnet, und Ilja stieg aus. Er trug wie immer einen perfekt geschnittenen Anzug, die Haare waren tadellos zurückgekämmt.

Linna stellte das Geschirr ab und schaute zu ihm hinüber. »Ilja?« Sie warf einen kurzen Seitenblick auf ihre Familie. Jule zog die Augenbrauen hoch, und auch ihre Eltern wirkten perplex.

Ilja schritt direkt auf sie zu, er schenkte ihr ein Lächeln, das sie nicht einordnen konnte. »Linna«, sagte er mit seiner tiefen, ruhigen Stimme. »Schön, dass du mich gleich in Empfang nimmst.« Er gab ihr einen Kuss auf die Wange und nickte ihren Eltern und Jule zu.

Bevor Linna antworten konnte, stürmte Miko auch schon aus dem Garten herbei. »Papa!«, rief er freudig und warf sich in Iljas Arme. »Ich habe dich gesehen, Papa!«

Ilja hob seinen Sohn hoch und drückte ihn fest an sich. »Hallo, mein Junge«, sagte er und küsste ihn auf die Stirn.

Linna beobachtete die Szene stumm. Miko strahlte über das ganze Gesicht, doch in Linna breitete sich ein seltsames Unbehagen aus.

»Ist das schön, euch wiederzusehen«, erklärte Ilja, als er Miko wieder absetzte. »Linna, können wir irgendwo ungestört sprechen?«

Sie nickte zögerlich und führte ihn dann auf die Terrasse. Ihre Familie zog sich dezent zurück, doch sie spürte Jules neugierigen Blick im Rücken.

Als sie schließlich allein waren, kam Ilja ohne Umschweife gleich zum Thema. »Linna, ich weiß, ich habe vieles falsch gemacht.«

Sie verschränkte die Arme vor der Brust und sagte nichts.

»Ich war zu oft weg. Immer habe ich die Arbeit über euch gestellt. Aber das soll sich nun ändern.« Seine Stimme klang weich, aber zugleich bestimmt. »Ich verspreche dir, dass ich zukünftig weniger arbeiten werde. Es besteht die Möglichkeit, dass ich meine Arbeitszeit reduziere und dann mehr Zeit für dich und Miko habe. Wir können eine richtige Familie sein – ich würde es auch schaffen, Miko vom Kindergarten abzuholen. Was sagst du?« Erwartungsvoll schaute er sie an.

Linna konnte es nicht fassen. Es waren genau die Worte, die sie sich jahrelang gewünscht hatte. Und doch verursachten sie nun keine Freude in ihr. »Ilja, das klingt wirklich alles sehr schön, aber …« Sie suchte nach der passenden Formulierung. »Warum gerade jetzt? Was hat sich verändert?«

Ilja sah sie ernst an. »Ich habe gemerkt, was ich verliere. Und ich will das nicht. Ich will euch nicht verlieren.«

Sie nickte bedacht, doch innerlich fühlte sie sich wie in einem Orkan.

Abends saß Ilja mit Miko in der Lobby und spielte mit ihm ein Brettspiel. Linna sah sie vom Treppenaufgang aus. Sie nahm eine gerade Haltung an und ging schließlich in die Lobby. »Ich geh eine Runde joggen!«, rief sie nur flüchtig in die Richtung der beiden.

Ilja hatte kaum aufgeschaut, doch Miko rief ihr ein kurzes »Viel Spaß, Mama!« hinterher.

Linna verließ das Hotel, steckte sich die Stöpsel ins Ohr und drehte die Lautstärke der Musik hoch. Sie lief los, ohne ein Ziel im Kopf. Doch ihre Füße führten sie wie von selbst zum Fischerhaus.

Als sie es erreichte, blieb sie stehen. Das kleine Haus mit dem Reetdach wirkte im schwindenden Licht des Tages wie ein Zufluchtsort. Linna versuchte, sich zu sammeln, bevor sie das Gartentor öffnete.

Nik war gerade dabei, Werkzeuge in einer Kiste zu verstauen, als er sie bemerkte. Sein Gesicht hellte sich auf, doch sein Lächeln verschwand, als er sie genauer ansah. »Linna? Was ist passiert?«

Ohne zu antworten, lief sie zu ihm und warf sich in seine Arme. Sie spürte die Wärme seines Körpers, die sie augenblicklich beruhigte. Nik hielt sie fest, er gab ihr Sicherheit.

»Linna, sag mir, was geschehen ist«, murmelte er schließlich leise und voller Sorge.

Sie zog sich ein Stück zurück und sah ihn an. Tränen schimmerten in ihren Augen. »Ach!« Sie schüttelte nur den Kopf, als wollte sie die Worte aus sich herauspressen. »Ich … ich weiß nicht mehr weiter, Nik.«

Er strich ihr sanft eine Haarsträhne aus dem Gesicht. »Was um alles in der Welt ist denn vorgefallen?«

»Mein Vater …« Sie stockte, atmete tief ein und aus. »Mein Vater hat mich gebeten, eine Entscheidung zu treffen. Ob ich in Himmelsee bleiben will. Ob ich mit Miko hierbleiben will.«

Nik nickte langsam. »Und was hält dich davon ab?«

»Ilja ist hier«, platzte es nun aus ihr heraus.

Niks Miene verhärtete sich kurz, bevor er sich wieder fing. »Ilja?«, wiederholte er.

»Ja. Er ist plötzlich aufgetaucht. Mit seinem Mercedes, natürlich ganz der große Auftritt. Und dann hat er mir hoch und heilig versprochen, dass er weniger arbeiten wird und mehr für uns da sein will.« Sie lachte bitter. »Es klingt so … so perfekt. Genau das, was ich mir immer gewünscht habe. Aber …«

»Aber was?«, fragte Nik vorsichtig, seine Hände noch immer an ihren Schultern.

»Aber ich fühle doch nichts mehr für ihn, Nik.« Ihre Stimme brach. »Ich weiß nicht, wann es passiert ist, aber ich habe mich von ihm entfernt. Emotional … bin ich gar nicht mehr bei ihm.«

Niks Atem ging nun auch tiefer. »Und jetzt?«

»Jetzt weiß ich nicht, was ich tun soll.« Sie schüttelte den Kopf. »Ich will Miko nicht zwischen zwei Welten hin und her zerren. Aber ich weiß auch, dass ich nicht einfach so tun kann, als wäre alles in Ordnung. Es fühlt sich falsch an.«

Nik zog sie wieder in eine Umarmung, Linna vergrub ihr Gesicht an seiner Brust. Er roch nach frischer Luft und Holz. Sein Herzschlag war ruhig und gleichmäßig.

»Linna, ich will dir nichts aufdrängen. Das Letzte, was ich möchte, ist, dich unter Druck zu setzen. Trotzdem muss ich dir etwas sagen.«

Sie hob den Kopf und sah ihn an.

»Ich liebe dich«, sagte er sanft, aber mit fester Stimme. »Ich habe dich immer geliebt, und das wird sich auch nie ändern. Egal, welche Entscheidung du triffst, du kannst immer auf mich zählen. Ich werde für dich da sein. Und für Miko ebenso.«

Tränen liefen ihr über die Wangen, doch diesmal waren es keine Tränen der Verzweiflung. Es war, als ob Nik mit seinen Worten ein Licht in ihr entzündet hätte.

»Nik …«, flüsterte sie, doch sie wusste nicht, was sie sagen sollte.

»Psst!« Er legte einen Finger auf ihre Lippen und umfasste sanft ihr Gesicht mit den Händen, wischte sanft die

Tränen fort und sah sie mit diesem Blick an, der all die Jahre, in denen sie getrennt gewesen waren, mit einem Wimpernschlag verpuffen ließ. »Es wird alles gut, Linna«, sagte er voller Überzeugung. »Du musst nichts überstürzen. Du wirst merken, wann dein Herz bereit für eine Entscheidung ist.«

In diesem Moment spürte Linna, wie stark ihre Gefühle für Nik wirklich waren. Es war nicht nur die gemeinsame Vergangenheit, die sie verband. Es war ebenso die Gegenwart – und damit hatten sie die Chance auf eine gemeinsame Zukunft.

Kapitel 23

Der kommende Morgen begann trüb für Miko. Mit gesenktem Kopf stand er neben Linna in der Hotelauffahrt. Vor ihnen beluden Antons Eltern ihr Auto mit Koffern und Taschen. Anton und Miko standen einander gegenüber, beide sichtlich bedrückt.

»Ich will nicht, dass du nach Hause fährst«, sagte Miko und kickte einen kleinen Stein mit der Spitze seines Sneakers.

»Ich auch nicht«, erwiderte Anton. »Aber meine Eltern sagen, wir müssen, weil der Urlaub vorbei ist.«

»Voll doof!« Miko verzog missmutig seinen Mund.

Antons Mutter trat zu den Jungen und lächelte sanft. »Ihr habt ja eure Adressen und Telefonnummern ausgetauscht. Ihr könnt schreiben, telefonieren und vielleicht sogar mal Videochats machen.«

Anton nickte und presste seine Lippen aufeinander. »Wir kommen nächstes Jahr wieder«, versprach er dann. »Spätestens in den Sommerferien, hat mein Vater gesagt.«

Miko hob den Blick. »In echt?«, fragte er hoffnungsvoll.

»Ganz in echt«, bestätigte Antons Vater, während er das letzte Gepäckstück im Kofferraum verstaute. »Uns hat es hier sehr gefallen. Wir werden bestimmt bald wiederkommen.«

Anton drehte sich zu Miko. »Dann können wir den Froschteich fertig anlegen.«

Miko lächelte ein wenig. »Ja. Und ich helfe Nik so lange weiter, bis die Pergola steht.«

Antons Augen leuchteten auf. »Machst du ein Foto von der Pergola, wenn sie fertig ist?«

»Klar!«, stimmte Miko zu.

»Kannst du dann meiner Mama aufs Handy schicken. Und dann kann sie es mir zeigen.«

»Das mache ich«, versprach Miko und drückte seinem Freund die Hand.

Linna beobachtete die beiden Jungen gerührt, während sie voneinander Abschied nahmen. Dann ging sie zu Antons Eltern und schüttelte ihnen die Hand. »Vielen Dank, dass Sie zu Gast im *Kranichglück* waren. Wir freuen uns, Sie nächstes Jahr wiederzusehen.«

»Das tun wir auch«, bekräftigte Antons Mutter. »Das *Kranichglück* ist wirklich etwas Besonderes. Wir hatten noch nie einen so angenehmen Urlaub.«

Kurz darauf stieg die Familie ins Auto. Anton winkte noch einmal aus dem heruntergelassenen Fenster. »Tschüss, Miko! Bis nächstes Jahr!«

Miko winkte wie wild mit seinem gesunden Arm und lief ein paar Meter hinter dem Auto her, das langsam davonrollte. »Tschüss, Anton!«, rief er noch, doch als der Wagen auf die Straße bog und bald um eine Ecke verschwand, ließ er den Arm sinken.

»Es ist alles doof ohne Anton«, grummelte er und scharrte mit dem Fuß im Kies.

Linna legte ihm den Arm um die Schultern. »Ich weiß, das ist jetzt traurig, Schatz, aber ihr könnt in Kontakt bleiben. Und nächstes Jahr habt ihr hier wieder viel Zeit zusammen.«

Miko nickte nur zögerlich.

In diesem Moment kam Ilja aus dem Hotel. Er trug eine lässige Jeans und ein Poloshirt. Seine Miene war ungewohnt entspannt. »Na, bist du bereit?«, fragte er und sah zu Miko hinunter.

»Was machen wir denn?«, fragte Miko und zog skeptisch die Augenbrauen hoch.

»Wir starten gleich zu unserem Ausflug nach Zingst! Ich habe uns Karten fürs Experimentarium besorgt. Das wird ein richtig toller Vater-Sohn-Tag. Nur wir zwei auf Abenteuer-Reise.«

Miko schaute ihn wenig begeistert an. »Ohne Anton ist alles doof«, wiederholte er.

Ilja lachte, ignorierte seine Bemerkung und klopfte Miko stattdessen auf die Schulter. »Das wird super, wirst schon sehen. Wir machen zusammen Experimente und schauen uns die coolen Ausstellungen an. Komm schon, schnapp dir deine Jacke, Kumpel.«

Miko schien nicht überzeugt zu sein, aber Linna kniete sich vor ihn und strich ihm eine Strähne aus dem Gesicht. »Das wird bestimmt schön, Miko. Papa hat sich extra Zeit für dich genommen. Und du kannst mir dann später erzählen, was ihr Spannendes gemacht habt.«

Nach kurzem Zögern nickte Miko und ging ins Haus, um seine Jacke zu holen.

»Er wird schon noch auftauen, wenn wir erst mal da sind«, sagte Ilja leichthin zu Linna, die seine Vorhersage mit nur einem knappen Lächeln quittierte.

Als Ilja und Miko schließlich losfuhren, blieb sie noch einen Moment vor dem Hotel stehen. Sie seufzte tief und wandte sich um.

Zurück im Hotel, traf sie Jule in der Küche, die dabei war, Bohnen in die Kaffeemaschine zu füllen. »Na, was machen deine Männer?«, fragte sie mit einem Augenzwinkern.

»Sie sind auf dem Weg nach Zingst«, antwortete Linna und nahm sich ein Glas Wasser. »Miko hatte gar keine Lust.«

Jule lachte leise. »Das überrascht mich kaum. Anton war ja sein bester Kumpel in den letzten Wochen. Ich hätte an seiner Stelle wohl ähnlich reagiert.«

Linna nickte und trank einen Schluck. »Wirklich schade, dass Anton und seine Eltern abreisen mussten.«

»Ach, übrigens, Papa hat gesagt, dass er heute Nachmittag den Foodtruck abholen will. Sein Bekannter hat ihn für uns fertig gemacht«, setzte Jule nach.

Linna stellte das Wasserglas auf der Arbeitsplatte ab und schaute sie erstaunt an. »Wirklich? Das geht ja jetzt wirklich Schlag auf Schlag.«

Ihre Schwester nickte. »So ist Papa eben. Wenn er sich für etwas entscheidet, dann wird's ruckzuck umgesetzt. Er hat doch noch nie lange gefackelt.«

»Das stimmt allerdings. Ich werde ihn begleiten«, entschied Linna spontan.

»Das wird ihn freuen.« Jule stellte die Spülmaschine an.

»Na, hoffentlich«, sagte Linna mit einem Lächeln. »Ich bin so gespannt, wie dieser Truck aussieht. Und außerdem … ist mir gerade jede Abwechslung recht.«

Jule bedachte sie mit einem verständnisvollen Blick. »Klar. An deiner Stelle würde ich auch jede Gelegenheit nutzen, um auf andere Gedanken zu kommen.«

Linna nickte. »Ich gehe Papa Bescheid sagen, dass ich mitkomme.« Sie warf ihrer Schwester noch einen liebevollen Blick zu und begab sich dann zum Büro, wo sie ihren Vater fand.

Am Nachmittag stand der Imbisswagen auf dem Hotelparkplatz. Die polierte Edelstahlfront blitzte im Sonnenlicht. Linna und ihr Vater hatten ihn am frühen Nachmittag bei einem Bekannten abgeholt. Nun standen sie zusammen mit Jule und Merle vor dem Truck, die hintere Klappe war weit geöffnet.

»Dann viel Spaß beim Inspizieren. Ich werde eben bei Herrn Hinz anrufen und mich erkundigen, wann wir den Wagen an den Strand stellen dürfen«, sagte Linnas Vater und schritt zum Hotel.

»Wow! Das ist ja der Hammer!«, rief Merle begeistert, als sie den kleinen Innenraum betrat. Sie strich über die glänzenden Arbeitsflächen und öffnete einen der eingebauten Schränke. »Alles perfekt durchdacht. Hier passen die Vorratsdosen rein, und dort drüben könnten wir die Gewürze aufbewahren. Und seht euch diese Kühlvitrine an! Die ist wie gemacht für frische Salate und Dressings oder auch für Kuchen.«

Linna und Jule standen an der Tür und beobachteten amüsiert, wie Merle voller Elan durch den Truck wirbelte. »Ich sehe schon, wir brauchen gar keinen ausführlichen Plan mehr zu machen«, sagte Jule lachend. »Merle hat alles schon im Kopf.«

Merle blickte zu ihnen, ihre Augen leuchteten vor Begeisterung. »Na klar! Ich kann es kaum erwarten, bis es endlich losgeht. Das wird mein ganz persönliches Lieblingsprojekt!«

Linnas Vater stieß wieder zu ihnen, die Hände lässig in die Hosentaschen gesteckt. »Ein schmuckes Teil haben wir da an Land gezogen, oder? Alles ist fast wie neu.«

»In der Tat«, pflichtete Jule ihm bei. »Dein Bekannter scheint den Wagen gehegt und gepflegt zu haben.«

Er nickte. »Das hat er. Und es gibt noch eine weitere gute Nachricht. Ich habe gerade Herrn Hinz im Büro erreicht – der Wagen kann schon in den nächsten Tagen am Strand aufgestellt werden. Dann können wir sogar noch ein bisschen vom Geschäft der Hauptsaison mitnehmen.«

»Wunderbar!« Jule öffnete den kleinen Kühlschrank und blickte prüfend hinein.

»Oh, ich freue mich schon sehr auf die ersten Gäste«, fügte Merle hinzu und ließ sich dann die Funktion der Verkaufsklappe an der vorderen Längsseite des Verkaufsanhängers von Linnas Vater erklären.

Linna lauschte nur mit halbem Ohr. Plötzlich hörte sie das tiefe Brummen eines Motors. Sie lugte aus dem Imbisswagen zur Straße. Ein ihr vertrauter Pick-up bog auf den

Parkplatz ein, auf dessen Ladefläche sich lange Holzbalken stapelten.

Linna trat aus dem Truck heraus, um besser sehen zu können. Der Wagen hielt und Nik stieg aus, ein zufriedenes Lächeln auf den Lippen. Zu ihrer Überraschung schwang im nächsten Moment die Beifahrertür auf, und Jörn kletterte heraus.

»Das ist ja eine Überraschung. Mit euch habe ich heute gar nicht gerechnet«, rief Linna erfreut und ging mit großen Schritten auf die beiden Männer zu.

Nik grinste. »Das Holz ist vorhin angekommen, und Jörn hat sich bereit erklärt, mir bei den letzten Arbeiten zu helfen. Damit die Pergola so schnell wie möglich fertig wird.«

Jörn zuckte mit den Schultern und lächelte. »Wofür hat man denn Brüder, wenn nicht zum Abkommandieren?«

Linna konnte ein Lächeln nicht unterdrücken. Es war ein fast ungewohntes Bild, beide so einträchtig zusammen zu sehen, aber es gefiel ihr. »Das ist super! Vielen Dank, Jörn, dass du dich hast abkommandieren lassen«, sagte sie mit einem Augenzwinkern.

Nik und Jörn schnappten sich gerade die ersten Balken von der Ladefläche, als Linnas Vater zu ihnen kam. »Hallo, hallo! Auch hier scheint es ja nun vorwärtszugehen. Schön, dass ihr uns helft.«

»Das machen wir doch gerne, Herr Franke«, sagte Nik und hob einen der Balken auf die Schulter. »Und zu zweit geht's ja bekanntlich auch viel schneller.«

»Das ist wahr«, stimmte Linnas Vater zu.

Die Männer tauschten noch ein paar Worte aus und trugen dann die Holzbalken zur Terrasse. Linna stand mit Jule und Merle vor dem Imbisswagen und schaute ihnen nach. Nik und Jörn schienen ein eingespieltes Team zu sein. Sie arbeiteten mit sichtbarer Routine.

Linnas Vater blickte den Brüdern wohlwollend nach. »Es gibt nichts Besseres als gute Freunde«, murmelte er nachdenklich.

»Oh ja!«, stimmte Linna lächelnd zu und genoss den harmonischen Moment.

Linna und Merle reinigten gerade gründlich die letzten Ecken des neuen Foodtrucks, als Iljas Mercedes langsam auf den Parkplatz des Hotels fuhr. Mit einem Eimer Wasser und einem Tuch in der Hand wischte sie die Außenseite der glänzenden Edelstahlklappe ab. Merle kümmerte sich um die Innenseite.

»Der Wagen sieht wirklich klasse aus«, rief Merle aus dem Innern des Foodtrucks. »Die Leute werden garantiert Schlange stehen«, prognostizierte sie.

»Das wäre nicht schlecht«, antwortete Linna abwesend. Sie war auf das Auto konzentriert, das gerade ein paar Meter von ihr entfernt hielt. Sobald sie fertig war, stellte sie schnell den Eimer ab, strich sich eine Haarsträhne aus dem Gesicht und ging auf Iljas Wagen zu, um ihren Sohn in Empfang zu nehmen.

Ilja stieg aus, dann half er Miko vom Kindersitz.

»Da seid ihr ja wieder«, rief Linna ihnen entgegen und

bemühte sich um ein Lächeln. Doch sie bemerkte sofort Mikos gelangweilte Miene.

Linna beugte sich zu ihrem Sohn hinunter. »Wie war's denn?«, fragte sie leise.

Miko zog die Schultern hoch und wich ihrem Blick aus. »War okay«, nuschelte er kaum verständlich.

Ilja wirkte sehr bemüht, den Ausflug in ein positives Licht zu rücken. »Es war mehr als nur okay! Wir haben so viele spannende Dinge erlebt«, erwiderte er und hob die Stimme. »Wir haben riesige Kugelbahnen gebaut, mit Magneten experimentiert und uns eine Science-Show angesehen. Und danach gab's noch Eis am Hafen. Das war klasse, oder, Miko?«

Miko nickte zögerlich, ohne jedoch wirklich begeistert zu wirken. Linna war bewusst, dass sein Missmut nichts mit Iljas Bemühungen zu tun hatte. Seit Anton abgereist war, fehlte Miko sein Freund – und es war offensichtlich, dass er seinem Kumpel hinterhertrauerte.

Da glitt plötzlich ein Lächeln über Mikos Gesicht. Sein Blick fiel auf den Pick-up, der etwas abseits auf dem Parkplatz stand. Augenblicklich hellten sich seine Augen auf. »Ist Nik hier?«, fragte er, seine Stimme vor Aufregung einen Ton höher.

Linna folgte seinem Blick und nickte. »Ja, er ist im Hotelgarten. Er arbeitet mit seinem Bruder Jörn an der Pergola.«

»Toll!« Miko strahlte auf einmal über das ganze Gesicht. Seine Traurigkeit schien wie weggeblasen zu sein. »Dann kann ich ja wieder mithelfen!«, rief er begeistert und rannte schon los, ohne auf ein Wort seiner Eltern zu warten.

Linna blieb zurück und sah ihm nach, wie er freudestrahlend im Hotel verschwand. Neben ihr seufzte Ilja leise. Als sie sich zu ihm umdrehte, stand ihm die Frustration deutlich ins Gesicht geschrieben. Doch er beherrschte sich, presste die Lippen zusammen und sagte mit betonter Gleichgültigkeit: »Ich werde mich mal frisch machen gehen. Der Tag war anstrengend.«

»Mach das«, erwiderte Linna knapp und deutete mit einer Kopfbewegung zum Imbisswagen. »Wir brauchen hier noch eine Weile.«

Ilja nickte und ging langsam in Richtung Eingang.

Linna griff nachdenklich wieder zu ihrem Putzlappen. Ilja schien die Bindung zwischen Miko und Nik zu stören – auch wenn er nichts dazu gesagt hatte. Sie konnte es ihm noch nicht mal verübeln.

Ein leises Räuspern holte sie aus ihren Gedanken. »Können Sie mir bitte einmal helfen?«, fragte Merle aus dem Foodtruck heraus.

Linna rang sich ein Lächeln ab. »Ja, selbstverständlich. Lass uns weitermachen.«

Sie erledigten gemeinsam die letzten Handgriffe. Später goss Linna das schmutzige Wasser in den Ausguss und konnte Mikos fröhliche Stimme aus dem Garten vernehmen. Nachdenklich spülte sie den Lappen unter klarem Wasser aus. Und was wäre, wenn Miko in Nik mehr als nur einen Freund sah? Vielleicht sogar eine Art Vaterfigur. Der Gedanke ließ sie einerseits hoffen – schließlich hatte

Miko nie eine richtige Vater-Sohn-Beziehung erlebt. Aber andererseits … machte er ihr auch Angst. Was, wenn Nik sich doch wieder zurückzog? Wenn er Miko enttäuschte? Oder wenn sie selbst irgendwann erkannte, dass es nicht funktionierte? Sie wollte nicht, dass ihr Sohn verletzt wurde.

Abends saßen Linna und Ilja an einem der Fensterplätze des eleganten Restaurants, das direkt an der Seebrücke lag. Der Blick auf die glitzernde Ostsee war atemberaubend, doch Linna konnte ihn kaum genießen. Ilja hatte darauf bestanden, dass sie mit ihm ausging, damit sie Zeit zum Reden hatten. Das Gespräch nahm nun, wie sich bereits während der Vorspeise angedeutet hatte, zunehmend eine unangenehme Wendung.

Ilja hatte damit begonnen, zu erzählen, wie der Ausflug verlaufen war: Miko hatte sich schwer motivieren lassen. Linna wusste genau, worauf er hinauswollte. Er lehnte sich zurück, hielt die Arme vor der Brust verschränkt und schaute sie mit einem Blick an, der zwischen Frust und Gereiztheit schwankte. »Miko hat heute den ganzen Tag nur von Anton und diesem Nik erzählt.« Seine Stimme blieb ruhig, hatte aber einen scharfen Unterton.

Linna legte ihr Besteck auf den Teller und sah Ilja fragend an. »Was genau willst du mir damit jetzt sagen?«

»Was ich dir sagen will?« Ilja zog die Augenbrauen hoch und beugte sich nach vorne, die Ellbogen auf den Tisch gestützt. »Er redet von nichts anderem mehr. Nik hier, Nik da. Es ist, als wäre dieser Typ plötzlich der wichtigste Mensch in seinem Leben.«

Linna spürte, wie ihr gleichzeitig heiß und kalt wurde. Sie hatte geahnt, dass Ilja Nik nicht besonders schätzen würde, aber seine Eifersucht war nun unüberhörbar. »Nik hat viel Zeit mit Miko und auch mit Anton verbracht«, erklärte sie vorsichtig. »Er hat ihm und Anton die Möglichkeit gegeben, sich handwerklich zu betätigen. Die Kinder hatten Spaß. Miko hat es genossen, mal von einem Mann gelobt zu werden, während du …«

»Während ich was?«, unterbrach Ilja sie harsch.

Linna blickte auf die Ostsee. Sie hatte keinen Streit provozieren wollen, aber Iljas Ton machte es ihr schwer, ruhig zu bleiben. »Während du gearbeitet hast«, beendete sie den Satz schließlich und sah ihn direkt an.

Ilja schnaubte und schüttelte den Kopf. »Ich bin Mikos Vater, Linna, nicht Nik«, sagte er mit Nachdruck. »Und das sollte Miko nicht vergessen. Und du auch nicht.«

Das klang für sie fast wie eine Drohung. Dennoch bemühte sie sich, ihre Emotionen unter Kontrolle zu halten. »Niemand stellt das infrage, Ilja«, erwiderte sie ruhig. »Aber Miko fühlt sich hier wohl, er hat einen Freund gefunden. Und Nik ist einfach jemand, der ihm ein bisschen dabei geholfen hat, eine schöne Zeit zu haben.«

»Das mag ja sein«, entgegnete Ilja und hob eine Hand, als wollte er ihre Worte abwehren. »Aber ich bin es, sein Vater, der ihm Halt geben und auch für die schönen Zeiten zuständig sein sollte. Ich will nicht, dass er denkt, Nik könnte mich ersetzen.«

Linna seufzte leise und blickte wieder kurz aus dem Fenster auf das ruhige Meer. Die Spannungen zwischen ihr und Ilja wurden schier unerträglich. Sie ahnte, dass dieses Gespräch nicht gut enden würde. »Niemand ersetzt dich, Ilja«, merkte sie bemüht ruhig an. »Miko braucht allerdings mehr als ab und an ein paar liebe Worte. Er braucht Menschen, die kontinuierlich für ihn da sind.«

Ilja starrte sie an und lehnte sich wieder zurück. »Das ist genau der Punkt«, erklärte er dann. »Es ist höchste Zeit, dass du mit Miko nach Düsseldorf zurückkehrst. Wir gehören zusammen, Linna. Als Familie.«

Seine Forderung versetzte ihr einen Schlag, den sie ungefiltert parierte. »Ich kann jetzt nicht zurück.«

Ilja zog die Augenbrauen zusammen. »Warum nicht? Was hält dich hier?«

»Meine Familie braucht mich«, erklärte sie und sah ihm fest in die Augen. »Das Hotel braucht mich. Ich habe hier Aufgaben, die ich nicht einfach liegen lassen kann.«

»Und was ist mit uns?«, fragte er und lehnte sich wieder vor. »Ich und Miko – wir sind auch deine Familie, falls du das vergessen haben solltest.«

Linna schluckte. Seine Worte schnürten ihr regelrecht die Kehle zu. Er hatte ja recht, doch gleichzeitig fühlte sie sich immer mehr von ihm erdrückt. »Ich weiß«, brachte sie mit kehliger Stimme hervor. »Trotzdem kann ich Himmelsee nicht Hals über Kopf verlassen.«

Ilja schüttelte den Kopf, seine Enttäuschung war unverkennbar. »Düsseldorf konntest du allerdings Hals über Kopf verlassen? Du musst eine Entscheidung treffen, Linna«, forderte er. »Früher oder später.«

Sie fühlte, wie ihr Tränen in die Augen stiegen, doch sie drängte sie zurück. Sie wollte nicht, dass der Streit weiter eskalierte. »Wir werden eine Lösung finden«, versprach sie und bemühte sich, dabei versöhnlich zu klingen. »Bitte, gib mir noch etwas Zeit.«

Lange sah er sie an, bevor er leicht nickte.

Obwohl er Zustimmung zeigte, erkannte sie an seiner Miene, dass er nicht überzeugt war. Linna aß einen Bissen von ihrem Fischgericht und blickte dann abermals hinaus aufs Meer. Alle Welt drängte sie, bald eine Entscheidung zu fällen. Warum nur fiel es ihr so schwer?

Kapitel 24

Als Linna an Astrids kleiner Buchhandlung ankam, stand die Sonne hoch am Himmel. Die kleine Glocke an der Tür bimmelte, und Astrid kam aus dem Laden, eine große Tasche über der Schulter und ein fröhliches Lächeln im Gesicht. »Na, bist du bereit für die große Eröffnung?«, fragte sie gut gelaunt und schloss die Tür hinter sich.

»Oh ja! Und wie!«, erwiderte Linna, musste sich aber dann zu einem Lächeln zwingen.

Astrid warf ihr daraufhin nur einen prüfenden Blick zu, fragte jedoch nicht nach. Sie winkte noch mal ihrer jungen Aushilfe zu, die hinter der Theke stand und zurückwinkte, dann bewegte sie Linna zum Aufbruch. »Also, auf zum Strand. Ich hoffe, es gibt was Leckeres zu essen«, plauderte sie drauflos. »Wie heißt euer Imbiss eigentlich?«

»Meerhunger.«

»Welch passender Name.« Astrid hakte sich bei ihr unter.

Je näher sie dem Strand kamen, umso frischer wurde die Brise. Der Wind trug das Kreischen der Möwen und etwas Sand mit sich, dennoch war es ein schöner Sommertag, und es waren viele Menschen auf dem Weg zum Badestrand.

»Und, wie läuft es bei dir?«, fragte Astrid schließlich, als sie den kleinen, von Dünen gesäumten Weg entlangschlenderten.

»Ach …« Linna seufzte. »Ilja hat sich die letzten Tage wirklich Mühe gegeben. Er versucht alles, um es Miko und mir recht zu machen. Er nimmt sich Zeit, ist wirklich so aufmerksam wie früher nie … und trotzdem …«

Astrid sah sie von der Seite an. »… fühlt es sich nicht richtig an, oder?«

Linna schüttelte den Kopf. »Nein. Es fühlt sich … erdrückend an. Als würde er versuchen, etwas zu gewinnen, was längst verloren ist. Und Miko …« Sie brauchte einen Augenblick, um ihre Gedanken zu sortieren. »Er lässt sich zwar darauf ein, allerdings sehe ich es in seinen Augen. Es ist nicht dasselbe wie mit Nik. Ich hätte damit nie gerechnet. Aber er wirkt fast überfordert von Iljas plötzlicher Aufmerksamkeit. Es ist, als würde Ilja mit aller Macht versuchen, das nachzuholen, was er die letzten Jahre verschludert hat.«

Ihre Freundin nickte nachdenklich. »Und wie läuft es mit Nik?«

Linna lächelte leicht, als sie antwortete. »Nik und Jörn haben die Pergola endlich fertiggestellt. Miko war so stolz darauf, dass er sich direkt davor hat fotografieren lassen, um das Bild Anton zu schicken. Er hat mich dann später gefragt, wann er Nik wiedersehen kann. Ich glaube, er vermisst ihn jetzt schon.«

Astrid blieb stehen, legte Linna eine Hand auf den Arm und sah sie eindringlich an. »Und du? Vermisst du ihn auch?«

Ein tiefes Seufzen entwich ihr. »Ja, das tue ich – und wie! Und weißt du, was am schönsten ist? Er macht mir keinen Druck. Er ist einfach da, wenn ich ihn brauche. Es fühlt sich so … leicht an mit ihm. So richtig. Ganz anders als bei Ilja.«

Astrid musterte sie einen Moment. »Du weißt, was ich jetzt fragen will, oder?«

Natürlich wusste sie es. »Du meinst, wie ich mich entscheiden werde.«

»Genau.«

Linna ging weiter und sah aufs Meer hinaus, wo die Wellen sanft an den Strand rollten. »Ich weiß es nicht, Astrid. Ich möchte unbedingt die richtige Entscheidung treffen. Und dann wäge ich ab und sehe Positives und Negatives. In anderen Momenten frage ich mich: Was, wenn es gar keine richtige Entscheidung gibt? Und egal, was ich tue, ich werde jemanden verletzen. Das ist furchtbar auszuhalten für mich.«

Astrid schwieg eine Weile, dann wandte sie sich Linna zu und schenkte ihr einen gütigen Blick. »Manchmal geht es nicht darum, die richtige Entscheidung zu treffen. Manchmal geht es darum, die Entscheidung zu treffen, die sich für dich und dein Leben am stimmigsten anfühlt.« Sie lachte aufmunternd. »Ein bisschen Schwund ist wohl immer.«

»Das kann sein.« Sie freute sich über Astrids Beistand. Dennoch war sie nicht sicher, ob sie die Kraft hatte, die Entscheidung zu fällen und dann den Weg unbeirrt weiterzuverfolgen.

Als sie den Strand erreichten, sahen sie schon aus der Ferne den Foodtruck mit den bunten Luftballons und dem fröhlichen Schriftzug »Meerhunger«, der in großen, geschwungenen Lettern auf der Seite prangte.

Ilja stand mit Miko vor dem Foodtruck, in völliger Eintracht ließen sie sich ein Eis schmecken. Neben Miko lehnte sein brandneues, leuchtend rotes Schlauchboot, Ilja hatte es ihm vor ein paar Tagen geschenkt. Es sollte Miko ein Trost sein, da er wegen seines Gipsarms nicht in der Ostsee planschen durfte. Stattdessen sollte er wenigstens die Freiheit spüren, ein wenig auf dem Wasser zu gleiten, wenn ein Erwachsener dabei war.

Trotz des eigentlich harmonischen Anblicks schnürte sich Linnas Brust zusammen. Das vertraute Unbehagen überfiel sie. Sie erkannte, dass es für sie und alle anderen das Beste war, sich bald zu entscheiden. Denn wie lange konnte sie sich und ihnen diesen Zustand noch zumuten?

Der Wind blies kräftig über den Strand. Die DLRG hatte den roten Windsack gehisst, der nun stramm am Fahnenmast flatterte. Nik und Jörn hatten sich bis zur letzten Minute um technische Details gekümmert, doch nun lief alles einwandfrei.

Linnas Eltern waren in feierlicher Stimmung. Sie hatten mehrere Flaschen Sekt geöffnet und verteilten Gläser an die Anwesenden. Astrid, Jule, Ilja, Jörn, Nik und Linna hielten ihre Gläser bereit. Miko bekam ein großes Glas Eistee. Dann trat ihr Vater vor den kleinen Kreis und sprach ein paar Worte.

»Auf das *Meerhunger*!«, schloss er seine kleine Rede. »Möge es nicht nur die Gaumen der Gäste, sondern auch ihre Herzen erfreuen.« Mit einem zufriedenen Lächeln hob er sein Glas, kurz darauf stießen alle an.

Merle, die vor Stolz beinah zu platzen schien, durfte den ersten Verkauf im Foodtruck abwickeln. Ihre Augen funkelten, als sie sich eifrig in die Arbeit stürzte, unterstützt von drei weiteren Auszubildenden, die die erste Schicht am Strand gemeinsam mit ihr übernahmen. Miko lugte fasziniert durch die Öffnung des Imbisswagens und konnte kaum den Blick von all den glänzenden Geräten und den frischen Zutaten abwenden.

Während die anderen lachten und den neuen Imbiss feierten, zog Ilja Linna plötzlich zur Seite. Sein Griff war fordernd, fast drängend, und in seinen Augen lag ein Ausdruck, den Linna nicht deuten konnte.

»Linna«, begann er mit ernster Stimme und sah sie eindringlich an. »Ich kann nicht länger warten.«

Sie sah ihn verwirrt an. »Worauf warten?«, fragte sie, um Zeit zu gewinnen.

Schon griff er in seine Hosentasche und zog eine kleine, samtbezogene Box hervor. Mit einer schwungvollen Bewegung öffnete er sie und offenbarte einen Ring, der mit einem schlichten, edlen Diamanten verziert war.

»Ich will, dass du endlich meine Frau wirst«, sagte er fest und griff nach ihrer Hand. »Bitte, Linna. Lass uns alles hinter uns lassen und neu anfangen. Für Miko und für uns.«

Alles in ihr schrie laut Nein. Innerlich sträubte sie sich,

und die Worte, nach denen sie suchte, blieben ihr im Hals stecken. Die Antwort, die er von ihr wollte, konnte sie ihm nicht geben. Doch bevor sie etwas sagen konnte, wurden sie von einem lauten Aufschrei jäh unterbrochen.

»Miko!« Der Ruf kam von Astrid, die neben dem Foodtruck stand.

Linna und Ilja stürzten erschrocken zu ihr.

»Was ist mit Miko?«, fragten sie gleichzeitig.

»Da vorne!« Astrid deutete aufs Meer.

In der Ferne sahen sie einen kleinen, roten Fleck auf den Wellen treiben. Linnas Herz setzte einen Schlag aus, als sie erkannte, was es war: Mikos Schlauchboot. Es trieb mit dem Wind und mit Miko hinaus auf die Ostsee.

Ohne zu zögern, stürzte sie los. Aus dem Augenwinkel sah sie, dass jemand schneller reagiert hatte. Nik rannte bereits über den Sand und die hölzerne Seebrücke hinauf. Linna stockte der Atem, als sie sah, wie er sich, ohne einen Moment zu zögern, von der Brücke ins Wasser stürzte. Das kalte Meer verschlang ihn, und für einen Augenblick war nur noch das Plätschern der Wellen zu hören.

»Nik!«, schrie sie und rannte auf die Brandung zu. Sie erkannte die eigene Stimme kaum, die von Panik und Angst gezeichnet war.

Doch dann tauchte er wieder auf, schwamm mit kräftigen Zügen und nahm Kurs auf das rote Schlauchboot. Der Wind fachte die Wellen an, trotzdem kämpfte er sich unermüdlich voran.

Hinter sich hörte sie hektische Stimmen. »Die DLRG ist unterwegs!«, rief jemand.

Linna drehte sich kurz um und sah, wie zwei Männer in Rettungswesten mit einem Rettungsbrett in Richtung Wasser liefen – offensichtlich alarmiert durch andere Badegäste. Erleichterung mischte sich in ihre Angst. Nik würde nicht allein sein. Hilfe war unterwegs.

Dann erkannte sie, dass Miko sich am Rand des Boots mit einer Hand festhielt. Sie rief ihm zu, dass er durchhalten solle und Hilfe auf dem Weg sei. Ob ihre Worte bei ihm ankamen, wusste sie nicht.

Dann erreichte Nik endlich das Boot und griff danach. Mit sicheren Schwimmbewegungen zog er Miko in dem Schlauchboot zurück in Richtung Ufer – neben ihm die Rettungsschwimmer.

Eine Ewigkeit schien zu vergehen, bis Niks Füße endlich den Boden erreichten und er Miko in dem Schlauchboot an den Strand zog. Die Rettungsschwimmer halfen ihm auf den letzten Metern, waren bereit einzugreifen, falls es nötig war. Linna rannte ihnen entgegen, vor Tränen sah sie kaum etwas. Dann hob sie Miko endlich aus dem Boot und drückte ihn so fest sie konnte an sich. Sie konnte kaum fassen, dass er unversehrt war. »Miko!« Ihre Stimme brach.

»Mama, Nik hat mich gerettet!«, sagte Miko, noch zitternd, aber mit leiser Bewunderung.

»Ich hab's gesehen, mein Schatz. Alles ist gut. Du bist in Sicherheit«, flüsterte sie.

»Und mein Gips ist gar nicht nass geworden.« Miko reckte seinen Arm mit dem blauen Verband in die Höhe.

Nik stand neben ihnen, das Wasser tropfte von seinem Haar und seiner Kleidung. Sein Atem ging schwer, sein

Blick war ruhig, aber voller Sorge. »Es ist noch mal alles gut gegangen.«

Linna sah ihn an, Tränen liefen über ihre Wangen. »Danke«, flüsterte sie. »Danke, dass du ihn gerettet hast. Ohne dich wäre er vielleicht ertrunken.«

»Immer.« Nik fuhr sich durchs nasse Haar. Doch in seinem Blick lag eine tiefe, unausgesprochene Emotion, die Linna mehr berührte, als Worte es je könnten.

Ilja erreichte sie mit hastigen Schritten. Sein Gesicht war bleich; er wirkte wie jemand, der gerade erkannt hatte, dass er nahe am Abgrund gestanden hatte. Sein Blick wanderte von Linna zu Miko und schließlich zu Nik, der noch immer klatschnass neben ihnen stand.

»Das ... das alles ist meine Schuld«, stammelte Ilja mit belegter Stimme. Er strich sich fahrig durchs Haar. »Ich hätte besser auf Miko aufpassen müssen. Ich hätte ihn nicht aus den Augen lassen dürfen. Schon gar nicht mit dem Schlauchboot.«

Linna zog Miko noch enger an sich und warf Ilja einen Blick zu. »Ja, bei ablandigem Wind«, sagte sie mit Nachdruck, »sollte man kein Schlauchboot mit an den Strand nehmen.«

Ilja senkte betroffen den Kopf. Im nächsten Moment hatte er sich jedoch gefangen, hob den Blick und wandte sich Nik zu.

»Nik ...«, begann er zögernd und machte einen Schritt auf ihn zu. »Ohne Ihren Einsatz ...« Er stockte einen Moment, bevor er weitersprach. »Ohne Sie wäre Miko vielleicht ...« Er ließ den Satz unvollendet. Dann streckte er

Nik die Hand entgegen. »Danke. Wirklich, aus tiefstem Herzen. Ihr beherzter Einsatz hat meinem Sohn das Leben gerettet. Ich werde Ihnen das niemals vergessen – und ich werde für immer in Ihrer Schuld stehen.«

Nik, der sichtlich überrascht von Iljas Worten war, zögerte kurz, schüttelte dann jedoch die dargebotene Hand. »Ich habe nur getan, was jeder gemacht hätte«, sagte er bescheiden, aber seine ernste Miene verriet, wie viel ihm die Geste bedeutete.

»Ich bin so froh, dass dir nichts passiert ist, mein Kleiner«, brachte Ilja brüchig hervor und strich Miko über das Haar. Dann wandte er sich wieder an Linna. »Ich gehe jetzt zurück zum Hotel«, verkündete er müde. »Ich werde packen.«

Linna betrachtete seine schönen, von dem Schreck gezeichneten Gesichtszüge. Vor nicht einmal einem halben Jahr hätte sie nichts lieber getan, als diesen Mann zu trösten und in die Arme zu ziehen. Jetzt nicht mehr. Aber sie verstand die unausgesprochene Entschuldigung in seinen Worten und nahm sie wortlos hin. Es gab gerade nichts, was sie hätte sagen können. »Wir reden später«, bot sie an.

Ilja warf noch einen letzten Blick auf Miko, der sich inzwischen beruhigt hatte und nun fasziniert zu Nik aufsah, bevor er sich abwandte und mit hängenden Schultern langsam den Strand hinaufging.

Die einbrechende Nacht legte sich wie ein samtiges Tuch über Himmelsee. Die Luft war kühl, und vereinzelte Böen wehten über den Parkplatz vor dem *Kranichglück*. Linna stand neben Ilja, der mit gesenktem Kopf an seinem Auto lehnte. Zwischen ihnen standen unausgesprochene Worte und ein endgültiger Abschied.

»Ilja«, sagte Linna und schlang ihre Arme um sich, um die Kühle der Nacht abzuwehren. »Es tut mir leid, dass alles so gekommen ist … Ich wollte dir auch noch sagen, dass meine Entscheidung gefallen ist.«

Er hob den Blick und sah sie an. In seinen Augen spiegelte sich Schmerz, aber auch Verständnis.

»Ich werde mit Miko hier in Himmelsee bleiben«, fuhr Linna fort. »Himmelsee ist nun unser Zuhause. Und ich möchte weiterhin im Hotel meiner Eltern arbeiten. Es fühlt sich richtig an hierzubleiben. Ich hoffe, du kannst meine Entscheidung verstehen.«

Ilja seufzte einmal, dann nickte er. »Ich hab es irgendwie schon geahnt. Trotzdem musste ich alles versuchen, auch wenn ich befürchtet hatte, dass es zu spät sein könnte. Du hast dich verändert, Linna. Und das hier …« Er deutete mit einer vagen Geste auf das Hotel und den Strand hinter ihnen. »Wahrscheinlich ist das wieder ein Teil von dir geworden. Vielleicht war es das schon immer.«

Linna machte einen Schritt auf ihn zu und legte ihm die Hand auf den Arm. »Ilja, ich bin dir wirklich dankbar. Für alles, was du für Miko und mich getan hast. Und ich will, dass du weißt, dass du hier immer willkommen bist. Du kannst Miko sehen, wann immer du möchtest. Er braucht seinen Vater. Und ich werde alles dafür tun, damit ihr eine gute Beziehung habt.«

Er hielt ihrem Blick stand. »Danke, Linna. Das bedeutet mir viel.«

Ein kurzes Schweigen entstand, nur das leise Rascheln der Blätter in den Bäumen war zu hören. Schließlich umarmte Ilja sie kurz. »Ich melde mich bald, wenn ich weiß, wann ich Miko wiedersehen kann. Pass gut auf euch auf«, sagte er, bevor er sich wieder von ihr löste und zur Fahrertür seines Autos ging.

»Das verspreche ich dir«, antwortete Linna und zwang sich zu einem kleinen Lächeln.

Ilja stieg ein, startete den Motor, und die Scheinwerfer schnitten grell durch die Dunkelheit. Linna trat einen Schritt zurück und sah zu, wie er den Wagen wendete und langsam die Auffahrt hinunterfuhr. Die Rücklichter wurden kleiner und verschwanden schließlich ganz in der Nacht.

Einen Moment lang blieb sie noch stehen. Die Kühle der Nacht kroch ihr unter die Haut, doch in sich konnte sie eine angenehme Wärme spüren. Tief atmete Linna ein, schloss dann die Augen und ließ das Gefühl von Erleichterung durch ihren Körper strömen.

Sie wusste, dass sie die richtige Entscheidung getroffen hatte. Hier in Himmelsee lagen ihre Wurzeln, ihre Familie, und – ja, das fühlte sie ganz deutlich – ihr weiteres Leben. Ihre Gedanken wanderten zu Nik, zu seiner Liebe, seiner Geduld und dem Gefühl von Sicherheit, das er ihr gab.

Ein leises Lächeln umspielte ihre Lippen, als sie sich umdrehte und mit leichten Schritten zurück zum *Kranichglück* ging. Zum ersten Mal seit langer Zeit fühlte sich

Linna angekommen. Sie war froh, sich entschieden zu haben. Und sie war jetzt bereit für das, was vor ihr lag. Schwungvoll öffnete sie die Eingangstür des Hotels und atmete tief ein. Sie war endlich zu Hause.

Epilog

Einen Monat später

Linna schlüpfte in ihre Laufklamotten, band sich die Haare zu einem lockeren Zopf und schnappte sich ihre leichte Sportjacke. Auf flinken Sohlen ging sie durch die Lobby des *Kranichglücks*. Draußen warf sie noch einen Blick in den Hotelgarten, wo Miko mit seinem neuen Freund Gustav, einem Kind aus dem Ort, zwischen den Beeten herumalberte. Die beiden Jungen waren so vertieft in ihr Spiel, dass sie nicht bemerkten, wie Linna sie aus der Ferne beobachtete. Ein warmes Lächeln huschte über ihr Gesicht. Es tat gut zu sehen, wie auch Miko in Himmelsee langsam Wurzeln schlug.

Mit einem letzten Blick auf die Kinder zog sie die Kopfhörer aus ihrer Tasche, steckte sie ins Ohr und lief los. Der Rhythmus ihrer Schritte passte sich problemlos der pulsierenden Musik an, die sie begleitete, während sie durch die vertrauten Straßen Himmelsees lief und bald den Weg zum Strand einschlug. Kurz darauf tauchte das *Meerhunger* in ihrem Blickfeld auf, der kleine Foodtruck, der inzwischen ein fester Bestandteil des Strandlebens geworden war.

»Hallo!«, rief Merle ihr entgegen, die mit einer weiteren Auszubildenden im Imbisswagen beschäftigt war. Die beiden trugen noch ihre Schürzen und räumten die letzten Reste des Tagesgeschäfts zusammen.

»Na, ist bei euch alles gut gelaufen heute?«, fragte Linna und blieb stehen, um einen Blick in den Truck zu werfen. Es sah alles sehr sauber aus. Nirgendwo war Soße verkleckert, auch von Abfällen keine Spur.

»Ja, super!«, verkündete Merle begeistert. »Es war richtig viel los. Und wissen Sie was? Manche Leute sind sogar mehrmals gekommen. Einfach so.«

Linna nickte zufrieden. »Das liegt natürlich auch an der guten Lage. Der Foodtruck hat den besten Platz am Strand. Allerdings hat es bestimmt auch was mit euch zu tun. Zu so freundlichen Leuten kommt man gern zweimal.«

»Ja, das stimmt«, fügte die zweite Auszubildende hinzu und grinste. »Wir bringen die Einnahmen später ins Hotel.«

»Macht das. Ich bin wirklich stolz auf euch.« Mit einem Lächeln verabschiedete sich Linna, während die beiden jungen Frauen weiter sauber machten.

Als sie ein paar Schritte vom Imbiss entfernt war, meldete sich ihr Handy. Sie zog es aus der Tasche. Sarah hatte ihr eine Nachricht geschickt.

Ich mache mich morgen gegen fünf Uhr früh auf den Weg.
Freue mich schon so, dich endlich wiederzusehen!
Und Miko auch!
LG Sarah

Eine große Vorfreude durchströmte Linna. Es schien eine Ewigkeit her zu sein, dass sie Sarah das letzte Mal gesehen hatte. Genau genommen hatte sie sie seit dem Tag nicht gesehen, an dem sie mit Miko nach Himmelsee gefahren war. Schnell schrieb sie zurück.

Ich freue mich auch riesig! Hab eine gute Fahrt. Himmelsee wird dir gefallen.
VLG Linna

Mit einem Lächeln steckte sie das Handy zurück in die Tasche. Linna ließ den Blick über den Strand schweifen, die letzten Sonnenstrahlen tauchten den Himmel in warme Gold- und Orangetöne. Sie zog ihre Jacke zurecht und atmete tief ein. Es war wirklich die perfekte Zeit für eine Joggingrunde – und das Gute war: Sie war verabredet.

Plötzlich tauchte Nik neben ihr auf. »Na, schöne Frau!« Sein Grinsen war ansteckend. Bevor Linna etwas antworten konnte, gab er ihr schon einen innigen Kuss. »Bist du startklar?«, fragte er mit leuchtenden Augen.

»Immer doch«, antwortete sie lächelnd, steckte eine Haarsträhne in ihren Zopf und warf ihm einen verschwörerischen Blick zu. »Wo bleibt denn Jörn mit seiner neuen Freundin?«

Nik zuckte grinsend mit den Schultern. »Keine Ahnung! Du weißt ja, Frauen und ihre langen Vorbereitungen.«

Linna stieß ihn spielerisch in die Seite. »Ach ja? Und bist du sicher, dass er wirklich mit dieser Emma zusammen ist?«

Nik nickte. »Die beiden haben sich irgendwann beim Joggen kennengelernt. Seit zwei Wochen ist es offiziell mit ihnen.«

Linna schmunzelte. »Ich freue mich echt für ihn. Jörn hat es verdient, glücklich zu sein.«

Kurz darauf sahen sie Jörn und Emma in der Ferne, wie sie über den Sand joggten. Als sie näher kamen, fiel Linna sofort auf, wie gut Emma zu Jörn passte. Ihre freundlichen Augen und das strahlende Lächeln machten sie ihr auf Anhieb sympathisch.

»Los, ihr Schnarchnasen«, rief Nik ihnen entgegen, als die beiden sich näherten. »Wir wollen nicht die ganze Nacht hier stehen.«

Kurz darauf liefen sie am Wasser entlang, wo die Wellen bald ihre Spuren im Sand verwischten. Die Abendsonne stand tief, warf lange Schatten und färbte die Ostsee zunehmend golden.

Das Laufen fühlte sich für Linna inzwischen leicht an, fast so, als würde die warme Sommerluft sie tragen.

Auf der Höhe der Seebrücke fiel Linna etwas zurück. Ihr Blick ging zum Horizont, doch dann blieb sie wie angewurzelt stehen. Im gleißenden Licht der untergehenden Sonne erkannte sie eine Gestalt auf der Seebrücke.

Die Frau war schlank und bewegte sich mit einer Eleganz, die Linna schmerzlich vertraut vorkam. Sie blinzelte, hielt für einen Augenblick den Atem an. Die Gestalt drehte sich um, und Linna fühlte, wie ihr Herz zu rasen begann. Es konnte nicht sein, aber sie erinnerte sie so sehr an Anika. Es schien Linna, als würde ihre Freundin direkt in sie hineinblicken. Sie sah sie in Gedanken vor sich, ein sanftes Lächeln auf dem Gesicht, die Augen strahlend voll Frieden und Freude. Langsam hob die Gestalt die Hand und winkte Linna zu.

Ein unbändiges Glück durchströmte Linna, so kraftvoll, dass ihr Tränen in die Augen traten. Es war, als wollte Anika ihr zeigen, dass alles gut war – dass sie glücklich war, dort, wo sie jetzt war.

»Linna! Beeil dich mal, wir laufen weiter!« Niks Stimme riss sie aus diesem besonderen Moment.

Sie drehte sich zu ihm um und rief zurück: »Ich komme!«

Noch einmal blickte sie zurück zur Seebrücke. Doch als sie blinzelte, war die Gestalt verschwunden. Weit und breit lag nur die glitzernde Oberfläche der Ostsee, magisch funkelnd in der Schönheit des Sonnenuntergangs.

Ein Lächeln legte sich auf ihre Lippen. Als sie wieder loslief, spürte Linna, wie ihr Herz von einer unendlichen Dankbarkeit erfüllt wurde. Sie war in Himmelsee, ihrem Himmelsee – wo das Glück zu Hause war.

Nachwort

Liebe Leserinnen und Leser,

mit »Himmelsee« beginnt eine neue Reise für mich – und hoffentlich auch für Sie/Euch.

Nach nunmehr zehn Jahren und fünfzehn Romanen, die ausschließlich in St. Peter-Ording spielten, war es für mich an der Zeit, ein neues Setting zu erkunden, das trotzdem das Meer und die Magie der Küste in den Mittelpunkt stellt. Die Idee für »Himmelsee« schlummerte tatsächlich schon länger in meinen Notizbüchern. Es sind Gedanken, Szenen und Eindrücke, die nicht ganz zu St. Peter-Ording passten, aber zu schön waren, um sie einfach verstauben zu lassen.

Als ich eines Tages die Notizen durchblätterte, reifte in mir der Entschluss: Es ist Zeit für einen neuen Ort, der ganz eigene Geschichten erzählt – und so wurde »Himmelsee« geboren.

»Himmelsee« ist ein fiktiver Ort, aber er trägt viel von der Halbinsel Fischland-Darß-Zingst in sich, die ich persönlich als eine der schönsten Regionen an der deutschen Ostsee empfinde. Diese Mischung aus ursprünglicher Boddenlandschaft, wilden Stränden und traditionellen

Elementen, wie den kunstvoll geschnitzten Darßer Türen, hat mich schon immer fasziniert. Und dann sind da natürlich noch die Kraniche, die dort im Herbst und Frühjahr Rast machen – dies zu beobachten ist ein Erlebnis, das man nicht mehr vergisst.

»Himmelsee« ist ein Küstenort, in dem die Uhren langsamer ticken, ein idealer Platz zum Entschleunigen, wo die Menschen sich oftmals auf das Wesentliche besinnen. Ich hoffe, dass Ihnen/Euch beim Lesen ein wenig von dieser Ruhe und Gelassenheit begegnet ist, die ich selbst mit »Himmelsee« verbinde.

Vielen Dank, dass Sie/Ihr mich an die Ostsee begleitet haben/habt. Ich freue mich schon jetzt auf viele weitere Reisen nach: Himmelsee – wo das Glück zu Hause ist!

Es grüßt Sie/Euch herzlich vom Schreibtisch

Tanja Janz, im Januar 2025

Himmlische Rezepte

aus dem Hotel
Kranichglück

Sanddornmarmelade

Zutaten für 4 Gläser
1.200 g reifer Sanddorn
150 g Orangensaft
500 g Gelierzucker (2:1)

Zubereitung

1. Schritt
Sanddorn gründlich waschen und trocken tupfen.
Die Früchte von den Stielen entfernen.
Dann die Beeren (ca. 1.000 g) mit Orangensaft und Gelierzucker in einem Topf vermischen und zum Kochen bringen.

2. Schritt
Die Zutaten mindestens 5 Minuten sprudelnd kochen.
Die heiße Marmelade durch ein grobes Sieb passieren, um kleine Kerne auszusieben.

3. Schritt
Mit einer Einfüllhilfe oder einer Schöpfkelle die Marmelade in die vorbereiteten, sauberen Einmachgläser (ca. 350 ml) füllen und direkt verschließen. Dann die Gläser für ca. 5 Minuten auf den Kopf stellen.
Über Nacht vollständig auskühlen lassen.

Anmerkung

Ungeöffnet ist die Marmelade an einem dunklen Ort mit einer Raumtemperatur von 15–20 Grad Celsius mehrere Monate und bis zu zwei Jahre haltbar.

Erdbeer-Lavendel-Marmelade

Zutaten

1 kg Erdbeeren (gerne in Bioqualität)
2 Zitronen oder Limetten
(für die Säure, je nach Bedarf auch mehr)
½ EL Lavendel getrocknet oder
2–3 EL frischer Lavendel (Lavandula angustifolia),
z. B. aus dem eigenen Garten
500 g Gelierzucker (2:1)
Mehrere ausgekochte Einmachgläser

Zubereitung

1. Schritt:
Erdbeeren gründlich waschen und Blätter entfernen. Nach persönlicher Vorliebe Erdbeeren klein schneiden oder pürieren. Dann das Mus durch ein Sieb drücken, um die Kerne zu entfernen.

2. Schritt:
Die Lavendelblüten von den Rispen streifen und klein hacken. Erdbeeren und Lavendel mit dem Gelierzucker vermischen und dann 2–3 Minuten aufkochen.

3. Schritt:
Die Gelierprobe machen und danach die Marmelade in die ausgekochten Einmachgläser füllen.

4. Schritt:
Die Gläser für ca. 5 Minuten auf den Kopf stellen und danach auskühlen lassen.

Lavendel-Scones

Zutaten für ca. 12 Scones
225 g Mehl
Zusätzlich nach Bedarf Mehl für die Arbeitsfläche
1 EL Backpulver
50 g Butter
50 g Zucker
2 TL frische Lavendelblüten (Lavandula angustifolia) oder
1 TL getrockneter Lavendel
150 ml Milch
Nach Bedarf Marmelade oder Gelee je nach Geschmack,
z. B. Erdbeere
Nach Bedarf Schlagsahne
Scones-Ausstecher

Zubereitung

1. Schritt:
Den Ofen auf 220 °C Ober- und Unterhitze oder 200 °C Umluft vorheizen.

2. Schritt:
Mehl und Backpulver sieben und Butterflocken hinzugeben. Alles verrühren, bis sich Krümel bilden.

3. Schritt:
Den größten Teil der Lavendelblüten sowie den Zucker dazugeben, alles vermischen und mit der Zugabe von Milch zu einem weichen und klebrigen Teig verrühren.

4. Schritt:
Die Arbeitsfläche mit Mehl bestreuen und den Teig darauf etwa 2,5 cm dick flach drücken.

5. Schritt:
Mit einem runden Förmchen (Scones-Ausstecher, ca. 5 cm) die Scones ausstechen und auf das Backpapier setzen. Die restlichen Lavendelblüten auf den Scones verteilen.

6. Schritt:
Die Scones 10–15 Minuten im Backofen goldgelb backen.

7. Schritt:
Die warmen Scones sofort mit der Marmelade und der Sahne servieren.

Lavendelsirup

Zutaten

200 g Zucker
150 ml Wasser
2 EL Lavendel getrocknet oder frischer Lavendel (Lavandula angustifolia), z. B. aus dem Garten
3 EL Zitronensaft (Bioqualität)

Zubereitung

1. Schritt:
Den Zucker mit Zitronensaft und Wasser in einem Topf erhitzen, dabei gelegentlich umrühren.

2. Schritt:
Nachdem sich der Zucker gelöst hat, ca. 5 Minuten bei geringer Hitze leicht köcheln lassen.

3. Schritt:
Den Topf vom Herd nehmen und die Lavendelblüten hinzufügen.

4. Schritt:
Sirup abkühlen lassen.
Bei Verwendung von frischen Blüten einen Tag zugedeckt ziehen lassen, damit sich das Lavendelaroma entfalten kann.

Bei getrockneten Blüten ca. 2–3 Stunden ziehen lassen.

5. Schritt:
Den Sirup durch ein Sieb gießen, um die Lavendelblüten zu entfernen.

6. Schritt:
Den Sirup in ein ausgekochtes Glas füllen und gut verschließen. Im Kühlschrank aufbewahren.

Tipp:
Der Sirup schmeckt mit Wasser, verfeinert Desserts oder auch ein Glas Sekt.

Sanddorntorte

Zutaten

Für den Teig:
3 Eier
175 g Zucker
1 Msp. Zimt
100 g Mehl
50 g Speisestärke
2 gestr. TL Backpulver
75 g Konfitüre (Sanddorn) zum Bestreichen

Für die Creme:
150 ml Saft (Sanddorn)
8 Blätter weiße Gelatine
300 g Naturjoghurt
600 ml Sahne

Für die Garnitur:
200 g Sahne
1 Pck. Sahnesteif
50 g Krokant zum Bestreuen
10 g Kakaopulver zum Bestäuben
Springform (26 cm)

Zubereitung

1. Schritt:
Den Backofen auf 180 °C vorheizen.

2. Schritt:
Die Eier mit Zucker und Zimt zu Schnee schlagen. Das Mehl mit Speisestärke und Backpulver vermischen. Danach auf den Eischnee sieben und unterheben.

3. Schritt:
Eine Springform (26 cm) mit Backpapier auslegen. Den Teig einfüllen und mit einem Teigschaber glatt streichen.

4. Schritt:
Im vorgeheizten Backofen für 25 Minuten backen. Danach herausziehen, das Backpapier mit kaltem Wasser bestreichen und vorsichtig entfernen.

5. Schritt:
Den Biskuitboden auf einem Kuchengitter abkühlen lassen. Dann einmal waagerecht mit einem langen Messer durchschneiden.

6. Schritt:
Den unteren Boden mit ca. 75 g Sanddornkonfitüre bestreichen und auf eine Tortenplatte legen. Danach mit einem Tortenring umschließen.

7. Schritt:
Den Sanddornsaft mit Zimt und Zucker für die Creme erhitzen. Die Gelatine darin auflösen und den Joghurt in den warmen Saft einrühren. 600 ml Sahne steif schlagen und dann unterheben.

8. Schritt:
Die Creme auf den Biskuitboden geben und glatt streichen. Auf die Creme den zweiten Boden legen und alles im Kühlschrank fest werden lassen.
Danach den Tortenring entfernen.

9. Schritt:
200 ml Sahne mit Sahnesteif schlagen. Damit die Torte rundherum bestreichen und mit Krokant bestreuen. Die restliche Sahne in einen Spritzbeutel geben und Kreise auf die Torte spritzen. In die Mitte der Kreise ca. 50 g Sanddornkonfitüre füllen. Danach die Torte mit Kakaopulver verzieren. Bis zum Servieren kühl stellen.

Lavendel-Käsekuchen mit weißer Schokolade

Zutaten

Für den Boden:
75 g Butter und zusätzlich etwas zum Einfetten der Form
75 g Vollkornbutterkekse

Für die Masse:
3 EL getrocknete Lavendelblüten, ein paar extra für die Deko
50 g Schmand
200 g weiße Schokolade
200 g Mascarpone
200 g Ricotta
200 g Frischkäse
1 EL Zucker
2 Eier

Zubereitung

1. Schritt:
Eine Springform mit Backpapier auslegen und die Ränder mit etwas Butter einfetten. Für den Boden die Butter in einem kleinen Topf zum Schmelzen bringen. Die Butterkekse fein zerkleinern. Die Keksbrösel mit der Butter vermischen und auf dem Boden der Springform verteilen. Fest andrücken und danach ca. 60 Minuten in den Kühlschrank stellen.

2. Schritt:
Die getrockneten Lavendelblüten und den Schmand in einen kleinen Topf geben. Alles gut verrühren und leicht erwärmen. Danach vom Herd nehmen und ca. 60 Minuten ziehen lassen.

3. Schritt:
Den Backofen auf 150 °C vorheizen. Die weiße Schokolade in einem Wasserbad zum Schmelzen bringen. Frischkäse, Mascarpone und Ricotta in einer Schüssel verrühren. Die geschmolzene Schokolade und den Zucker vermengen, danach die Eier einzeln hinzugeben und auch gut verrühren. Die Lavendel-Schmand-Masse einrühren.

4. Schritt:
Die Masse in die Springform füllen und glatt streichen. Danach auf der mittleren Schiene des Backofens ca. 45 Minuten backen. Nach ca. 30 Minuten den Kuchen mit Backpapier abdecken, damit die Oberfläche nicht zu dunkel wird.

5. Schritt:
Den Kuchen im ausgeschalteten Ofen noch 60 Minuten ruhen lassen. Über Nacht in den Kühlschrank stellen. Vor dem Servieren noch mit ein paar Lavendelblüten dekorieren.

Pfirsich-Basilikum-Limonade

Zutaten für ca. 1 Liter
80 g Zucker
100 ml Wasser
5–8 Basilikumzweige
120 ml Pfirsichsaft
100 ml frisch gepresster Zitronensaft
580 ml Mineralwasser, gekühlt

Zubereitung

1. Schritt:
Zucker, Wasser und Basilikumzweige in einem Topf aufkochen. Danach vom Herd nehmen und abgedeckt 4–6 Stunden ziehen lassen.

2. Schritt:
Die Basilikumzweige entnehmen. Das Basilikum-Zucker-Wasser mit Pfirsich- und Zitronensaft in eine Karaffe füllen. Alles gut verrühren und mit kaltem Mineralwasser aufgießen.